世界华文文学研究文库第3辑

世界华文文学研究文库编委会 编

边缘诉求与跨域经验

陆卓宁选集

陆卓宁 著

Research Library of Global Chinese Literature

SPM

南方出版传媒

花城出版社

中国·广州

图书在版编目（ＣＩＰ）数据

边缘诉求与跨域经验：陆卓宁选集 / 陆卓宁著. --
广州：花城出版社，2016.10（2021.7重印）
（世界华文文学研究文库. 第3辑）
ISBN 978-7-5360-8013-3

Ⅰ．①边… Ⅱ．①陆… Ⅲ．①华文文学－文学研究－
世界－文集 Ⅳ．①I106-53

中国版本图书馆CIP数据核字(2016)第241239号

出 版 人：肖延兵
责任编辑：李 谓 李加联 杜小烨
技术编辑：薛伟民 凌春梅
装帧设计：林露茜

书 名	边缘诉求与跨域经验：陆卓宁选集	
	BIANYUAN SUQIU YU KUAYU JINGYAN：LU ZHUONING XUANJI	
出版发行	花城出版社	
	（广州市环市东路水荫路 11 号）	
经 销	全国新华书店	
印 刷	北京一鑫印务有限责任公司	
	（北京市顺义区北务镇政府西 200 米）	
开 本	880 毫米×1230 毫米 32 开	
印 张	8.75 2 插页	
字 数	269,000 字	
版 次	2016 年 10 月第 1 版 2021 年 7 月第 2 次印刷	
定 价	45.00 元	

如发现印装质量问题，请直接与印刷厂联系调换。
购书热线：020 - 37604658 37602954
花城出版社网站：http://www.fcph.com.cn

出版说明

有海水的地方就有华人，有华人的地方就有中华文化的流播，也就伴随有华文文学在世界各地绽放奇葩，并由此构成一道趋异与共生的独特风景线。当今世界，中华文化对全球的影响力不断扩大，无疑为我们寻找华文文学创作与研究的世界性坐标，提供了有利的条件和新的机遇。

改革开放三十多年来，中国大陆华文文学研究界的老中青学人，回应历经沧桑的世界华文文学创作，孜孜矻矻地进行了由浅入深、由少到多的观察与探悉，取得了相当丰硕的研究成果。为了汇集这一学科领域的创获，为了增进世界格局中中华文化和不同文化之间的交流与对话，为了加强以汉语为载体的华文文学在世界文坛的地位，也为了给予持续发展中的世界华文文学以学理与学术的有力支持，中国世界华文文学学会与花城出版社联手合作，决定编辑出版"世界华文文学研究文库"。

这套"文库"，计划用大约五年的时间出版约 50 种系列图书。

"文库"拟分为四个系列：自选集系列、编选集系列、优秀专著系列，博士论文系列。分辑出版，每辑推出 8 至 10 种。其中包括：自选集——当代著名学者选集，入选学者的代表作；编选集——已故学人的精选集，由编委会整理集纳其主要研究成果辑录成册；优秀专著——世界华文文学研究领域的最新学术专著，由编委会评选推出；博士论文——世界华文文学研究的博士论文，由编委会遴选胜出。

"世界华文文学研究文库"将以系统性、权威性的编选形式，成就华文文学研究领域的大典。其意义，一是展示中国世界华文文学研究的整体性学术成果；二是抢救已故学人的研究力作；三是弥补此一研究领域的空缺，以新视界做出新的开拓；四是凸显典藏性，有较高的历史价值与人文价值。

"文库"在编辑过程中，参考并选用了前贤及今人的不少研究成果，在此谨向众多方家深表谢忱。由于时间仓促，遗珠之憾和疏漏错差定然不免，尚祈广大读者多加赐教。

花城出版社

2012 年 10 月

目　录

"以文学的名义"（代自序）　*1*

第一辑　现象与文本

多重话语霸权下的女性文学 "命名"
　　——台湾20世纪50年代女性创作生态追思　*3*
断裂的边界与现代性的吊诡
　　——台湾20世纪60年代女性叙事再观察　*13*
女性·民族·历史救赎
　　——台湾20世纪70年代乡土文学思潮与女性文学
　　"占位"　*24*
"纯情" 而 "吊诡" 的双面袁琼琼
　　——简谈台湾20世纪80年代女性创作个案及其他　*33*
群体的狂欢与个体生命经验
　　——以袁琼琼主编《2003中国年度最佳台湾小说》为例　*37*
女性书写的别一种姿态
　　——品读欧阳子的《花瓶》与残雪的《山上的小屋》
　　及其他　*47*
叙事的实验与女性的 "历史"
　　——苏伟贞的《日历日历挂在墙壁》　*54*

第二辑 历史与族群

历史的多维记忆与 "编码"
　　——20世纪50年代台湾地区 "战斗文艺" 的
　　流播　63

历史的 "遗漏"
　　——试论杨逵文学精神　80

精神诉求的不同 "范式"
　　——两岸文学人道主义精神的勾连　90

日据时期台湾原住民境遇与文化认同问题　102

海峡两岸当代少数民族文学关系问题的考察　115

话语的交错与 "经验" 的同构
　　——以海峡两岸当代少数民族文学为中心　128

被 "污名" 的台湾地区少数民族文学
　　——以1949—1984为考察场域　146

海峡两岸当代少数民族文学历史叙述的遇合与辨识
　　——以20世纪中叶至80年代前后的历史断面为考察
　　中心　159

女性身份建构及其话语实践
　　——以台湾原住民女作家阿妈为观察中心　176

第三辑 越界与认同

泰华文学的发展及其文化取向
　　——以曾心《给泰华文学把脉》为一种范型　191

身份意识与海外华文文学的 "生存"
　　——北美华文作家张翎创作的一点启示　201

欧洲华文女性文学的发生及其精神嬗递
　　——百年海外华文文学研究的一种视域　208

个人隐喻与民族寓言

    ——陈河《布偶》的族性叙事　*228*

近年海外华文女性文学研究的观察与思考　*233*

附录　激情的写作　理性的坚守

    ——陆卓宁文学评论的风格　陈国恩　*251*

陆卓宁学术年表　*257*

后记　*261*

"以文学的名义"[①] (代自序)

这篇文章，对于我真是一个不堪重负的表达。但是，如果说，它与一年一度的年终总结或述职报告一类的文字令我深恶痛绝有什么不同，年度总结或述职报告是"为稻粱谋"，你不能拒绝。但在这里，你完全可以置之不理却怎么那般执拗地不忍割舍，有如来自内心深处的撞击，不时地让你感觉到某种莫名的触动和纠结。或许，能够在纷纷攘攘间静观而自得，本就是一直以来的一种企望。于是，我明白了，与其说这是在接受一个邀约，倒不如说是你自己对自己的承诺。

但是，当真正要落笔时，还是徘徊在欲迎还拒，欲说还休之中。怎么眨眼的工夫，自己就来到"话说当年"的份上了？且即便如此，自知才疏学浅，又何来风采？所以想来还真只能就所谓"学术感言"略说一二。

连我自己都说不清，今生所从事的这份教书与研究的职业幸还是不幸。就好像每有一位年轻人成为我的同事我都会说的那样，大学老师看起来很光鲜，但一路走来却是很艰辛的，永远有备不完的课，看不完的书，写不完的东西；特别是自己这么多年来还担着一份"双肩挑"的名义，只能在被挤对得所剩无几的空间和时间里挣扎着。

[①] 本文是受国内第一部当代女学人的"学术风采和智慧风貌"（主编者语）汇集——《智慧的出场——当代人文女学人侧影》（谢玉娥主编）一书之邀所作。河南大学出版社 2013 年版。

其实，我也曾有过不少机会可以改变一种活法，但又万般不舍。因为"教书与研究"对于我，似乎可以置换成"以文学的名义"，我不知道这么说是不是有点矫情。很多年前，读到斯好的《幻想三题》，还记得当时那种自以为是的心灵感应，就好似体验到了王国维在其《人间词话》里点拨的"众里寻他千百度，蓦然回首，那人却在灯火阑珊处"的那份境界。斯好在"情人"一题中是这样写的：

"有那样一个人，不必高大英俊，不必潇洒自如，他只需心灵高贵，富于激情，有才华，视创造为生命；他只需懂得爱、珍惜爱，明白人生是有比蝇头小利更重要更珍贵的，明白两颗心的结合叠印在鸿蒙荒凉的宇宙是多么温馨，那么，当他在我的视野里出现，我会一眼就把他认出，并且毫不犹豫地将自己交给他。……很不幸这当然只是梦，梦中的情人永远不会在真实世界出现——万一他出现，也必定不在我的生命轨迹内。即使他出现，即使他在我的生命轨迹内，我知道我也会拒绝他。因为有了他，我将沦为情感的奴隶……我不要这样的生活，今生今世，我唯一想做的只是：文字的情人。"①

当然，"文字的情人"内涵是很模糊的，也见仁见智。但我想，当罩在水样的灯光里，静夜走笔，任由思考荡漾开去，钩深致远，个中那份如同"雪夜围炉读禁书"的快感恐怕是一致的，至少在我自己是这样。它赋予了我一种坚持的理由，甚至都可以抵消了平日里那些非文学的杂务所给你造成的疲劳，也缓冲了平日里那些无法拒绝的所谓应酬所给你带来的厌烦，也还平衡了每每看到不少闺密那样悠闲自在地"小资"地生活着而不时有的艳羡，更获得了一种超然的心态，端看"天下熙熙皆为利来，天下攘攘皆为利往"的纷繁……总之，我就是这样在某个难以言明的时间地点里成为了"文字的情人"，致使自己的生活都因此而有了别样的滋味。

然而，在一个文化价值碎片化的时代里，面对文学正在一步步地走向了虚无，与文学创作"相生相克"的文学批评、文学研究甚至

---

　　　① 斯好：《爱情神话》，时代文艺出版社1992年版，第19—20页。

也渐次从人文精神中退场，一句"以文学的名义"毕竟还是苍白了。如何给自己一个继续坚持的理由，如何在浩浩荡荡的（当代）文学从业者中找到一个属己的值得守望的话语空间，更直白地说，如何给自己这一万般不舍——或曰几无可改的谋生方式一个可以聊以自慰的说法？是的，是聊以自慰。

也许是因缘际会，也许是这种碰撞是必由的，我所在的学校，少数民族命题、人类学话语几乎是一门显学。氛围的熏陶或者说暗示，有相当的一段时间，关于文学的书还在读，也如常订阅专业杂志，购买专业书籍，但那更像是出于某种职业习惯。自己更多的时间和精力却兴奋在人类学、民族学、历史学、文化研究等领域里，甚至学术关系也"拓展"到了人类学、民族文学而不再仅仅是"（主流）文学"的圈子。我不知道这是不是一种"迷失"，因而赶了趟"跨学科"的时髦。但是，借助"跨学科"的视野，可以肯定地说，离开了鲜明的当下问题意识的"文学的名义"确实是苍白的。

让我获得最直接的顿悟的，是一次直逼神经末梢的冲击。

2008年"5·12"大地震后不久，我收到一份令人极其震动的"人文救灾"专号的报章，这是著名文学人类学学者徐新建教授组织编写并专门发来的。大地震发生后，徐新建教授本着人文学者的社会良知和治学敏感，迅速发起了"人文救灾"行动，组织他四川大学的一群文学人类学专业的硕士博士研究生，组建救灾工作组，组织人员收集灾区资料，邀请学者举办"灾难与救世"系列讲座，以学术思考和实际行动参与了抗震救灾的整个过程。直至6月2日，借《比较文学报》推出了"人文救灾"专号，以既是专业的更是人文学者的关怀情结，对灾难与民族、灾难与遗产、灾难与女性、灾难与信仰等命题进行了深刻的学理辨析和反思，彰显出了特别鲜明的当下意识和精神高度。

——与其说我获得了感动，莫如说我受到了冲击：人文学者是可以这样来介入当下的；甚至，人文学者对现实是可以产生如此"直接"的作用的。（徐新建教授在随后推出了《灾难与人文关怀——汶

川地震的文学人类学纪实》一书，四川大学出版社，2009年6月）

　　不错，所谓术有专攻，在人文学科这一广博深邃的领域内，不可能因为一种意义的"振臂一呼"，每一个"从业者"便会众人一途、不及其余地奔向彼岸；而某种意义上，在社会的日益物欲化及其商品经济大潮的冲击下，一个作家、一个批评家的个体，也注定了软弱无力；并且，面对着由数千年的历史堆积而成的书籍之山和每时每刻都在扩展着的文化之海，乃至生活节奏日益加快的现代社会，我们还常常感到力不从心，常常感受到面临着深刻的短缺：时间、空间乃至精力的短缺；再者，不知从什么时候开始，所谓60后、70后诸如此类的代际的说法盛行起来，时间对于主体意识的建构是不是可以产生如此之大的切割能量，乃至于这一类的称谓成为某种姿态与立场的托词？这应该是一个问题。然而，无论如何，对于精神价值重构与现实救赎，人文学者的精神操守，人文学者的当下关怀与社会立场，包括对历史和人生的明慧悟性，都将成为至关重要，这是毫无疑问的。

　　我并不以为这是形而上的高蹈或是抽象的玄思，转化为我自己的"职业经验"和感知，我以为，对于文学、文学批评和文学研究的现实处境乃至带来主体意识的零散化，仅仅从文学本身以及单一学科的视野是难以抵达问题的圭臬的。法国文学社会学家戈德曼认为，"一切局部的真理只有通过它在整体中的地位才具有真正的意义，同样，只有通过在认识局部真理方面的进步，整体才能被认识"。①

　　正是这样，我希望自己的"出走"是为了能够更深刻地回来，给自己一个"以文学的名义"的充实感和生命的意义。

　　进入台湾当代文学领域也许是"不经意"的，但"冥冥之中"吸引我的不能不是这一"问题域"所特别具有的鲜明性和丰繁性。我在后来的有关文章中曾这样写过我所谓的"发现"：

　　"这份惊喜是突如其来的。……历史，终于展示了它的博大，让

――――――――――

　　① ［法］戈德曼：《隐蔽的上帝》，蔡鸿滨译。百花文艺出版社1998年版，第5页。

横亘于大陆台湾两岸间的海峡逐渐变得亲和而不再完全是屏障。于是，正是在这诸多非文学因素的推动下，我们意外地发现，海峡的彼岸竟然还有着一个如此鲜活而又亲切的汉文学世界：在这里，也吟咏"关关雎鸠，在河之洲"；在这里，也尊奉人伦，天理；在这里……"①

是的，"问题"的特别凸显和吊诡让你不能浅尝辄止，特别是经由戈德曼的"同构理论"，让我深入了海峡两岸当代历史及其文学流变中的一些重大问题……扯远了，还是回到"学术感言"吧。

如果说在思考和研究的过程中自己还别有会心的话，我想说，跨学科的意义，其过程当然不能是也不应该是一场西方理论模式及其概念术语的实验，作为"以文学的名义"，文学研究无异于就是一次审美的探险，甚至需要研究者更具有独特的审美体验和艺术悟性，在与尖锐的理性思考的相互激活中方能对研究对象洞幽烛微，见别人所不见，言别人所不言。很有感触的是，不记得是在哪里读到过青年学者路文彬的一篇文章，印象颇深的有这么一个意思：我一直在反问歌德，倘若理论是灰色的，那么生命之树又何以常青？

由台湾当代文学而特别聚焦台湾当代女性文学问题并拓展至海外华文文学，那就是顺理成章的了。

女性主义话语何以成为 20 世纪 80 年代以来最喧嚣、最纷呈，也最枝繁叶茂的话语场，那是不证自明的。而因文化积淀和地缘政治的深刻差异，台湾女性的生存境遇及其现实处境问题则来得更为深重。诚如台湾著名学者齐邦媛的泣血之言，"由大陆来台的女子，在渡海的途中已把闺怨淹没在海涛中了。生离死别的割舍之痛不是文学的字句，而是这一代的亲身经历"。② 如果说，现代性之于中国女性的本

---

① 陆卓宁：《海峡两岸当代文学——同构的视域》，中国文联出版社 2001 年版，第 1 页。

② 齐邦媛：《闺怨之外——以实力论台湾女作家的小说》，载《千年之泪》，台北．尔雅出版社 1990 年版，第 110 页。

质目标在于突破中国传统价值体系和父权禁锢的重围而争取获得
"性别"的历史文化意义，以及在现代文明的世界历史进程中实现民
族身份、精神独立及其社会价值的确证；那么，多次沦为西方列强殖
民地的历史，因两岸政治意识形态的严重对峙而时至今日仍然孤悬海
峡东岸的现实处境，现代性之于台湾地区女性主体的本质目标则更多
了一重在面对支离破碎的历史中，在"国已不国"的政治意识形态
下的现实担当。设身处地地想一想，在既定的男权历史文化传统、外
来文化冲击、孤悬海峡东岸的现实处境以及家国意识认同等这一多重
价值理性的逼迫中，如何来塑造一个富含中华历史文化与民族特质的
女性自我？

....

"以文学的名义"，而试图将个人的也是历史的观察、思考和创
造力带入学术研究中来，以一己之思参与到当下文化价值重构的期盼
中，在阐释世界的过程中使自己的生命也得到阐释，并在从中获得自
身存在的理由乃至激情，这一个"痛并快乐着"的过程幸还是不
幸呢？

2011 年 7 月

第一辑　现象与文本

多重话语霸权下的女性文学 "命名"
——台湾 20 世纪 50 年代女性创作生态追思

　　20 世纪 50 年代的台湾文坛完全被统摄在一股强大的政治意识形态语境之下，乃至于实际上已经在发生且态势不弱的女性创作却宿命般地遭遇不屑或误读。这未尝不是一个看似易解实则值得深究的问题。

　　据不完全统计，台湾 1955 年成立 "台湾省妇女写作协会" 后，陆续登记入会的逾 300 人。而活跃于此间且有作品传世或创作不俗的，不胜枚举。计有林海音、孟瑶、郭良蕙、张秀亚、琦君、苏雪林、谢冰莹、沉樱、潘人木、张漱菡、艾雯、钟梅音、徐钟佩、繁露、李曼瑰、邱七七、王淡如、刘枋、童真、徐薏蓝、严友梅、蓉子、肖传文、毕璞、王文漪、吴崇兰、丛静文、聂华苓、郭晋秀、张裘丽、李莩、侯榕生、赵文艺、华曼、王怡之、姚葳、彭捷、李芳兰、左海伦，等等；而稍后结集出版作品、成名于 60 年代文坛的又有丹扉、胡品清、姚宜瑛、罗兰、康芸薇、王令娴、陈克环、王黛影、小民、叶曼、叶蝉贞、华严、褚问鹃、华霞菱、重提、陆白烈、匡若霞、芯心、幼柏、朱慧洁、鲍晓晖，等等。余光中对入选《中国现代文学大系》的作家背景做出分析后也指出："小说入选的一百多位作家之中，女性约占四分之一……散文入选的作者几乎一半是女性。"①

且不究创作动机，不论精神诉求，20世纪50年代的台湾女性创作在一段"仓促"的时间里，在一个逼仄的小岛内这番"异军突起"，实在可视为奇谲。但是，却长时间地难以获得命名。显而易见的，其间隐藏着多重话语霸权的排挤和"压制"。

一

本质上说，文学无疑具有对人类普遍经验的再现、对现实存在的精神超越的意义。但是，"文学史"阅读经验告诉我们，其"再现"或"超越"的价值确认，是必须要经过"政治""社会""历史""主流话语"一类的时政话语霸权的"选择"的，此一"美学"原则甚至古今同此，中外皆然。所谓"我们通常所说的文学史的东西事实上是一种选择的记录，哪个作者名传后世，哪个不，取决于谁注意到了他们而且愿意把所注意到的记录下来"。②台湾20世纪50年代"哪个作者名传后世，哪个不"，在当时，当然是取决于已然纳入了官方话语体系之"战斗文艺"的衡定标准。其时也有获奖的女作家，但获得"选择的记录"的女性创作并非因其"女性视角"的文笔之美，而完全因为符合"战斗文艺"的考量。诚如潘人木的长篇小说《莲漪表妹》获1951年台湾官方颁布的"中华文艺奖"，便在其小说重版序中直言不讳："我现在就提出控诉，为我自己的冤屈提出控诉，以我的这本旧作《莲漪表妹》作为我的状诉。虽然这个状子写得不好，不及实情的万分之一。如今我巴不得它够资格称为抗战的、

---

① 余光中：《中国现代文学大系·总序》，载《中国现代文学大系·小说第一辑》，台北．巨人出版社1974年7月版，第6页。

② ［美］路易斯·伯尼考：《分裂的世界：四世纪以来的英美妇女诗人，1552—1950》，纽约．温提支图书公司1974年版，第3页。转引自宋素凤：《多重主体策略的自我命名：女性主义文学理论研究》，山东大学出版社2004年版，第37页。

反共的小说，也巴不得我有能力再多写几本抗战的反共的小说了。"①作为女性作家的潘人木，对自己写作的期许，显然已经完全自觉地臣服于时政话语霸权的文学规范。那么，不"问"时政，尽管在一定意义上再现了人类普遍经验，并企图获得对现实存在的精神超越的台湾20世纪50年代其他女性创作，也就无怪乎会遭到文坛主流话语的贬斥了："和'反共文学'相比……女性爱情小说显得太'平凡'了些，在那个创作上的狂飙猛进时期，其在文学史上的地位，就仿佛茶余饭后的消遣，也是支流"，②"读她们的作品，仿佛不知道在这样惊心动魄的大时代里"。③

国民党于20世纪四五十年代政治和军事上的败局，致使台湾全岛所谓的"狂飙猛进""惊心动魄"，实际上已经衍化为一种无所不在、有形或无形的"权力"，其核心即"反攻复国"。并且由于"这官方的神话正好代表了流放者的心态：从大陆逃来的人不过以台湾为临时基地，好发他们的美梦，希望有一天回到海峡的彼岸。国民政府统治台湾初期，这种神话在人民的政治心理上根深蒂固，没有人敢怀疑"。④安东尼奥·葛兰西（意大利）通过分析资本主义市民社会所得出的"文化领导权"理论，恰好对此做了一个富有启发性的注脚。在他看来，社会集团主流话语无疑必然表现为社会的"精神与道德的领导权"。而所谓的"精神与道德的领导权"其关键不在于强迫民众违背自己的意愿和良知，屈从社会集团的权力压迫。他认为，统治阶级除了动用军队、警察和法院等国家机器的强制性手段以维持其统

① 潘人木：《莲漪表妹·我控诉（代自序）》，载《莲漪表妹》，台北.纯文学出版社1985年第2版，第8页。
② 胡衍南：《战后台湾文学史上第一次横的移植——新的文学史分期法之实验》，台北.《台湾文学观察》，1992年第6期。
③ 刘心煌：《50年代》，载《当代中国新文学大系·史料与索引》，台北.天视出版事业公司1981年版，第70页。
④ 白先勇：《流浪的中国人——台湾文学的放逐主题》，载《台湾文学研究资料（上）》，中国当代文学学会编印（王晋明），1981年，第212页。

治外，更在于通过学校、家庭、教会和传播媒介的非强制性，让个人"心甘情愿"，积极参与，并最终被同化到支配集团的世界观或者说霸权中来。① 20 世纪 50 年代台湾社会民众对于"政府""反攻复国"战略的笃信不疑，客观地说，当然绝非迫于统治当局的"强制"。时局巨大动荡，家园罹难，人生幻灭……多重积郁所纠结而成的顽强的求存求生欲望，无不与"政府""重整山河"的"气魄"形成了强烈的内在呼应。因此，当直接受命于台湾当局的"中国文艺协会""中华文艺奖金委员会"明确发出"配合战斗！配合建设！配合革命！我们必须歌颂战斗！歌颂英雄！暴露敌人！向前方的英勇战士看齐！向后方的自由战士靠拢！创造士兵文学！创造反共文学！创造真正认识自由，保卫自由的自由文学"②"战斗文艺"动员令后，反共作家队伍迅速集结，"反共文学"一时间铺天盖地。处于特定历史语境的台湾 20 世纪 50 年代文学的"精神与道德的领导权"性质，与当局主流意识形态表现出了特别暧昧，甚至无法剥离的胶着状态，因而自觉不自觉地充当了社会集团的"精神与道德的领导权"意志的体现者；顺理成章地，也充当了社会集团的话语权对社会历史存在的认识功能、情感上价值性评判的精神代表。这么一来，前述问题似乎就变得简单多了。台湾当时那些只能供人"茶余饭后的消遣"的"平凡"的爱情小说，那些引人"逃避""惊心动魄的大时代"的女性创作，即便已经展露出蓬勃的征兆，却因有意无意地疏离了主流话语而被无情地遭遇"鄙薄"，这番尴尬"处境"，无疑是政治霸权与文化霸权共谋的结果。

---

① 参看［意］安东尼奥·葛兰西《狱中札记》第三部分相关章节，葆煦译，人民出版社 1983 年 3 月版。

② 孙陵：《文艺工作者的当前任务——展开战斗，反击敌人》，台北《民族晚报》副刊，1949 年 11 月 16 日。

二

事实上，台湾 20 世纪 50 年代女性创作的葳蕤气象，后来还是进入了不少"文学史"叙述。但是，这并不表明她们就得以从边缘走向了中心。无论是何种政治文化立场的"文学史"叙述，都在根本上隐含着同一的男权中心的批评策略。这是其时女性创作所承受的又一重更为"深重"且还是"一只看不见的手"的话语霸权。

叶石涛"五十年代文学所开的花朵是白色而荒凉的"① 著名论断，即表明女性创作显然没能进入其"文学史"价值体系。彭瑞金在他的《台湾新文学运动四十年》中，似乎注意到了女性创作，但目光多限于女性散文，对于这一时期女作家的小说创作，除提及潘人木的《涟漪表妹》和《马兰自传》"更是千篇一律在揭发'共匪'罪恶"之外，其他女性小说创作也同样未能达到其"文学史"取舍标准，并因此得出台湾 20 世纪 50 年代"文学的收成还是等于零"②的结论。其他不少"史家"评述，则似褒实贬，似扬实抑。如尉天骢在《台湾妇女文学的困境》一文中，虽然承认女性作品普遍受到欢迎，但却毫无掩饰他对这些作品价值的怀疑：一是由于当局"书禁"，人们无"高水平"作品可读，女作家作品权且有了受众；二是比起"反共文学"的虚假，女作家所写的这些题材，毕竟还有它的真实性；三是台湾现实的处境使得"妇女文学的没有时间性，或者有时间而没有历史感的特质，正好可以满足小市民的惰性和趣味性要求"③。吕正惠则在《台湾女性作家与女性问题》一文中坦陈其深切

---

① 叶石涛：《台湾文学史纲》，高雄．春晖出版社 1991 年 9 月版，第 88 页。

② 彭瑞金：《台湾新文学运动四十年》，台北．自立晚报社文化出版部 1991 年 3 月版，第 75 页。

③ 尉天骢：《台湾妇女文学的困境》，《文星》110 期，1987 年 8 月，第 93 页。

"担心"："如果我们进一步的分析女性作家与她们的作品中所采用的题材，或者所呈现的意识形态，我们也许会对女作家在台湾文坛的优势地位感到某种程度的担心。我们感觉到台湾的女作家正在有意无意地为台湾的保守势力服务，而且，还以相当保守的立场来看待女性自己的问题，并没有在台湾社会转型的阶段，为作家自己的同性者（包括她们自己）所面对的问题而发言……"①

上述撷取的疏星散论，不一而足。既有不同政治文化立场的目光，也分别涉及了关乎题材、风格、情趣、价值取向等的文学"内部问题"，甚至，似乎还有对女性主体的"关怀"。但是，不讳言，都在不同程度地隐匿着男性沙文的意志与思维。

是否可以认为，数千年的男权话语霸权及其所造成的严重不合理的社会资源分配，即便有其"天赐"之威，且匿影藏形，但对于广泛获益却也历经了现代文明"洗礼"的男性知识阶层本身，对此或许已经具有了某种不同程度的松动？只是，这既不表明这一特殊知识阶层就具有了整体性的自我质疑与反思；同样，随意断定他们与其结成"共同体"，并成为其代言人完全是有意而为，也不是事实。这就是问题的隐秘性和复杂性，它也因此攫取了社会的"公信力"。

台湾20世纪50年代的困窘和凋敝，男性群体能够在社会上取得一职之席，以聊解起码的"安身立命"之虞已实属不易，小小的岛屿还能有多少余地容得下女子立足？于是，缱绻于权充庇护自以为是"匆匆过客"的"眷村"，"生活初定以后，精神上反渐感空虚无依，最好的寄托就是重温旧课，也以日记方式，试习写作，但也只供自己排遣愁怀"② 自然就成为了当时女性作家最好的生存选择。困顿无依的处境既决定了女性写作的"闺怨"姿态，也更加重了女性社会地

---

① 吕正惠：《台湾女性作家与现代女性问题》，台北．新地文学出版社1992年版，第246页。

② 琦君：《一点心愿》，载琦君散文集《母心·佛心》，台北．九歌出版社1991年版，第231页。

位的低下和边缘化。

　　事实上，"由大陆来台的女子，在渡海的途中已把闺怨淹没在海涛中了。生离死别的割舍之痛不是文学的字句，而是这一代的亲身经历。由最早出版的女作家作品看来，在台湾创作的中国现代文学是闺怨以外的文学，自始即有它积极创新的意义"。① 然而，男权话语对于女性，历来是只顾其存不问其想。统治社会的历史源起及其组织构架无不表明：女性的存在徒有称谓的意义，在父权文化体系中，女性永远被封闭在所有话语系统阐释的盲区。更为诡谲的是，男权话语又借助由其本身的权力运作而建立起来的一整套"固若金汤"的价值体系，成功地抹却了自身的统治本质，使得男权话语对于社会历史的一切阐释都成为了天经地义的至理和事实。因而，所谓"文学的花朵是白色而荒凉的""文学的收成还是等于零"，无异于宣告了台湾20世纪50年代女性创作的"有"即等于"无"。进言之，台湾女性创作当然也夹杂有"大陆铁幕的黑暗"这些权威话语的既定写作规范，但其核心，更多的或怀乡或忆旧。且当它诗意化地呈示出来的时候，譬如，琦君的辽阔绵远的慈母爱、缤纷秀媚的童年梦、润物无声的师长情……缠缠绕绕，长逝无回；孟瑶的"古典的笔，写实的眼睛，浪漫的心"，一路走来，历尽人间情愁爱恨；林海音的"两地"书写，透过一首"长亭外，古道边，芳草碧连天，问君此去几时来，来时莫徘徊……"的古歌，道尽了多少生命的繁复、深长和浩渺……如此充沛且个性鲜明的人类生存经验的展示，也在事实上内化了"历史的道义"，使处在困窘中的人们或多或少地获得了对现实存在的精神超越。但是，她们仍旧未能为自己争得哪怕一点点的"正统"社会，毋宁说"男权社会"的青睐，仍旧只是以"无"的状态衬托和显示着主流文坛的"有"。更有甚者，遭来的还是"正好可以满足小市民的惰性和趣味性要求""在有意无意地为台湾的保守势力服

----

　　① 齐邦媛：《闺怨之外——以实力论台湾女作家的小说》，载《千年之泪》，台北. 尔雅出版社1990年版，第110页。

务"的指斥。在这里,男权话语霸权毫不掩饰地与主流政治霸权公然而巧妙地结成了同盟,使得女性创作无论以何种姿态出场,都只能是在场的缺席,也在事实上使男权话语对女性的"统治"获得了"豁免权",从而使得这种"统治"成为了最基本、最普遍也是最合理的形式。

三

不错,当我们听到来自"正统"的声音为女性作家"并没有在台湾社会转型的阶段,为作家自己的同性者(包括她们自己)所面对的问题而发言"表示深切"担心"的时候,还是有过一阵的"感动"。但不然。这恰恰表明了现代社会男权话语的多变与可能发生的转化,它也在提示着男女性别地位的社会历史性差异、男权统治之所以成为"合理",还有其更为隐蔽的、难以觉察的渊薮。

与在西方被视为典律的《圣经》所创造的一则不折不扣的男权神话,并由此而确定了男性在主体、权威、话语上的绝对地位一样,在东方,当以女性为中心的母系社会一旦被男性为中心的父系社会所取代,"这一父系社会便发展至它的完美形式——一个皇权、族权、父权合一的中央集权等级社会。这一社会以各种政治、经济、伦理价值方面的强制性手段,把以往一度曾为统治性别的妇女压入底层"。①而如果期间还曾发生过"权力"的角逐,那也只是男人们的战争,乃至社会权利/知识体系从创立的开始就先天性地烙上了男权中心的意志,且容不得丝毫的怀疑和挑衅。而女性的被创造、被命名及其女性"功能"——生儿育女——的被限定从来就没有获得过结构性的松动。因而,尽管女性事实上还参与了人类社会知识文化体系的创造,却仍然遭遇被放逐的命运。直接地说,台湾20世纪50年代疏离

---

① 孟悦、戴锦华:《浮出历史地》,中国人民大学出版社2004年版,第2页。

了主流意识形态的女性创作从另一侧面自觉不自觉地校正着"战斗文艺"对文学造成的扭曲，自觉不自觉地弥补上"反共文学"诗意的缺漏，并在实际上与男性作家共同开启台湾新文学的又一轮新的出发，但仍然湮没在"文学史""被遗忘的角落"里，仍然被置于受到忽略的缺席状态，都并非偶然。

而如果说女性创作还或隐或显地挑战了社会的性别规范，挑战了男权话语至高无上的权威性，那往往就更成为被审视或被"封杀"的对象。

应该说，台湾20世纪50年代女性作家"在渡海的途中已把闺怨淹没在海涛中"的那一刻起，也就在根本上赓续了五四女性主体的精神旨趣。她们的笔下固然还是爱恋情迷，固然还是"庭院深深"，但却经由孟瑶的《弱者，你的名字是女人吗?》一文直逼父权社会的虚伪和残暴中，展露出了新女性的精神理性："是的，家给了我一切，但，使我不愿意的是，她同时也摘走了我的希望和梦。我没有看见家，我所看见的只是粗壮无比的锁链，无情地束缚了我的四肢和脑；我没有看见孩子，我所看见的只是可怕的蛇蝎，贪婪地想吞掉我的一切。我想逃出这个窒息的屋子，伸出头去，呼吸一些自由新鲜的空气。"[1] 显而易见的，作者恰恰是在"台湾社会转型的阶段"，在"国已不国"的痛切中，为她自己，也为她的"同性者"，向混乱的社会秩序发出了激越的呼号。于是，她也获得包括林海音、钟梅音、谢冰莹、艾雯、琦君等"同性者"广泛的认同和声援。但是，别具意味的是，后来刊发该文的《中央日报》"妇女与家庭"专栏因此数度遭受停刊。这实在是一场"父制权力戏剧性的表演"[2]，并从一个侧面宣示了男权中心意志的神圣不可侵犯，它不仅决定着社会文化体系的

① 孟瑶：《弱者，你的名字是女人吗?》，载《中央日报》1950年5月7日，第8版。

② 陶丽·莫依：《性与文本的政治》，林建法译，时代文艺出版社1992年版，第168页。

质的规定性，也决定着敢于冒犯它的、实际上也在参与创造社会文化
体系的女性的命运。

　　台湾 20 世纪 50 年代女性创作的尴尬"处境"，似乎在随后更为
纷繁多元的社会问题中渐渐淡出了人们的视域。但这远不是从一开始
就获得"统治"地位的政治文化霸权与男权中心话语同盟的"风流
云散"。根本上说，女性主体对于政治霸权与文化霸权及其男权话语
"结盟"、并衍化为无所不在的"权力""压迫"的质疑，正未有穷
期；同样，台湾 20 世纪 50 年代女性创作远不是男性主导的文学史的
陪衬，而在事实上开创了女性文学的新风，并如何继续引领新的创作
向度，也正未有穷期。

断裂的边界与现代性的吊诡
——台湾 20 世纪 60 年代女性叙事再观察

一

　　文学发展的断代解读这应该是文学研究的题中应有之义，但是，如果将台湾 20 世纪 60 年代的女性写作为一个文学历史的"截面"来进行共时性讨论是否很可质疑？因为，一方面，某种意义上，"台湾 20 世纪 60 年代的女性叙事"这是一个边际不明的命名。通常看来，因文化立场及其审美意趣的迥异，台湾 20 世纪 60 年代的女性书写大体上至少可以衍化为两个不同的写作群体。一是传统女性书写，譬如，发轫于 50 年代，成熟而强势于 60 年代的林海音、郭良蕙、孟瑶、谢冰莹等，以及 60 年代开始活跃的康芸薇、王令娴、姚宜瑛、罗兰、叶蝉贞、叶曼、胡品清、姚葳等一批作家；一是现代女性书写，譬如，於梨华、聂华苓、欧阳子、陈若曦、丛苏、古铮、施叔青、孟丝等，而如果从某种身份标志上来看，这拨作家不少亦可称之为留学生女性书写。另一方面，学术界对于 20 世纪 60 年代台湾文坛语境之所以发生变化，即，"反共文学"与现代派文学的此消彼长，则大体形成了这几方面的共识：一是威权时代的意识形态钳制造成了台湾自身政治现实的封闭和紧张；二是台湾经济的现代化走向打破了传统价值观的一元化格局，使得传统与现代不同的价值观都"各得其所"而成为了可能；三是强劲的西风东渐，既造成了台湾社会文化心理的普遍西化，又给当下文学的现代主义取向提供了可资"操练"的文化空间。因此，一直以来，线性式的思维使然，台湾20世纪60年代上述几类不同的女性写作群体的共时存在，其彼此的关系往往都被有意无意地区隔开来，或者也有意无意地忽略了它们之间的"对话"；进而，由于20世纪60年代现代派文学创作势同主流，顺理成章地，此间台湾现代女性书写得以置放于文学史突出的位置不及其余，如传统女性叙事多被忽视，更成为鲜有质疑的"史实"。

但是，造成台湾20世纪60年代文坛语境发生变动的几方面的原因，如上述，是否形成"共谋"并实施了对当下女性叙事的改造和霸权？这一看似边际不明的"台湾20世纪60年代的女性叙事"，或曰20世纪60年代这几类表现出不同的价值观及其审美意趣的女性写作群体是否真正无可对话？衍生于共时性语境这一"历史事实"本身是否暗示其彼此之间潜隐着某种内在的关联，或者说是否以某种形式形成关联？这些似乎就从未引发成为一个或可寻绎的言说空间。

二

根本上说，无论以何种价值尺度来划分及考察台湾20世纪60年代的女性作家群体，都无法忽略她们所共同承载的历史重荷。

中国女性在求取解放的过程中所遭遇到的男权政治的压迫及其因由传统与现代割裂所造成的多重桎梏，无疑远比其他任何一个民族的女性都来得深重；而因文化积淀和地缘政治的深刻差异，不同的历史区域或历史转换期则又呈示出不同的表征。具体到台湾地区，一则，来自传统宗法观念的严厉禁锢，女性主体始终成为"在场"的"缺席"，诚如台湾新文学的"先觉者"张我军所言，"我们现在的社会，不认定女性的人格，这真是令人心痛的现象。……傲慢的男性竟以为这是天命使然，而可怜的女性也毫无疑念"。① 二则，历史上看，她

---

① 张我军：《聘金废止的根本解决法》，载《台湾民报》1925年3月4日。

们在被隔绝于父权体制内而又隔离于外部世界的同时，还要与主流意识形态以及男权话语共同面对外来文化潮流的冲袭，进而在承受着传统与现代、东方与西方文化冲突的夹击中，只能独自担当起探求女性自我性别的确立及其"出走"的可能性的历史救赎。三则，20世纪60年代的女性写作主体大多因为政治的悖谬来自大陆，这就使得她们在对大陆故园与此在的他乡是"守望"还是"逃离"的女性书写中又遭遇了民族历史与"国家"话语规约的设障。因此，如果说，现代性之于中国女性的本质目标在于突破中国传统价值体系和父权禁锢的重围而争取获得"性别"的历史文化意义，以及在现代文明的世界历史进程中实现民族身份、精神独立及其社会价值的确证；那么，现代性之于20世纪60年代的台湾女性写作主体的本质目标更多了一层在"国已不国"的政治意识形态下的历史"承担"，不论自觉与否，在这里，不论是传统女性书写，还是现代女性书写，抑或是海外留学生的女性书写都概莫能外。她们在现代性本质目标主动或被动的追求过程中，既要依存或质疑于既定的男权历史文化传统，又企望在现实处境、外来文化冲击与家国意识重建这一多重价值理性的逼迫中"塑造"富含历史文化与民族特质的女性自我。

进而，20世纪60年代的台湾女性写作至少经历了两次大的历史前提。一是五四时期，伴随着现代性的萌动，女性身份的自我认同是在启蒙与个性解放的话语系统内展开的，使其一开始便烙上了"社会性"的文化意味，乃至将性别经验诉诸于话语表达时，呈现出了与男权主流价值取向"共舞"的乖谬；二是此前的20世纪50年代一段"仓促"的时间里，她们看似以疏离于"反共文学"主流话语的姿态，"借助"女性自我的乡愁经验，述说的仍旧是家国罹难的"社会性"集体伤痛。如此，进入20世纪60年代，曾经喧嚣一时的"反共文学"固然还在"有计划"地批量生产，某种意义上，"反共文学"对于20世纪50年代处于风雨飘摇中的台湾现实，确曾直接有效地"承担"起了其他意识形态手段都难以承担的组织、引导和"抚慰"世相人心的社会功能。但是，恰恰是"反共文学"，因其先前巨大的历史煽动性与随后逐渐衰落后所表现出的彻底的幻灭性而给社会文化心理所造成的绝对落差，致使社会人心更陷入了精神上的流离失所；也恰恰是"反共文学"，因其自顾自地编织着"打回老家去"的神话而漠视了刚刚摆脱日本殖民统治的本土民众对"祖国来的亲人"的无限期待，致使"50 年代文学所开出的花朵是白色而荒凉的"，[①]或者"文学的收成还是等于零"；[②] 同样，恰恰还是"反共文学"，当它标志成为一种绝对的政治意志力，作为一种能指，则在根本上指涉着极其繁复的政治历史意涵，最终也就导致了中国传统文化，特别是五四以来左翼进步人文传统的人为中断及其历史的深刻断裂。

这么一来，身临"断裂的边界"处的 20 世纪 60 年代台湾女性书写，无论是出于何种文化立场及其审美意趣，便都同样无法逃遁地成为纷繁复杂的历史和社会现实因袭的重要"目标"；进而，在因与故园隔绝而身临历史的断裂、威权时代的意识形态规范以及西风东渐的强劲趋向的"共谋"及其"合力"作用下，便"不约而同"自觉不自觉地以传统与现代、"在地"与流寓对接的审美姿态，共同叙写出了一个特定的历史时期的文学现代性特质及其吊诡。

三

我们不妨以下面三位不同审美意趣的女性叙事来展开进一步的观照。

一是可以作为传统女性写作的代表性作家林海音。

作为 20 世纪 60 年代所谓传统女性写作的核心代表，林海音崛起于 20 世纪 50 年代而真正活跃于 20 世纪 60 年代。对于她交织着"两地"（北平与台湾）记忆的女性生存境遇的述说，评论界从来都认为

---

① 叶石涛：《台湾文学史纲》，高雄. 春晖出版社 1991 年版，第 88 页。
② 彭瑞金：《台湾新文学运动四十年》，台北. 自立晚报出版社 1991 年版，第 75 页。

是一种疏离于台湾文坛"反共文学"主流话语的女性经验表达，加之其本人"纯文学"杂志和出版社的创办和坚持，林海音无可置疑地获得了台湾"纯文学"核心代表作家的文学史定位。但是，当我们仔细掰开其"纯属"所谓女性经验的缝隙，会不难发现一些不同于此前简单定位的历史"成见"。她曾说过，"我和我国五四新文学运动，几乎同时来到这世上，新文化运动发生时，我才是个母亲怀抱中的女婴，也跟着这个运动长大的，所以那个改变人文的年代，我像一块海绵似的，吸收着时代新和旧双面景象，饱满得我非要藉写小说把它流露出来不可"①"我们被这新鲜的文学时代迷住了，不断地阅读着更多的新书；新的思想、新的笔调，打动了我们的心意，……洁白的心灵上，也知道点缀一些什么主义，什么理想了"。② 显然，五四以来社会变革过程中那些繁复的种种现代性讯息一直在渗透着林海音主体意识建构的过程，且致使其后来"唯一"的写作重心：女性与"两地"成为了一种表征。《城南旧事》的秀贞、兰姨娘、宋妈、《金鲤鱼的百褶裙》的金鲤鱼、《烛》的韩太太、《孟珠的旅程》的孟珠等一系列从"历史"、从"大陆"、从"北平"一路跨海而来的女性，固然是发出了中国女人何以只能"生为女人"而唯其不能做"人"的"天问"。但是，难以回避的是，或者说值得注意的是：就林海音以其与其他同代作家同处于当时"反共文学"叙事的社会语境，也都同样背负着"大陆沦陷"的"惨痛记忆"，却展开了不同于当时"反共文学"多限于写作"大陆沦陷后水深火热"的"社会控

---

① 林海音：《写在风中·为时代女性裁衣》，台北．纯文学出版社1993年版，第206页。

② 林海音：《写在风中·永无止境的崇敬心情》，台北．纯文学出版社1993年版，第248页。

诉状"① 的行为本身,是否仅只能看作是一种"纯粹的女性经验"？其实,林海音对"反共文学"的组织者和领导人张道藩还是不乏好感的,但"也却未积极地写作反共文学"②,这倒是颇具玩味的。作者不断通过"城南"这样一些富含大陆民国历史的文化氛围和台湾现实处境的"别处"——另类于"反共文学"笔下的"历史"的相互影照,是否隐载着中国现代性变革的某种历史意味？直言之,林海音通过其笔下这些悲惨而无助的女性,这些在传统裂变后的女性生存境遇,在诉诸人们的形象认知和情感记忆的过程中,实质上暗示着她们在承受男权话语压迫的同时,则以内在情感和生命的张力在进行着弥合历史裂痕的企图。或者说作者在"不经意间"通过对"两地"及其女性生存境遇的叙事,在历史断裂的边界处架起了融通故土与他乡、传统与现代的文化维系,使当下变动的分裂的现实格局获得一种历史的文化的链接和延续,诡谲地"实现"了对现代性的情感支持,也使从五四一路跨海而来的中国女性叙事获得了一种扬弃及其更为深厚的历史质感。

二是可以作为现代女性写作的代表性作家欧阳子。

欧阳子一直被作为 20 世纪 60 年代海外留学生女性作家群体的重要一员,联系其后来的生活变迁及其创作取向,这也是事实。但一个重要的细节却往往被忽略了,即仅就其最重要的作品《花瓶》不及其余,则是 1961 年她在台湾大学外文系就读四年级时写就并发表的,

---

① 潘人木因其小说《莲漪表妹》获奖,在重版的自序中称,"因此,我现在就提出控诉,为我自己的冤屈提出控诉,以我的这本旧作《莲漪表妹》作为我的状词。虽然这个状子写得不好,不及实情的万分之一。如今我巴不得它够资格称为抗战的、反共的小说,也巴不得我有能力再多写几本抗战的反共的小说了"。故称。参见潘人木《莲漪表妹》,台北. 纯文学出版社 1985 年第 2 版,第 8 页。

② 张道藩于 1968 年去世后,林海音曾写了一篇题为《文艺斗士张道藩》的文章,文中不乏对其"温文儒雅的艺术家"气质的欣赏。参见周玉宁《林海音评传》,作家出版社 2006 年版,第 123 页。

这当然足以支撑将其作为 20 世纪 60 年代台湾现代女性写作的重要表现来解读。

欧阳子曾自述，"我差不多的小说题材，都是关涉小说人物感情生活的心理层面"① 的。确实如此，而整体上看其所谓"心理小说"，通过对现代社会进程中人类心理——尤其是爱情心理的抽丝剥茧，一一剖析，凸显了她对传统与现代发生裂变后所造成的人性的扭曲、对现代人格的质疑和批判所能达到的前所未有的力度。诚如白先勇对其"心理小说"的著名论断。但是，同样，欧阳子的"文学追求"，显然不可简单地看作是作者对"反共文学"的拒绝和排斥，也并非可以简单地看作是作者对西方现代心理小说一时兴起的追慕。她说过："我个人，对于诞生和生长在日本这一件事，倒没有什么遗憾。我觉得，凡是经历过战火大难而幸未丧生的人，都会懂得珍惜生命，所以这也是一种很好的经验。可是就写作来说，我在日本度过的童年的事实，对我十分不利。……试想，有过日军在南京的大屠杀，我还有什么心情，有什么权利，去追叙我心爱的一年级老师，在抗战末年为'大日本国'慷慨捐躯，所带给我幼小心灵的强烈震撼？所以，在写作生命中，我是一个没有童年的人。"② 某种意义上，"没有童年"对一个作家的主体建构而言当然是一种深刻的欠缺。但是，很显然，作者并非没有所谓的"童年"，只是这一个"童年"对她而言是必须要终其一生的意志去"删除"、去摈弃的记忆。由此可见，对于民族大义、对于家国世事，作者是极其敏锐和洞明的，而如果同时还遭遇了身陷两岸政治严重对峙的历史格局，处于国民党当局以强悍的反共意志统摄社会文化心理的现实境地的"成长记忆"？这当然足以能够促成其对世事体察的敏锐和洞明所能达到的充分性。端看《花瓶》，小说全力展示的是一对在没有任何外界胁迫、没有所谓的"第三者"，

----

① 欧阳子：《关于我自己》，载庄明萱等选编《台湾作家创作谈》，海峡文艺出版社 1985 年版，第 173 页。

② 同上，第 160—161 页。

断裂的边界与现代性的吊诡

仅仅是因"爱"而恨的夫妻间的一场"惊天动地"的心理角斗。"（丈夫）石治川的毛病，就是他爱太太，爱到了恨的地步"，乃至"一股炽烈的妒忌，像只毒蛇，盘旋在他胸中，喷吐毒焰燃烧着他，他恨不得把冯琳与世隔绝起来"。妻子冯琳对于如此的"爱"也不甘示弱，"我是你太太，你对我有权利，来呀！何若那样妒忌"，"你且告诉我听，你那晚为什么没下手"，"为什么没把我捏死"？① 在这里，妻子以挑逗丈夫醋意大发为快事，以极度伤害丈夫的自尊心、置其于神经崩溃的境地来获取心理的满足。丈夫则因对妻子爱极生恨，神经质地常常自寻烦恼、自我折磨，乃至心理变态，最终导致了家庭的解体。欧阳子说过："我最常思考的人性的问题涉及善恶之间的关系，以及道德的标准。我常想，评价人之善恶，是单凭他表现在外的言语行动来判断，还是连心底的思想意念也算在一起？内心的罪，比行动的罪，哪一种更恶，更不可原谅？"又说："一个具有某种性格的人，在陷入这样的困境时，会起怎样的心理反应？会采取怎样的实际行动，而这个主角最后采取的某种行动，或显露的某种表现，一定和他对于该困境所起的心理反应，有着直接而必然的关联。"② 这或许可以看作是作者演绎这场骇人听闻的"爱情"心理大战的注脚。但作者还更直言不讳地说过："问题是，个人除了和社会的关系，还有和自己良心的关系。这是我比较感兴趣的。基于个人良心的自我道德意识，由于每人的人生价值观不尽相同，而缺乏一个固定的、大家一律的标准。如此，有时不免和社会团体的道德观念互起冲突。要是不幸遇到这种冲突，我们该如何反应？如何选择？"③ 回到《花瓶》写作的 20 世纪 60 年代初，主导台湾"社会团体的道德观念"的，无疑是

---

① 欧阳子：《花瓶》，载欧阳子小说集《魔女》，中国人民大学出版社 1994 年版。

② 欧阳子：《关于我自己》，载庄明萱等选编《台湾作家创作谈》，海峡文艺出版社 1985 年版，第 173 页。

③ 同上，第 171 页。

当局的主流意识形态——"反攻复国"、追慕西方。因此，作者文本中叙述、批判、质疑、分析和推理等这些具有审美现代性特质的情感表达，与其说是在回应自己的思考，毋宁说是在质疑台湾社会价值体系在威权意识以及欧风美雨的"沐浴"下所发生的变异；进言之，实质上无不是在看似背离传统或强化了历史断裂鸿沟的审美演进中，隐含着现代女性知识精英反思和批判现实世界的强烈愿望。从这个意义上看，欧阳子的所谓"心理小说"便可区别于西方现代派小说相对单纯的"现代时间"取向的现代性，而具有了质问台湾现代性进程的特殊意义。以台湾特殊的历史文化及其地缘政治的关系看，某种意义上，台湾现代性进程一直是以断裂的方式来展开的，断裂于历史、断裂于传统、断裂于文化，这些不断重叠和不断推进的断裂给台湾社会的秩序规范、价值理念和文化心理都带来了剧烈的冲击。因此，当我们在承受着欧阳子笔下那些闻所未闻的母子乱伦之爱、师生同性之爱、普通男女间悖于常伦的异性之爱的"折磨"的同时，包括作者关乎人性、社会、道德等意识形态问题直言不讳地质询，则也无不强烈地感受到作者基于特别的女性经验的现实危机感与变革意识，以及作者对未来理想人格的现代性诉求。

三是可以作为留学生女性书写的代表性作家於梨华。

由现代女性书写分离出来的留学生女性书写，无疑是一个甘愿以自我放逐为代价而主动谋求人格自由与精神抚慰的海外华文女性写作群体。

20世纪60年代的台湾，"来来来，来台大；去去去，去美国"，成为彼时一代青年学生事业与前途唯一甚或最高的诉求。我们在於梨华在其后来被作为台湾学生出国留学必读书目的《又见棕榈，又见棕榈》中，随处可以强烈地感受到那种"言必美国"的激进、狂热和盲从。诚如小说主人公牟天磊的朋友邱少峰所言："这是当今在台湾的人的畸形心理，不管老少男女，都觉得唯一的出路是留美，不管学的是什么，唯一的希望是留美。"① 某种意义上，对于彼时的台湾，"美国"成为了一个符号，深刻地折射出台湾政治文化氛围的窒息与西方文明的所谓"自由民主"的根本冲突以及传统与现代、本土与西化的隔膜。因此，小说中，牟天磊在功成名就、衣锦还乡之后，当他面对父母亲朋因他获得美国博士学位而以他为荣耀的那一片亢奋，当他面对对他寄予了无限梦想而以"带她去美国"作为婚姻条件的恋人，感受到的却是无边的寂寞。回想去国十年的艰辛，"却没有具体的苦可讲……那是一种无形的东西，一种感觉……我是一个岛，岛上都是沙，每颗沙都是寂寞"②；也正是这种无边的寂寞，使他在异国无意间听到一曲古老而遥远的《苏武牧羊》，孩提时在大陆家乡听母亲哼唱这支歌的情景便不由分说地撞怀而来，以致感动得无法抑制地流下眼泪。所谓"每颗沙都是寂寞"，根本上说，所有这一切，对"牟天磊"来说始料不及却又完全在逻辑事理之中。借用白先勇的话："一出国外，受到外来文化的冲击，产生了所谓认同的危机。对本身的价值观与信仰都得重新估计。"③ 作者本人於梨华说得更直白，她说："我在美国不是个失败的人，我先生也不是个失败的学者，可是那种无根的感受跟你的事业成败没有太大的关系，纯粹是一种情感的问题。"④ 在这里，威权政治的强力介入，传统文化的失范，"国已不国"的悲凉，在漂泊于海外的游子的生命感应中已然融聚成为一种强烈的精神荒芜与无根感。换言之，当他们跳脱了严酷的政治意识形态钳制的台湾现实、某种意义上也"游离"于中国传统伦理规范的束缚，甚至也没有了显在的男权意志的"压迫"，却发现自身则完

① 於梨华：《又见棕榈，又见棕榈》，中国友谊出版公司1984年版，第147页。
② 同上，第92页。
③ 白先勇：《蓦然回首》，载《白先勇文集·4》，花城出版社2000年版，第12页。
④ 於梨华：《於梨华畅谈生平与创作》，载庄明萱等选编《台湾作家创作谈》，海峡文艺出版社1985年版，第141页。

全处在了现代西方与自身业已形成的中国传统理性交织驳诘的现代性困窘之中。"传统"已经回不去，此在的栖息之地却是"他乡"。因此，对于牟天磊，一个实质上隐含着丰富而细腻的女性情感和心理特征的牟天磊，在他面对母校台湾大学那一棵伟岸挺拔的棕榈树而陷入是"逃离"还是"拥抱"的痛苦挣扎的状态来看，我们便不难理解，其实质，一方面，凸显出了西方现代性的隔膜与破碎、却又具有全球主导性的特征，隐喻着对于中国现代性的批判与建构；另一方面，则提示出传统与现代的分离与对接、本土记忆与世界经验的对话与排斥，始终执拗地缠绕着中国现代性的艰难进程；而表现在台湾的20世纪60年代，更以家国意识、民族本位的意涵强化了对台湾社会的全盘西化风潮的反思及其民族现代性建构的焦虑。

质言之，由不同的文化立场及其审美意趣所构成的台湾20世纪60年代的几类女性书写，并非一个边际不明、无可对话的写作群体，只是她们从不同的精神向度出发，"不谋而合"地会合在历史断裂的边界处，共时性地谋求一个特定的历史文化区域的文学现代性品格。期间，既有对于历史延续性的眷顾，也有处于历史断裂鸿沟的焦虑。但是，却始终从未放弃对于中国社会文化现代性的反思与建构。

女性·民族·历史救赎
——台湾 20 世纪 70 年代乡土文学思潮与女性文学"占位"

　　"乡土文学思潮"成为台湾20世纪70年代文学场域的巨大话语，根本在于其所隐喻的意蕴已远远超出了它作为一个普通文学话语形态的意义，直指民族意识建构、民族国家认同、台湾社会现实关怀、中西方文化对话以及被殖民历史的再审视等多重文化符码。因此，则在事实上引发了旷日持久的包括主流意识形态和各种文化立场在内的话语总动员及其力量博弈，并在相当程度上深刻影响了台湾社会的文化品格和时代精神。甚至，在随后更为纷繁复杂的政治文化场域的角逐中，以"本土"或"本土化"为表述，逐渐演变成为一种内涵单一的话语，进而异化为一种封闭、排他和民粹化的政治意识形态。这是后话。

　　然而，在一个几乎集结了或隐或显的社会各个话语立场的20世纪70年代"乡土文学"场域，发轫于50年代、并一直表现出丰富的叙事实践的女性文学，却难以整合在一个线性的文学发展的历史描述或者是"非线性"的社会文化编码之中。换言之，在一个几乎包容了各方不同话语甚至是互为异己的文化立场的宏大话语场里，女性文学仍然一如既往地成为"放逐"与"被放逐"的对象。

　　我们注意到，关于台湾文学思潮与文学发展的论著，不论是大陆的研究，重要的如《台湾新文学思潮史纲》①《台湾文学史》等②，还是台湾地区的研究，如《台湾文学史纲》③，以及两岸其他著述，大抵都缺乏了一种视野，一种女性文学话语"在场"的视野。一个有意味的例子：麦田出版社于2007年出版的《台湾小说史论》，是由台湾著名学者邱贵芬组织，陈建忠、应凤凰、邱贵芬、张诵圣、刘亮雅5名学者共同完成的。邱贵芬在序言中谈到，曾计划"促使一部《台湾女性小说史》问世"，"不过，《台湾女性小说史》计划不久即转化成《台湾小说史》撰述计划。……会议讨论中（应该是书稿写作讨论会议，笔者），研究群发现要把《台湾女性小说史》独立于《台湾小说史》之外来撰述，有实际的困难，不如调整计划，放手来撰述《台湾小说史》，原先《女性小说史》的结构未纳入的'乡土文学'断代也因此补回"。④ 这里至少透露出这样一个颇具玩味的信息：原先计划独立著述"台湾女性小说史"，不论"困难"与否，或者说不论成书与否，进入"乡土文学"时期，女性小说是存在"断代"状况的。那么，这是否可以用以佐证前述笔者以为的女性文学话语于乡土文学思潮中"被缺席"的状态？推而广之，自上世纪末活跃起来的女性主义文学批评，不论是理论建构还是批评实践都极大地拓展了女性书写想象与阐释的话语空间，但往往都对乡土文学语境下的女性书写语焉不详。当然，在事实上确乎有过对乡土文学思潮中的女性文学的描述，如樊洛平的《当代台湾女性小说史论》一书，专门辟出一编讨论"70年代：民族回归潮流中的女性观照"⑤，以及其他为

---

① 吕正惠、赵遐秋主编：《台湾新文学思潮史纲》，昆仑出版社2001年版。

② 刘登翰、庄明萱主编：《台湾文学史》，现代教育出版社2007年版。

③ 叶石涛著：《台湾文学史纲》，高雄. 文学界杂志社，春晖出版社发行，1991年版。

④ 陈建忠等：《台湾小说史论》，台北. 麦田出版社2007年版，第3—6页。

⑤ 樊洛平：《当代台湾女性小说史论》，河南人民出版社2005年版。

数不多的关于乡土文学思潮中具体的女性作家及其文本的讨论，如邱贵芬的《女性的"乡土想象"——台湾当代乡土女性小说初探》①、杨翠的《文化中国·地理台湾——萧丽红 20 世纪 70 年代小说中的乡土语境》② 等，这些著述固然因其属己的"发现"而具有某种"补白"的意义，但借助布迪厄"场域"理论的"占位"说，仍不足以回答在 20 世纪 70 年代"乡土文学"这一巨大话语下女性文学的"占位"问题。而同样有意味的是，邱贵芬由原先的"台湾女性小说史"拓展为"台湾小说史"的写作，至少目的之一是希望"'乡土文学'断代也因此补回"，但事实上在最后成书的《台湾小说史论》中，"乡土文学"是因此得以"补回"了，但"女性小说"也还是被排斥在"乡土文学：'压抑'的重返"（《台湾小说史论》第三章第四节标题，笔者）之外。③

这一情形，且不管究竟是研究者的无意去"发现"还是有意地"疏漏"，我们不妨从这三方面来给予考察。

第一，女性主义与民族主义问题。20 世纪 70 年代乡土文学思潮及其论争的泛起，直接源于国际形势的变化和台湾社会的现实处境。就其所隐喻的多重话语层而言，民族主义、民族文化立场无疑是其中最为凸显的符号。不错，"民族主义"是一个充满歧义或者说语义混杂的概念，但它大体上的意涵是指将自我民族作为政治、经济、文化的主体而置于至上至尊的价值观考虑的一种思想状态或运动，还是具有广泛的社会共识的，因此，因其"在意识形态上被认定为一种包罗性和宏观的政治论述"④ 而富有极大的社会与政治的号召力。而关于女性主义，其理论纷争千头万绪，但在根本上，作为一种话语或资

---

① 梅家玲编：《性别论述与台湾小说》，麦田出版社 2000 年版，第 119—126 页。

② 《台湾文学学报》，2005 年，第 7 期，政治大学出版。

③ 陈建忠等：《台湾小说史论》，麦田出版社 2007 年版，第 237 页。

④ 陈顺馨、戴锦华选编：《妇女、民族与女性主义·导言一》，中央编译出版社 2004 年版，第 3 页。

源，其所要践行的就是批判不平等的性别权利关系和不利于女性生存与发展的性别秩序，从而建构和维护权利平等、两性和谐的社会秩序。

或许这就是问题的吊诡。一方面，女性主义话语的对立面直指本质上充满性别歧视的政治文化霸权及其直接表现为排斥、压制女性的男权话语；另一方面，民族主义所被赋予的"至尊至上"地位及其包罗性，实质上与政治意识形态以及男权话语形成了一种"共谋"关系，以致在政治上它也就获得了涵盖和凌驾于包括女性主义在内的其他所有社会意识范畴的权力。具体到20世纪70年代的社会文化语境，以"乡土文学"为表征，牵涉到了台湾社会的众多层面，并最终引发了1977—1978年的乡土文学大论战。反映在政治上，它表现为威权统治对"庶民"现实诉求的歪曲和"围剿"，指斥乡土文学是对大陆"工农兵文学"的呼应；而在广泛的社会意义上，是坚持民族文化立场、传扬现实主义时代精神与追慕西方文化、逃避社会现实两种意识状态的根本对峙，进而凝聚为民族认同、民族回归的社会主潮。由此，"民族主义政治的意识形态运作成为了政治的常态模式，而民族主义所提供的'想象的共同体'被认为最真实的单位或集体形式。结果，妇女问题（或者是庶民问题）若要被承认为政治问题，就必须用一种限定的民族主义方式加以表达。在这样的压制下，妇女问题似乎只有两种出路：要么被迫从民族主义运动中脱离开来，要么寻求一种建构'关系——综合政治'的另类方式"。① 从台湾20世纪70年代乡土文学语境下女性文学话语的"失语"和"缺席"情形看，其实它所能"选择"的就是这么一条路："妇女问题"实质上已完全被民族主义所提供的"想象的共同体"所收编，这恐怕就是问题的所在。而且，正是由于"民族主义"符号的特别凸显，其他因"妇女问题"的"断代"而引发质疑也就没有了理由。

---

① 陈顺馨、戴锦华选编：《妇女、民族与女性主义·导言一》，中央编译出版社2004年版，第3页。

不过，我们在这里"旧话重提"，既在于作为一定时期的社会意识形态有它的历史性，更在于，因由认识历史的主体所具有的主观性以及"历史"本身所提供的主观性观之，20 世纪 70 年代的女性话语不论是被"收编"或曰排斥，当然远不是问题的"终结"。一方面，女性主义话语经由强调男女平等、标志性别差异而指向两性和谐，这一过程在根本上提示出，"女性主义话语"作为一个范畴，随其主体的不断丰富，是可以超越它最初关注的独特现象，而在独特性与普遍性之间获得张力的。这一点，对于思考 20 世纪 70 年代女性主义话语于乡土文学思潮中的"占位"富有启示；另一方面，70 年代女性主义话语的"被缺席"与"历史现场"的缝合有无可能？这也就给出了我们随后考察的"命题"。

第二，女性主义文学介入乡土文学的可能与"策略"。我们应该注意到，由于女性主义话语与民族主义处于不同的甚至表现为互为对峙的思想体系，往往造成了"历史"对它们之间关联之处的忽略。即，不论是在话语层面对社会历史的阐释及其价值判断，还是对于社会历史的影响作用及其具体指导，本质上说，它们都共同具有高度的社会实践性。

回到 20 世纪 70 年代乡土文学的历史现场，如果说，"乡土叙事"构成此间民族文化立场的实践性表现的最突出的着陆点，且人们或者耳熟能详，或者能够如数家珍地对黄春明、陈映真、王拓、王祯和、杨青矗等一众乡土作家娓娓道来，那么，这似乎能够从一方面提示出乡土文学语境下女性文学"缺席"的例证。确实，就 70 年代的女性创作看，其并非完全是以"乡土叙事"为重心，甚或还是一如既往的"都市""婚恋""流寓"等其他"游离"于主流，准确地说是"游离"于"乡土叙事"这一中心话题的写作；而不论是与同时代男性创作的活跃态势进行比较，还是与之前 20 世纪 50、60 年代或之后 80 年代以后女性创作的丰富表现进行比较，此间的女性创作，当真颇有些"捉襟见肘"的窘迫。

但是，如果我们承认"高度的社会实践性"构成女性主义话语与民族主义的共同之处这一前提，那么，以免重蹈历史虚无的覆辙，20世纪70年代的女性文学话语是否介入了"乡土文学"以及如何介入乡土文学？这倒是值得我们去考究的。

首先，从所谓的女性文学"谱系"上看，台湾女性文学的葳蕤气象大抵发轫于20世纪50年代，且从那时候开始便从未缺席过对历史的书写和对现实的叙事，直至20世纪70年代的当下，以在本土"坚守"的季季、曾心仪等一众作家与留学海外的丛甦、聂华苓等相呼应，延续着台湾女性书写的流脉……其次，从期间所关怀的视角看，20世纪50年代的"乡愁"、60年代的"反叛"、70年代的"现实书写"……恰恰共同映照出了台湾社会一直以来的"历史问题"及其文学精神诉求；再次，从其处置"自我"的角度看，女性书写从"乡愁"一路走来，从开始的于困顿状态中的自我抚慰到对台湾现实处境的自觉关注，表现出了内涵的不断拓展和不断丰富。需要说明的是，在这里，我们对70年代女性话语介入乡土文学的考察置放在一个"当代"而不是70年代一个"断代"的背景下来进行，并非本文的疏忽，从女性主义的话语本身来说，一旦割裂了历史，便有可能忽略了其实践性表现的发生和发展的脉络。

女性主义由追求男女平等开始而以双性和谐为指归的整个嬗变过程，不论是话语层面还是实践层面，都在事实上表明，女性主义本身的内在构成已经达成某种共识，即在其仍然对主流话语霸权及其男性话语霸权保持警惕的同时，"妇女实际的处境不仅不能脱离民族/国家的语境加以理解，还有妇女根本是民族/国家计划的重要组成部分。……以同盟者的身份参加由政治家发动的解放运动"。① 与此相对应，显然，台湾女性话语对乡土文学的"介入"，也有一个嬗变过程。或者说，从上述的简单勾勒来看，其实践性表现，也恰好印证了女性已经无法脱离民族/国家的语境来开展历史救赎这样一个属己的特点与

---

① 陈顺馨、戴锦华选编：《妇女、民族与女性主义·导言一》，中央编译出版社2004年版，第4页。

态势。

20 世纪 50 年代的台湾困窘而凋敝，这就决定了女性写作的"闺怨"姿态，诚如琦君所言："生活初定以后，精神上反渐感空虚无依，最好的寄托就是重温旧课，也以日记方式，试习写作，但也只供自己排遣愁怀"。① 但是，经过历史的沉淀，于今看来，这一看似疏离于"反共文学"主流话语的"闺怨"写作，在实质上无不是借助女性自我的乡愁经验，述说的是家国罹难的社会性集体伤痛。② 进入60 年代，台湾已由一个传统的农耕文明地区开始步入现代工商业社会发展的快车道，这一时期的女性写作主体不论自觉与否，不论是传统女性书写，还是现代女性书写，抑或是海外留学生的女性书写，共同以其刚刚获得的性别启窦的脆弱，既要依存或质疑于既定的男权历史文化传统，又企望在现实处境、外来文化冲击与家国意识重建这一多重价值理性的逼迫中，塑造富含历史文化与民族特质的女性自我，使得叙事行为本身在本质目标上更多了一层在政治意识形态下的历史"承担"。无疑，这一过程，她们已经舔去了"闺怨"的印记，"以同盟者的身份参加由政治家发动的解放运动"。

因而，进入 20 世纪 70 年代的台湾乡土文学语境，女性文学的"介入"，既表现出与历史联结的线性过程，也完全有其在一个"非线性"的多重话语资源纠结中的独特的实践性表现形态。

第三，女性叙事与乡土文学的呼应。撕开 20 世纪 70 年代乡土文学思潮下女性话语被民族主义收编的历史缝隙来找寻女性叙事"在场"的印记，局囿于"民族"这一巨大符码或许是艰难的。因为对乡土文学的描述和阐析，出于定式思维，文学史的关注点一般都集中在"在地"的本土写作这样的主体构成上，集中在"乡土"与"社

---

① 琦君：《一点心愿》，载琦君散文集《母心·佛心》，湖北人民出版社 2006 年版，第 215 页。

② 参见本人发表于 2006 年第 5 期《南方文坛》的《多重话语霸权下的女性文学"命名"——台湾 1950 年代女性创作生态追思》一文。

会底层"一类的表现要素上。而 70 年代的女性叙事恰恰在这些层面有它的复杂性，这恐怕也是在一般论述中语焉不详的原因。就"现场"来看，我们以为，70 年代乡土文学思潮下的女性叙事是以其独特的"时代"表征来体现的，大体上是"在地"的本土写作与海外的"无根的一代"的写作相呼应，而不是单一的"在地"特别是以本土籍作家为主的作家构成；是以作为女性自身的"女性话题"去涵化对"乡土"、对"社会底层"的关怀，而不是直接的"乡土"和"现实"叙事。

这样，基于我们的思考，不妨把在期间相对活跃，且不论是"在地"还是游离在海外，我们大体上可以看到这一大批女作家，如聂华苓、陈若曦、谢霜天、施叔青、曾心仪、季季、丛甦、心岱、萧丽红、李昂等；以及也不论是"乡土想象"还是"都市叙事"，她们所提供的文本，如《桑青与桃红》《老人》《梅村心曲》《常满姨的一天》《一个十九岁少女的故事》《苦夏》《中国人》《蛇是女人的恋神》《桂花巷》《鹿港故事》等，显然都与 20 世纪 70 年代乡土文学话语有着这样或那样意义的关联性。在这里，国族寓言的想象、与外来文化冲突的对峙、对威权现实统治的批判、对"升斗小民"的关怀……所有这些，既是 70 年代乡土文学指涉的问题与世相，同时也是女性一直以来所承受的来自民族历史与"国家"话语对女性的钳制和设障，都无不进入了此间女性叙事想象或解构的空间。这就在事实上以女性叙事特有的"社会实践性"，即既要"以同盟者的身份参加由政治家发动的解放运动"，又只能"独自"担当起对女性自我的历史救赎，以多元的价值向度与乡土文学思潮形成了某种响应，从而突破了民族话语对女性叙事的界定，表现出了女性与乡土/民族的另类关系。

诚然，就 20 世纪 70 年代乡土文学的"历史现场"而言，相对于此间男性作家直接以"乡土话语"来召唤民族认同，或是通过关注"乡土社会"对底层人生抒发悲悯情怀，或是以"乡土意识"来展开对现代工业社会带来的"现代病"的审视，甚或直接以民族话语进行社会呼号以凸显现实抗争意志，女性的乡土叙事，毋宁更关切自身的性别处境和生存处境。但是，这恰恰是女性话语对民族/乡土介入与呼应的独特的表现形态。而且，即便是时至今日，主流话语仍然没有能够给予其应有的关注，也丝毫无法掩盖这样的事实：正是在这一过程中，女性主体历经了一个不断拓展、不断丰富、不断反思与建构的历史；同样，其与"民族"的关系，也经历了一个对话与依存、反思与建构的嬗变过程。

因此，台湾20世纪70年代乡土文学思潮与女性文学的关系，其留待不同的话语体系进行反思与重构的空间及其价值判断也将是不可限量的。

"纯情" 而 "吊诡" 的双面袁琼琼①
——简谈台湾20世纪80年代女性创作个案及其他

    台湾当代著名女作家袁琼琼是因为20世纪80年代初的一部短篇小说《自己的天空》而在文坛上声名鹊起的，就其近年在创作风格上的多变，以为喻之"纯情"而"吊诡"的双面袁琼琼或许最贴切不过。

    20世纪80年代是台湾女性文学发展的一个新的高峰期，在很大的意义上，袁琼琼的短篇《自己的天空》成为了这一时期新女性文学思潮的"始作俑者"，作者便也由此奠定了自己在台湾新女性主义文学潮流中的重要地位。

    20世纪80年代以前的台湾女性小说，其思想内涵与传统的女性文学大多一脉相承，反映的往往多是女性在男权意识钳制下，主体失落，甘于屈从，更无从谈起"女人"的存在价值和人格的完整意义。进入80年代，人本意识及其女性意识的复苏和高扬，还由于西方女权主义运动的影响，以重视男女两性角色分析的新女性主义文学开始在台湾岛内涌现。袁琼琼的《自己的天空》发表于此时，既是应运而生，亦是其固有题材与现代女性意识交会的一种自然延伸。和众多

---

    ① 本文是受《中国女性文学读本》之邀所撰写。该书主编荒林、苏红军，2003年约稿，2013年12月由广西师大出版社出版。作为按作品导读格式要求撰写的文字所以收入本书，并对原题（原题《"纯情"与吊诡——"双面"袁琼琼》）做了改动，主要是出于本辑在内容结构上的关联性考虑。

女性作家一样，关注女性命运从来都是袁琼琼小说的焦点，所不同的是，同是在表现社会习俗和伦理关系的文化背景下展示世俗百态、追求人生幸福，但她却在其中表现出对"女人"的"真性情"的敏锐，继而对束缚人性、特别是压抑女性自我的传统伦理的质疑，如其《创世纪》等作品，因此，至《自己的天空》，高扬起一个独立自强的女性主体也就是"顺理成章"的了。

《自己的天空》中的静敏因丈夫有外遇并对她提出分居，经历了最初的疼痛难忍、以泪洗面的心理挣扎之后，狠下心要求正式离婚，从此自谋生路，从一个先前绝少出门而出门未必能顺利回得到家的弱女子，转而成为一个敢于大胆追求自己的爱情且最终如愿以偿，并有完全的把握能够撑起"自己的天空"的"新女性"。小说并没有对人物生活的具体环境加以精雕细琢，重在叙述，显然，其用意便在于对女性的生命过程的呈示而不是直白地表现女性意识的觉醒。静敏在其死寂无爱的婚姻生活中受到难以预料却又突如其来的无情打击，继而猛然醒悟到过去的自我"沦丧"已久——"别的男人有外遇，总弄得鸡飞狗跳的，只有他，一切安排得好好的。完全拿她不当回事。现在还要她把房子让给那女人，而且算定她会听话。"① 人格的自尊和自我意识的"发现"促使她做出离婚的决定。然而，冲出婚姻的牢笼并不意味着完全获得了自由自主的天地，最初的静敏依然承受着巨大的精神压力，也时感遑惑。小说有一情节极具深意，在对小弟（先前的小叔子）有过一阵的情感迷误之后，当遇到屈少节，她再也没有犹豫而是主动出击。女性的自我意识觉醒，某种程度上必然会伴随着性的饥渴和爱的需求去寻找真爱，而精神的旅程往往比现实生活的道路更为坎坷艰辛，唯其如此，这一过程不能不是女性寻找自我、确证自我的过程；同样，也只有经历了这一过程才可能获得自我精神与情感的超越，而最终是否获得爱的圆满已不重要。《自己的天空》正

---

① 袁琼琼：《自己的天空》，载袁琼琼小说集《自己的天空》，台北. 洪范书店，1982 年版，第 134 页。

是因此而呈现出了新女性主义思潮的意涵，"自己的天空"也因此而成为了一个具有特定文化内涵的符码而被广泛用以指称女性意识的自主与人格的独立。

《自己的天空》主人公静敏，经历过婚姻的破碎、爱情的觉醒之后，已然由一个简单的女性转而成为一个丰富的女人，但通观整个文本，其在笔法上似乎来得颇为"纯情"。静敏固然最终成为了一位现代女性，但从根本上说其情爱的诉求并未表现出任何的乖张怪异，完全是作为一个"健康"女子对于情爱的"真性情"再正常不过的追求罢了；小说结构的"起承转合"也极合乎规范；语言则更是平白通透。然而，其近年的不少创作，显然呈现出了不少"吊诡"的意味来。

袁琼琼在《自己的天空》之后，小说、诗歌、影视剧作频频出击，其中，汇集了她三十则短篇速写的近作《恐怖时代》① 一反先前创作的"纯情"风格。在这里，我们已经读不到那个熟悉的渴望"真性情"的"静敏"；小说结构也都没了"章法"，云山雾罩，亦幻亦真；语言则更像是一通通的咒语，叙述者俨然成为了一个诡谲的女巫。这一则则短篇速写，看似状写人生欲望沉浮，莫如说是一篇篇"后现代鬼话"（王德威语）。所谓鬼话，或许可以说是于叙述的平常与反常间造成读者心理承受的落差，以期收到意外惊栗的结局。如《恐怖时代》中，"多看两眼我们的白米饭，那不像是一锅锅白胖的蛆么（《米》）？姊妹淘成了自己丈夫外遇的对象后，还是得请来吃吃拿手的红烧肉——但'谁'的肉（《忘了》）？午夜梦回，枕边人越看越该死（《蓝胡子》），不死就该杀死（《杀人》《箱子与爱》）。但是死去的竟活回来，又如何是好（《老大的复活事件》）？不管《咳嗽》还是《微笑》，想《睡》还是想吃（《口》），好《冷》还是好《赶》，生活的每一个细节、身体的每一种征兆，总正是凶相毕露，煞气重重，袁琼琼的新小说充满了凶杀横死、抑郁疯狂。她眼下的生命即

---

① 袁琼琼的《恐怖时代》1998 年由时报出版社出版。

景，不由你不觉得恐怖"。①

著名华裔学者王德威教授对中国现代女作家的"鬼话"叙事研究，极有独见且影响广泛②，在他看来，女作家写"鬼话"是颇有传统的，如张爱玲、施叔青、李昂、李碧华……但她们的创作多半并不以故弄玄虚、敷衍灵异为能事。如李昂的《杀夫》，营造出鬼魅般的氛围，借着幽幽的"鬼话"将久被压抑的欲望、无从表达的冲动、礼法以外的禁忌，毫无顾忌地倾吐开来。如此说来，袁琼琼的"后现代鬼话"，却颇有些故弄玄虚、敷衍灵异的意味了。然而，对于即便是找寻到了一片"自己的天空"且还能长空舞袖，但却同样也在经历着世纪末世界的极度无序、混乱不堪，也体验过欲望充盈、道德失范、敬畏感缺失的末日心态的"现代人"，《恐怖时代》恐怕就是一记可照仿的"生存策略"了。

因此，我们以为，袁琼琼现今的"吊诡"，换言之，她的这些"后现代鬼话"，其实与其曾经的"纯情"，存在着根本上的深刻关联。一如其先前于新女性文学思潮中充当"始作俑者"的敏锐，《恐怖时代》在处理人间的疏离、死亡的偶然、记忆与意义的流失等这些被人们写透了的现代题材中，以其惯常的先锋姿态渗以层层的反讽，由此而在有意无意间对传统女性小说的"鬼话"做了歪打正着式的颠覆。如此一来，"纯情"与"吊诡"的悖理在作者的笔下则成为了一气呵成的叙事景象。这恐怕也是袁琼琼一直能够占据台湾新女性主义文学潮流重要位置的意义所在。

———————————

① 王德威：《女作家的后现代鬼话——评袁琼琼〈恐怖时代〉》，载王德威《落地的麦子不死：张爱玲与"张派"传人》，山东画报出版社 2004 年版，第 208 页。

② 见王德威《想象中国的方法：历史·小说·叙事》《落地的麦子不死：张爱玲与"张派"传人》等著作的相关篇章。

群体的狂欢与个体生命经验

——以袁琼琼主编《2003 中国年度最佳台湾小说》为例

　　对一个地区一个时段的文学景观做出某种审美判断，仅以某一编者的眼光为依据，便以为也获得"窥一斑而见全豹"的意义，倘若遭到怀疑也是理所当然的；更何况，一整年的台湾小说数以千万计，而袁琼琼主编的《2003 中国年度最佳台湾小说》①　（以下简称《最佳》）仅只选入 9 部。但笔者几度往返穿梭于袁琼琼的这个《最佳》文本，依然难以释怀这份执拗，于是便也自以为是了。

　　袁琼琼也说："事实上，我必须招供，在检视我所选出的这 9 篇小说时，我也有一些疑惑，这些真的是 2003 年里最好的小说吗？……一个也许不是很有力的解释是，根底上，我选的是人，而不是文章。我所挑选的这些作者，我观察到他们在写作这条道路上的努力与不甘停留。新的作家，我看到他们的未来，认定他们在写作这条路上还会走得很长很长，而已有知名度的作家，我看到他们仍如新人一般面对他们的写作事业，他们还在变化中，并没有因为成名而就此

――――――――――

　　①　袁琼琼主编《2003 中国年度最佳台湾小说》，漓江出版社 2004 年版。本文行文中凡引用的小说原话（打双引号的），均出自此。此文原题为《台湾文坛：2003 叙事景观》。

定型在自己的风格里……"①

显然，编者所谓"选的是人"从某种意义上说是出于励志的意义，但透过这一层面的意义，我们还是可以领略到一个特别丰富的叙事图景：《最佳》中的文本世界、叙事策略、审美特征及其创作主体，无不林林总总，由此而套说这一《最佳》即为台湾文坛一个时期的"缩影"也不为过。而恰恰是"选的是人"，我们以为，这就大有意味了。在这"入选"的九位作家中，除苏伟贞一人为20世纪50年代生人，如果还把虹影这60年代初生人算上的话，其余均为60年代末、70年代出生的"晚生代"，如此一来，我们的话题自然就可以很丰富了，这既暗示了一个多元无序的文化背景，或许也在无意中确认了这一"文化背景"已然构成了当下台湾文坛的创作主体及其价值理性和审美形态的事实存在。

一

论及台湾晚生代所"遭逢"的多元无序的文化背景，概而论之，应该始于台湾"解严"并20世纪90年代以降。因此，"世纪末""颓废""意义匮乏""虚无""焦虑"一类的形态和说辞烽烟四起，不绝于耳，甚至也在事实上诱发、暗示和强化了人们的"世纪末心态"，或曰"世纪末"的生存方式。"他们重视工作，但不会因此而牺牲一己的休闲娱乐和生活品位；他们在工作中追求自我满足，但不会计较头衔、地位和薪资。在讲究出人头地的上一代人眼中，可能觉得这一代是不求进取，但在他们自己，却以为少背负一些竞争焦虑，而多享受一些自得其乐的生活。"② 于是，在大多晚生代作家作品中，

----

① 袁琼琼主编《2003中国年度最佳台湾小说》序：《不甘停滞的原力》，漓江出版社2004年版，第19页。

② 马森：《新人类的感情世界——评林裕翼的〈我爱张爱玲〉》，《联合文学》1992年5月号。

对现实世相则表现出了"有憎恨也有歌颂，有排拒也有拥抱"的多元情感状态；充斥于文本世界的无不是一拨拨的"富庶族群""乐观族群""消费族群""感性族群"①；至于叙事策略，也大多新奇怪异、大胆露骨、影影绰绰。但是，在这个《最佳》里的叙事表现，却似乎没有让我们看到这些人对于晚生代的几成定评的精神意趣和叙事策略，尽管《最佳》里的作者与一般意义上的晚生代同处于一个价值多元、世事无序的文化背景。

在李季纹的《睡意》中，美莲和宝华这两位"闺中女友"的友情深厚且尽人皆知，乃至于可以为着友情的相聚而跨洋越海。然而，一场寓言般的大雪，竟使得这场日久年深的友情莫明其妙地顿时化为乌有，甚至"使得美莲对于盐湖城这三个字有一种近乎难堪的记忆"。直至十年之后，美莲从别人口中得知宝华去世，在别人认为她应该难过而一再对她安抚劝说下，"美莲的悲恸一发不可收拾，趴在办公桌上大哭了起来""那当然，周围的人期望她会难过，她只要负责难过就好了"。由此看来，美莲的"悲恸"或许因为还残存着对于友情的些许记忆，然而，这场一发不可收的"悲恸"与十年来彼此形同路人的冰封状态所造成的反差，显然在暗示，美莲的号啕大哭当然不完全是为着宝华的去世，她实在是陷入了深深的悲哀和不解：她与宝华彼此间曾经情同姐妹的友情何以被消解得如此不着痕迹？人与人的感情何以如此脆弱隔膜？正如同此时办公室里这幅别有意味的场景：一边是"皱着眉头想当年宝华的老公务员们"，一边却是"正以超大的音量非常强势地在电话里跟厂商议价，嘴里还咕噜咕噜地喝着珍珠奶茶"或者"非常专注地在办公室里忙着"的男孩女孩。于是，她倦怠了，麻木了，转而陷入了深深的"睡意"，以为如此便可以消解"那些无以名状的空洞，和那些无可奈何又无可宣泄的愤怒"。

成英姝的《女神》在一个寻求亲情的故事框架下，写的却是一

---

① 参见朱双一《近二十年台湾文学流脉——"战后新世代"文学论》，厦门大学出版社1999年版。

个复仇女神附身，乃至不时发生意外和死亡的故事，但读来并不给人以恐怖和畏惧，只是疑惑：琉花是因为被附身才变得那般不同寻常，还是世相本就如此，亲情难觅而无处不是隔膜、防备、怀疑乃至复仇和凶杀？

陈思宏的《挂满星星的房间》写一个在多年前"出轨"而造成自己妻离子散、事业全毁的男子"叶老师"，在他 55 岁生日的那天，决定走向死亡。但在这之前，他要去见见别离多年的妻子和女儿，以释心愿，然后到当年"出轨"的现场去自杀。尽管他最终并未完全"如愿"，也尽管整篇小说的形式尤显突出，但是充斥于文本始终的追悔感和赎罪感，无不给人带来强烈的震惊：在当下这样一个"声色犬马"的现实社会中，人们还能顾及德行、灵魂的自我审判一类的精神本源？何以却由一个从某种意义上说还未经世事的 20 世纪 70 年代出生的写作者来充当社会的良知？

童伟格的《王考》倒是写得影影绰绰，神神秘秘。"海村、埔村及山村——村人，难得一起聚财聚力，翻田越岭十数回，终于由城内尖顶山圣王本庙，求出圣王正身一尊。"但是，如何"安置"这尊集威严、福禄、好运、避邪消灾"功能"于一身的"圣王"？"谁也不愿在轮流供奉的次序及供奉时间的长短上退让"，于是，一场几乎无可避免的械斗即如弦上之箭。然而，是祖父"从午前径自说到了傍晚，祖舅公抹抹老挂到下巴上的眼泪，只觉得，身旁众人为了祖父的话，时而笑，时而哭，时而怒号，时而安静，到了黑暗逐渐沉落的时候，众人居然一派和谐，满面红光，宛如圣王亲临"。祖父何其神秘？何其了得？叙述者透过"孙子""我"的追问，难道不是在执着地追寻，或曰极力重新建构现代人因着"拜金主义"的膨胀而民心不古，进而已然失落了的对于生命、对于伟力、对于意义应有的敬畏感？

梁慕灵的《故事的碎片》其实是一个颇为"完整"的叙事。身为母亲的"母亲"，以为女儿不谙事世事而把带着女儿作为借口，外出与人幽会。于是女儿阿珠"我"便获得了"启蒙"，于是姐妹间也都"耳濡目染""潜移默化"，乃至于在最后"几个妹妹都先后离婚一次、两次或是三次……但是现在轮到自己也快要离婚了"。这一家女人支离破碎的"世袭"婚姻状况实在颇有些宿命的意味。笔者以为其"完整",就在于作者在一个个"碎片"似的婚姻故事中,审视的对象直逼"母亲",而困惑着的同是一个问题:"母亲"有如一个预设的生存模式并且决定着"女儿"们的知觉和行为,现代人的生存困境竟是宿命般无法逃遁和规避?

林奎佑的《阿尼》在这个《最佳》里,应该是"典型"的晚生代叙事了,写的是一个"后现代浪子"的"游戏人生"或曰"网络人生"。阿尼在一个虚幻的网络世界里,执着于强者的精英信念,执着于"生命不息,战斗不止",至于现实社会中的亲情、孝道、行为规范……在他眼里无不是真正的虚幻。于是,他可以理直气壮地拒绝去探望久病于医院的父亲,可以毫无愧疚地面对母亲的埋怨和啼哭。其有悖于现实人伦的决然态度,对于传统的道德规范无疑构成了彻底的解构,同样,对于现代人的价值重构无疑也在提示着一种审慎。

苏伟贞和虹影在这里大概是"长者"了,因此她们写的大多是"过去的事情",或许是沾了些"晚生代"的气息,在表现上不免都透出些奇异来。"他们还在变化中,并没有因为成名而就此定型在自己的风格里。"虹影的《鹤止步》在一个同性恋的故事背景下,极力张扬的是男人间刎颈之交的忠诚与情义,尽管整部小说的价值理性极为含混。苏伟贞的《日历日历挂在墙壁》则在极力"试验新形式和拓展新范围"[①]。写一个传统家庭中看似传统的故事。主角冯老太太,早年发现丈夫有了外遇之后,便开始写日记,而且日记从此也成为了她生活的全部,其他的一切都与她完全疏离。但是,她的日记是写在人尽可看的"挂在墙壁"的日历上的。这就使得一个"弃妇"的故事变得有意味起来。日记里,如同钟摆的准时一样,冯老太太的生活仍然一如既往:随老爷子赴宴,给老爷子摆寿,与"孙女"同享天

---

① 袁琼琼主编《2003中国年度最佳台湾小说》序:《不甘停滞的原力》,漓江出版社2004年版,第2页。

伦，直至宣布自己"寿终正寝"。老太太的日记仿佛一个诡谲的迷宫，看似漠然却深蕴着对世事的洞明，以"无声"的叙述让全家人看得心惊胆战，真假难辨。值得玩味的是，作者在老太太的日记和家里人的观感间，加入了两种叙述，一是西蒙·波娃与纳尔逊·艾格林的情书内容，一是沈从文《边城》里与翠翠相关的情节，而所加入的这两种叙述又与故事的展开水乳交融，这么一来，则从"日记"表象的另一极凸显了老太太对世事过于洞明而在内心深处所产生的难以抵御的寂聊与无奈，也暗示老太太与这个世界的渐离渐远。偌大个世界，人世纷攘，一个女人却这样可有可无地终此一生，整部小说因着表现手法的新异而充满了哀怨和苍凉。

在这个《最佳》里，甘耀明的《圣旨嘴》是最玲珑可爱的一部，从这个意义上说，它是最"另类"的了。故事本身已然就很"另类"。"像根木头躺在床上腐烂"已经五年的"阿公"，"百病、风寒、五毒及野害入蚀，早晚要入土为安"了，却在一个鸟语花香的初春时节还过魂来，随后便与众人同迎恩主公，与恩主公游春访友。而它的真正"另类"更在文字上。"除非亲自阅读，否则很难体会甘耀明这段关于死亡的叙述有多么清甜香美，一点不带秽气。甘耀明的文字既纯朴又优雅，而他所营造的那种几乎欢乐的氛围，让整个故事非常明亮，完全是春天的感觉。"①

然而，给我们带来"另类"感的，显然并不仅仅是这个喜剧化的恩主公民间传奇。

二

对于一个时期文学精神的审视和追问，人们往往习惯于张扬或者不屑于"宏大叙事"，欣赏或者鄙薄"自我写作"。但是，如果我们

---

① 袁琼琼主编《2003 中国年度最佳台湾小说》序：《不甘停滞的原力》，漓江出版社 2004 年版，第 9 页。

也以这类预设的思维定式来诠释这个"2003年度最佳"的话，将无法抵达追寻的彼岸。在这里，我们是没有看到感时忧国的命题，也没有感动于叙事者在背负着家国的重任；然而，在这里，我们也同样没有看到几成定评的"新新人类"的疏离崇高，消解意义，也没有感受到认同世俗，放逐欲望的刺激。诚然，在这里，也有婚外情、凶杀、猜忌、背叛……可所有这些给我们带来的兴奋，显然更在于应了这样一句"行话"：问题不在于"写什么"而在于"怎么写"。

我们以为，这些林林总总的文本所以共同构成了一个"最佳"，就在于，尽管人文坚守与"晚生代写作"往往被认为已然构成了事物的两极，而本文所指涉的"晚生代"却以其现实而特别的姿态在根本上坚守着作为人文写作者起码的叙事立场和精神诉求。

我们不应否认，这些各个不同的文本事实上显现着一个深刻而隐秘的内在关联，即以他们极具个性的生命体验和审视切口，直逼现代人的生存困扰，而其中最为凸显的依然是对人的欲望、价值理性、精神归属……的追问和质疑。也正因为这样，我们才会在"美莲"那沉沉的睡意中，在"琉花"的不同寻常中，在"阿珠"一家母女"世袭"的婚姻状况中，也同样在"祖父"的神秘，在阿尼的"叛逆"，在"叶老师"的"追悔"中……深切地领受了到世相的诡谲，人性的苍凉，灵魂的挣扎。我们想强调的是，在一个环境浑浊，价值迷乱的现实状态下，人文情怀的坚守是需要一种"意志"，需要一种情结的，而对于未曾经历过"抛头颅，洒热血"的战争年代，对于未曾遭遇过极权掌控的时代的"晚生代"则尤为不易。而且，"如果我们愿意理性地来思考这个问题，我们就不能不承认：上一代的忧国忧民，还不是为下一代创造一个安逸的生活环境吗？在安逸的环境中成长的一代，不再涕泗横流地背负着家国的重任，岂不也是上一代的期望吗？""我们不禁要问：一定要把街头的示威游行、号子里的股价涨落写入小说之中，才算反映了社会与经济的状貌吗？是不是人们的生活方式、价值观念、表达情感的方法、人与人的交接的态度，也会同样地反映一个时代的精神呢？如果后者也同样有它的意义的话，文评家就不得不放宽尺度，敞开心胸，才能看出‘新人类’一代的作品的长处。"[①]

而如果我们还继续从"怎么写"的思路往下走，我们还发现这些"晚生代"的叙事策略也同样给我们带来别样的"兴奋"。

对"晚生代"而言，其"前行代"作家几乎把文学有史以来的叙事方式，特别是西方现代小说的形式和技巧都做过"全方位"的演练，甚至还达到了难以企及的高度，这无疑给这些后生者企图实现艺术的超越无意中造成了障碍。但是，在这里，本文所指涉的"晚生代"也同样给我们提供了可以言说的丰富性。

对于这些"晚生代"，"前行代"作家丰富的叙事经验和警示恐怕是在于：醉心于完全自我的艺术传达而忽略丰富灵动的现实生活；叙事技巧的运作仅仅被当作一种技术来操练而放弃叙事的质感和接受主体的审美感受，由此而使得文学与社会及其接受主体渐离渐远。或许，这里的《最佳》们并未形成超越的自觉性，然而，却都不约而同地表现出了不动声色的"尊重"：对自我人生体验的尊重，对接受主体的尊重。

苏伟贞的《日历日历挂在墙壁》在叙述主线中同时插入两种看似游离的声音，无疑是经过了对所有经典文本的千筛万选，作者显然很是用了心机，但读来却不给人以突兀和生硬感，恰恰相反，以为这两种声音本来就是为叙述者而准备的，三种叙述的并行不悖而又浑然一体，使整部小说充满了哀怨和苍凉，也极大地拓展了接受主体艺术想象的空间。成英姝的《女神》、童伟格的《王考》、梁慕灵的《故事的碎片》等显然也是在选择叙事"载体"上很是"考究"的，但他们并不有意于文本的"陌生化"效果，因此，其叙事怪异但并不使人惊恐，神秘但并不"莫测"，"破碎"却完整。或许他们已经看到了不少"前行代"作家由于醉心于艺术实验而使创作不同程度地

---

① 马森：《新人类的感情世界——评林裕翼的〈我爱张爱玲〉》，《联合文学》1992 年 5 月号。

陷入某种困境，便有意识地规避了自己，力图在自身的历史语境和人生体验中寻求艺术的突破，而这种寻求又是建立在审美价值得以最大实现的基础上的。因此，这些"最佳"让人们透过他们对世俗生活表象的叙述看到了生活底蕴的繁复，在他们的"不动声色"中触摸到叙事者内心真实而本质的感受。

以"前行代"作家创作的经验教训来规避自己，并不意味着不再重复或者运用富有质感的形式和技巧。陈思宏的《挂满星星的房间》写追悔和赎罪，所以触动人们对灵魂的拷问，在某种意义上说还得益于其文本意象的生动和意涵的丰富。这里的"星星"其实是内含了两个意象：一个是父亲为女儿卧房的天花板和墙壁上贴满荧光星星，关了灯，便会出现满天星光，这一意象的恰如其分运用，更加强化了父亲的追悔而又无从追悔的绝望感；另一个意象则来自男主人公看过的电视节目。"节目主持人拿着一个可以照出精液遗留的灯具，在一家五星级饭店的房间里四处探照，结果各个角落都有精液的残留闪闪发光，窗帘上、墙上、桌上、落地灯罩上、挑高的天花板上，精液简直是房间里的繁星点点，无处不在。"而男主人公"出轨"的地点正是一家饭店，两相联想，让其感到被"曝光"的无疑就是主人公自己，强烈的无地自容感，致使自己也永远地失去了"制造星星的能力"。生命力的丧失，有如真心赎罪却无人接纳，如此深重的无助感，结束生命恐怕就是最好的解脱。显然，作者所采取的叙事策略，其形式与技巧并没有散漫于文本之外，而是渗透于生活本身，以通过最世俗的生活本身获得了最深刻的灵魂震动，这无疑在传统的写实与不少"前行代"作家的西方技巧实验中实现了一次很好的艺术突围。甘耀明的《圣旨嘴》更是在语言的运用上既活络了传统写实小说中的"一板一眼"，又摒弃了西方现代派小说有意构织语言迷宫的做派，使其"文字好到极点，文辞雅俗并济，往往随处画龙点睛一两字，把整个老俗句子都脱胎换骨了。他的描述五觉并置，让人看到，听到，闻到，嗅到，尝到"。①

　　显然，作为叙事策略的"策略"，在这里，已然被深深地植入了各个文本的肌理，而各个文本所暗含的"意义""价值"这些形而上的精神拷问也因着可触可感的世俗物象而避免了悬置感。因此，不满足于对"前行代"作家成功经验亦步亦趋的追慕，亦清醒地看到"前行代"作家在创作上，或者机械地偏执于"铁肩道义"，或者醉心于纯粹的主观化而陷于某种困境，并以此作为实现创作突围的内驱力，从而确立属己的叙事策略和形成自身的美学特征，这恐怕就是"2003中国年度最佳台湾小说"这道令人注目的文学景观的意义所在。

---

　　① 袁琼琼主编《2003中国年度最佳台湾小说》序：《不甘停滞的原力》，漓江出版社2004年版，第11页。

女性书写的别一种姿态

　　——品读欧阳子的《花瓶》与残雪的《山上的小屋》及其他

　　在海峡两岸的文坛，同是因为特别"怪异"而引起广泛关注和争议的女性作家，欧阳子和残雪无疑最可构成焦点。而如果女性书写指涉的是女性意识、女性生命、女性经验、女性立场……那么，欧阳子和残雪的"怪异"当然就只能是女性书写的别一种姿态了。

　　上世纪50年代中期始，台湾开始由静态的农业社会向现代工商业社会转型，至60年代已然一个"中西合璧"的岛屿，这就引发了整个台湾地区原有价值体系的全面动摇，田园式传统文化的面目全非，加之此前"反共文学"一家独尊，西方经验一途几乎成为文学唯一可行的救赎之道。这即构成了欧阳子"怪异"的背景。大陆当代文坛取向西方现代派文化思潮则起步较晚。浩劫十年之后的痛定思痛，西方经验未尝不可试作一帖"疗救"的处方。于是，短短的几年，文坛便演练完了西方文化界、文学界用了几十年甚至更长的时间才操练过的、才成熟起来的种种现代主义文化思潮，期间便也成熟起来了残雪的"怪异"。

　　无疑，欧阳子与残雪"浮出历史地表"的背景及其文化语境既深刻地影响了她们的审美价值取向，也深刻地影响了社会的评判标尺。

　　欧阳子就这么说过："我最常思考的人性的问题涉及善恶之间的关系，以及道德的标准。我常想，评价人之善恶，是单凭他表现在外的言语行动来判断，还是连心底的思想意念也算在一起？内心的罪，比行动的罪，哪一种更恶，更不可原谅？"又说："一个具有某种性格的人，在陷入这样的困境时，会起怎样的心理反应？会采取怎样的实际行动，而这个主角最后采取的某种行动，或显露的某种表现，一定和他对于该困境所起的心理反应，有着直接而必然的关联。"①

这么一来，心理二字囊括了欧阳子小说的一切题材②。她也因此在台湾文坛被称为"心理小说家"。而且，虽然欧阳子所专注的"心理"并不抽象也不飘浮，但却几乎是闻所未闻。"她的小说中，有母子乱伦之爱，有师生同性之爱，但也有普通男女间爱情心理种种微妙的描述。人心唯危，欧阳子是人心的原始森林中勇敢的探索者，她毫不留情，毫不姑息，把人类心理——尤其是爱情心理，抽丝剥茧，一一剖析。"③因而，欧阳子又被认为是一个"扎实的心理写实者"。其代表作之一《花瓶》无疑可看作是其"窥视"现代人的心理最有意而为的成功实验。

《花瓶》全力展示的是一对在没有任何外界胁迫、没有所谓的"第三者"，仅仅是因"爱"而恨的夫妻间的一场"惊天动地"的心理角斗。妻子以挑逗丈夫醋意大发为快事，以极度伤害丈夫的自尊心、置其于神经崩溃的境地来获取心理的满足。丈夫则因对妻子爱极生恨，神经质地常常自寻烦恼，自我折磨，终至心理变态，导致了家庭的最后解体。《花瓶》最精妙之处是作者别出心裁地给小说安排了一个花瓶，用以"对应"妻子的高傲美丽，用以加剧丈夫的神经错乱。小说中这样的细致描写俯拾皆是。比如：

---

① 欧阳子：《关于我自己》，载庄明萱等选编《台湾作家创作谈》，海峡文艺出版社1985年版，第173页。

② 白先勇：《崎岖的山路·〈秋叶〉序》，载《白先勇文集·4》，花城出版社2000年版，第186页。

③ 同上，第189页。

（1）"噢，老天，我受够了！我再也受不住了！"……而这瓷器花瓶，解着浑身惑术，招惹着他，引诱着他。哦，谁能抗拒这样一个小东西？谁不想碰一碰，抚弄如此精巧可爱的小玩物！而且，谁晓得？也许有一天，会有什么灾祸来临。譬如小偷闯入，把它偷走。或火烧家，把它焚为灰烬。

（2）大约有好几分钟光景，石治川（丈夫）面露狐疑，目不转睛地注视这个神妙光亮的花瓶，好像他不能相信自己的眼睛。而花瓶却傲然坐着，对他招展微笑。于是他屈腿、跪下，开始朝着它爬行，一寸一寸，提心吊胆，好像稍一不慎，它就又会逃出他掌握似的，但他只爬了几步，还未能够着花瓶，便突然全身软瘫，精疲力竭，再也动弹不得，于是他匍匐地上，像个无助的小孩，哇哇地放声哭了起来。①

这样一场"爱情"心理大战实在骇人听闻。作者"突破了文化及社会的禁忌，把人类潜意识的心理活动，忠实地暴露出来"。② 同样，大量运用于小说中的心理分析，也几乎未能在传统的小说文本中找到借鉴。作者融丝丝入扣的心理分析于淋漓尽致的讥讽氛围之中，自成风格，企图实现其"最常思考的人性的问题涉及善恶之间的关系，以及道德的标准"的实验目的。不可否认，欧阳子对人的变态心理的"抽丝剥茧"是努力建立在社会的道德伦理的层面上的，尤其是通过对某一类有着心理缺陷的人的充分细致的刻画，表现出了这一类人的道德倒错，人格的自私狭隘，从而丰富了对人性的透视力，也无不在一定的程度上折射出台湾社会价值体系在欧风美雨的"沐浴"下所发生的变异。但很显然，由于作者刻意于人"在陷入这样的困

---

① 欧阳子：《花瓶》，载欧阳子小说集《魔女》，中国人民大学出版社1994年版，第54—55页。

② 白先勇：《崎岖的山路·〈秋叶〉序》，载《白先勇文集·4》，花城出版社2000年版，第189页。

境时，会起怎样的心理反应"？因而不厌其烦地设置了大量琐细的故事情节和心理情态，如此，或可让人产生某种类似的心理经验，但更多的感觉就好像是在观赏一幕幕虽精彩却又可笑无聊的活报剧。这当然在相当的程度上削弱了作品的现实精神，也包括作者所致力的道德伦理的批判精神。

残雪则这么说过："我追求一种特殊的美——'记忆'研究。记忆有很多很多的层次，但人们意识到的大多是表层次的，深层次的是人难以意识到的，这并非梦，不是的，而是由原始力导诱出来的。……人类进步了，但也自我增添了很多压力，而原始初民生活的空间是很少压抑的，譬如'脏'，并不一定就是不好的。我以为，'脏'就是生命力，所谓的美，正是从脏的土上长出来的花。最'脏'的最黑暗的地方是最有生命力的，离开了，美就只能是苍白的！"① 出于这类"特殊记忆研究"，残雪的小说则全然一个怪诞不经的世界，具有十分强烈的非现实感。在那里，总是那么阴鸷恐怖，到处是蚊子臭虫，并且常常下着黑色的雨；这里的人，无论丈夫妻子，母女父子，岳母女婿，全都没有个人样，就连婚礼上的"新人"也都那么卑琐。这样的一个世界着实需要"把玩"再三，方可有所心得。

譬如，其代表作之一《山上的小屋》就是一个难以理喻的世界：

（1）月亮下，有那么多的小偷在我们这栋房子周围徘徊。我打开灯，看见窗子上被人用手指捅出数不清的洞眼。隔壁房里，你和父亲的鼾声格外沉重，震得瓶瓶罐罐在碗柜里跳跃起来。我蹬了一脚床板，侧转肿大的头，听见那个被反锁在小屋里的人暴怒地撞着木板门，声音一直持续到天亮。

（2）我发现他们趁我不在的时候把我的抽屉翻得乱七八糟，

---

① 残雪：《追求一种特殊的美》，《文学报·特稿专刊》，2000 年 5 月 18 日。

几只死蛾子、死蜻蜓全扔在地上，他们很清楚那是我心爱的东西。

（3）母亲假装什么也不知道，垂着眼，但是她正恶狠狠地盯着我的后脑勺，我感觉得出来。每次她盯着我的后脑勺，我头皮上被她盯的那块地方就发麻，而且肿起来。

（4）原来父亲每天夜里变为狼群中的一只，绕着这栋房子奔跑，发出凄厉的嗥叫。①

这都是正常的理性和感受能力所无法"领略"到的怪异的感官体验。不过，就阅读感受而言，由于叙述者与人物处在同一视界，所以，那种错乱、痉挛、阴鸷、荒诞的超现实的陈述却让人难以区分是"我"的感官出了问题，还是生存环境就是如此，不免让人对生存环境产生了类似于残酷、险恶、人心叵测的恐怖感。从这个意义上说，比较欧阳子致力于人的"心理困境"，以确立现代人的道德伦理标准，残雪所极力构筑的这个荒诞、变形、梦魇般的世界，则显示出了更深刻的现实批判精神及其现代人格的思考。这是一种由特别深刻的生命体验所传达出来的现代人的深层忧患，包括对人的某种本质的丑陋、人类生存环境的焦虑和苦痛；同样，比较西方现代派小说的虚幻、怪诞和自我，残雪的"记忆研究"则更具有一种境界，一种人类共通的对"最有生命力"的美的向往的精神境界。

有意义的是，略过一般的社会评判标尺，我们发现，欧阳子与残雪的非现实书写在历史文化内涵差异的层级下却共同隐含着极其另类的"女性经验"。《花瓶》中夫妻间轮番进行的相互伤害和心理角逐，与《山上的小屋》中"我"对所有家人的异形"想象"，场景之触目、人伦之悖谬都完全超乎了正常的现实秩序。

---

① 残雪：《山上的小屋》，载《中国当代文学作品选·第二卷》，华中师范大学出版社 1999 年版，第 261—262 页。

女性书写的别一种姿态

"石治川的毛病，就是他爱太太，爱到了恨的地步"，乃至"一股炽烈的妒忌，像只毒蛇，盘旋在他胸中，喷吐毒焰燃烧着他，他恨不得把冯琳与世隔绝起来"。妻子冯琳对于如此的"爱"也不甘示弱，"我是你太太，你对我有权利，来呀！何若那样妒忌"，"你且告诉我听，你那晚为什么没下手"，"为什么没把我捏死？"①

小妹"目光直勾勾的，左边的那只眼变成了绿色"；母亲"朝我做出一个虚伪的笑容"，"一直在打主意要弄断我的胳膊"；父亲"用一只眼迅速地盯了我一下，我感觉到那是一只熟悉的狼眼"。②

在这里，所有的爱情、亲情、至亲、血亲，直至日常生活逻辑都完全构成了对现实存在的所有秩序的全面颠覆。《花瓶》的叙事模式看似相对简单，只是一种"妻子"与"丈夫"的二元结构；事实上，《山上的小屋》也同样是一种二元结构，文本中的"父亲""母亲"和"妹妹"从来都被置于"我"的对立面"他们"当中。——"家人们在黑咕隆咚的地方窃笑"，"等我的眼睛适应了屋内的黑暗时，他们已经躲起来了"，"他们趁我不在的时候把我的抽屉翻得乱七八糟"……这里的"母亲"与"妹妹"仅具有称谓的意义，男权意志的围剿，"母亲"与"妹妹"的传统形象已完全被解构，并在实质上自觉不自觉地成为了"父亲"的同谋。同样，面对强大的既定世界秩序，"妻子"与"我"只能以一种属于女性的偏执、敏感和冷艳的方式，企图实现其撕破正统男性世界的整体性的目的。当然，由于文本的或怪异或玄虚，几乎无法让人触摸到期待视野中的女性意识痕

---

① 欧阳子：《花瓶》，载欧阳子小说集《魔女》，中国人民大学出版社1994年版，第46—54页。

② 残雪：《山上的小屋》，载《中国当代文学作品选·第二卷》，华中师范大学出版社1999年版，第262—264页。

迹，但这种自我防卫、自我分裂，这种歇斯底里、幽闭孤独，不能不是男性视野逼迫下极其隐秘、变形、脆弱而又极具个性的女性经验。从话语表达方式上看，二者的"想象"则又完全脱离了惯常的现实经验，致使在审美接受上让人觉得不可思议。但透过这种不可思议，我们分明感受到了她们对女性自我精神状态揭示的锐利、独到和真切可信；特别是，这种不可思议完全渗透着女性特有的细腻笔致，直指幽微的男权话语霸权下女性心理深处的真实，也分明让我们感受到了她们颠覆性或否定性审美表达的力度。

欧阳子与残雪共同以"另类"的女性姿态在两岸的文坛上先后挥就了一道虽刺眼却亮丽独特的风景，使得两岸的文坛相继展示了现代性品格的风采；她们也同样是以这样一种"另类"的姿态从不同的价值向度共同进行着现代女性直至现代性人格的叩问和建构，进而，由此所积累的文学经验对于两岸文学品质的对接与整合无不具有深刻的启示。

叙事的实验与女性的 "历史"

——苏伟贞的《日历日历挂在墙壁》①

台湾作家苏伟贞的短篇《日历日历挂在墙壁》（以下简称《日》），就其小说的故事本身而言，其实是很"老套"的，无非就是男主人公有了外遇而给家庭带来了变故。但它却获得了2002年的台湾九歌年度小说奖，作者入选（台湾）2002年度小说家，随后小说入选大陆和台湾多种小说选本。对于这一情形，台湾小说家和文学评论家袁琼琼恐怕是道出了原委，她认为这部小说在"试验新形式和拓展新范围"。② 作者在文本中或许确是开展了一场叙事的实验，使得一个"老套"的故事变得"陌生"起来。但是，在所谓"陌生"这一话语已被文坛拿捏得烂熟于心的当下，其"试验新形式和拓展新范围"又何以担当得起那般花团锦簇的荣誉？笔者注意到，就目前不多的评论中大多也是更关注其"新形式"的试验，但我们更愿意认为，其"新形式"也好"新范围"也罢，在根本上小说隐喻着的是一部女性的"历史"。

---

① 小说原载台湾《联合文学》2002年2月号，后入选大陆、台湾多个小说选本。本文凡引用的小说原文（打双引号而未标明出处的文字）或转述的内容，均出自袁琼琼主编《2003中国年度最佳台湾小说》，漓江出版社2004年版。

② 袁琼琼主编《2003中国年度最佳台湾小说》序：《不甘停滞的原力》，漓江出版社2004年版，第2页。

54

当然，小说确有其试验的新形式或曰"陌生"的表现。

其"陌生"即在于叙事本身。小说男主人公"老爷恐怕玩得太过火，骚货趁势抓机会闹开了，不给名分等着瞧"。如何调停这一场风流债？情急之下老爷使出调虎离山计，支走了老太太并狼狈出逃。当老太太按照老爷的吩咐，大办采买回到家，看到的却是一个有如惨遭洗劫后的一个杯盘狼藉的家，当即"脸色五颜六色跑马灯似的"。如果说，老太太随后便如同陷入世界末日般的哀号，呼天抢地地寻短见，这对于一个旧式老太太而言也应该是在我们的想象之中。但是，老太太呆立房门口久久进出的是这么一句话："都打算走了，姿态还摆得这么真，这说明老爷是一个多么糊涂懦弱的人。"随后，仍旧按照老爷开出的菜谱做出整桌菜，用完餐后仍旧一如往常继续去写她的日记。如此日复一日。只是，她的日记却又超乎我们的想象：日记里，如同钟摆的准时一样，冯老太太的生活仍然一如既往：随老爷子赴宴，给老爷子做寿，跟老爷一起与"女儿"同享天伦，直至宣布自己"寿终正寝"。老太太的日记仿佛一个诡谲的迷宫，以"无声"的叙述让全家人看得心惊胆战，真假难辨。因为，她的日记是写在人尽可看的"挂在墙壁"的日历上的。这就使得一个"弃妇"的故事变得有意味起来。

其"陌生"还在于小说的架构上。小说完全拆解了传统叙事的样式，在老太太的日记和家人的观感这一重叙事间，加入了另外两重叙述，一是西蒙·波娃致纳尔逊·艾格林的情书内容，一是沈从文《边城》里与翠翠相关的情节。作者在叙事主线中同时插入两种看似游离的声音，读来却没有给人以突兀和生硬感，恰恰相反，以为这两种声音本来就是为叙述者的叙事而准备的。比如，在老爷仓皇出逃、老太太自语"老爷是个多么糊涂懦弱的人"之后，文本出现了《边城》的这么一段描写："天夜了，有一只大萤火虫尾上闪着蓝光很迅速地从翠翠身旁飞过去,她说:'看你飞得多远?'";在老爷仓皇出逃的当晚,老太太一如往常用完晚餐上楼写日记,文本随后出现了西蒙·波娃至纳尔逊·艾格林的一段情书内容:"亲爱的纳尔逊:这栋安静的屋子最近发生一些可悲的事,人们陆续来到这里,安静的生活就此结束了。"……显然,作者很是用了机巧,荟萃了不同经典的同质底蕴,使得三重叙事并行不悖且浑然一体。这么一来,既极大地拓展了接受主体艺术想象的空间,也从叙述和"日记"表象的另一极凸显了老太太对世事过于洞明却仍然难以抵御内心深处所涌动的无奈与伤痛。整部小说则因"陌生"而充满了哀怨和悲凉。

二

然而,在一个充满实验意味的文本形式里,我们以为,隐喻的却是一部无法实验的女性"历史"。

老太太俨然传统意义上的旧式妇女,一如小说的描写,"日常工作无非伺候老爷孩子,重心是老爷。五个孩子还没有一个老爷费事,老太太奉行一夫一妻制如信仰一位神祇"。但是,很值得注意,作者却在有意无意间给足了老太太也未尝不曾是一个现代女子的讯息:"以前老爷绝倒于二十年代绍兴师爷鲁迅文章。'有想法!够筋道!'老太太跟着看……";"老太太民初风格好使钢笔(还只灌派克墨水,后来缺货,找死人!)";至于九十岁的老人了呢,不但自己仍在坚持着几十年如一日地写日记,"冯家女眷个个跟着老太太学了爱写日记",如此等等——这确如吻合了一句振聋发聩的名言:"女人不是天生的而是生成的。"其事实就在于,一如冯老太太,即便皴染了现代文明的启蒙,也拥有了于文明社会中可资独立谋生的条件,诸如那些同是民初时代的得风气之先的新女性,可教书、可写作,换言之,老太太已完全具备了追求社会身份和经济独立的资质。但是,在传统樊篱与现代追求的角逐中,女性终究难以挣脱"第二性"的屈辱地位,夫权社会权力关系的强大和男性中心观念的冥顽,完全足以随心所欲地诠释和塑造女人。因此,"冯老太太"看似以一种迥异于"女子无才便是德"的旧式妇女的现代知性女子身份出场,却仍然扮演着"出嫁从夫"的传统女性的角色,在一个由男性话语垄断的漫长而沉重的历史制约中别无他途。

但是,女人难道不是天生的吗?在文本内里的不同缝隙中,我们却似乎感受到了作者的犹疑与挣扎。

在《日》中,"老爷政府里当顾问,负责经济政策咨询,另外大学兼几堂课",老太太自然在家相夫教子。这一家庭模式当然可做多种解读:这就是一种典型的封建士大夫的家庭结构?女性被禁锢在传统樊篱中而失却了自我?男权话语主宰了女性的独立与自由……似乎都可以成立。

不过,应该注意到,这至少不是冯家老太太生活的全部。小说执意着墨的是老太太写日记,"之前呢,老太太日记便不存在隐私权,随便摊在那儿……如果加上老爷兴起朱笔眉批更有看头"——这倒是一幅颇有意味而值得咀嚼的画面。回到波伏娃命题"女人不是天生的而是生成的"的"原点",无疑,其根本的要义是在于"反对以自然生理结构为基础的性别本质主义,企图为女人的独立和平等在理论和观念上扫清道路"①。而且也在实践的意义上,以男女平等、男女平权这一强烈的政治诉求迅速地由欧美而席卷全球,迅速地由政治领域扩展到了历史文化领域的深处,并在对男性中心文化的解构中,有效地将女权意识嵌入了社会历史文化的方方面面。但是,如果这便是问题的终极目标,最终陷入男女两性于现实社会的分庭抗礼这是否应该要引起足够的警惕?天生既为女人,其生理结构及其情商机制必然存在与男性的绝对差异,这是一个基本的历史的文化态度。恰恰是波伏娃,一个在世界女权运动史上无人可以取代的杰出女性,在《日》中被作者"截取"了这么一段她对情人纳尔逊的情话:"宝贝

---

① 李江:《世纪末看"第二性"》,载《读书》1999年第12期,第101页。

纳尔逊：下一次，如果你想和一个人睡觉，那就睡吧！这次你没有这么做，我把它看成一份柔情蜜意的礼物。但是一份礼物不等于赡养费，你不欠我什么，因而这份礼物极为珍贵，再说一句，请永远告诉我实情。"在这里，波伏娃以一个看似具有极其鲜明的女性主体意识的"独立"的"我"，对来自男性的"爱"表达出了最女性的感应或曰感恩（伦理学层面的道德评判从略）。《日》中特别援引这段话是作者的信手拈来还是不经意地暗示已不重要。历史地看，以追求男女平等平权为发端的女权主义运动历经大半个世纪，致使非人——人——女人这一"女性历史"的脉络已逐渐清晰起来。因而，笔者以为，男女不可克服的生理差异，在可能的意义上不再是权力压迫的借口，而是各自的优势，经由强调男女平等、标志性别差异而指向了两性和谐的人类生存的美好境界是完全有理由可以期待的。一如前述那幅耐人寻味的图景。

遗憾的是，好一幅冯家老爷太太一起激赏绍兴师爷鲁迅橄文，一起品铭美文奇章的琴瑟和鸣图，或曰"两性和谐"的境界，随着一个局外的"娇娆货色"（小说原话）的介入而不复存在了。

那么，作者还是以为女人确乎是生成的？至少在一个"流亡"的时代大抵如此？所谓"流亡"，在这里，本是老五冯朝对老母亲日记的破解："她写的不过是流亡。"老太太兴起时，还开始大量画图，"一路由北往西南转东移动，最后跨越东海来到台湾"。这或许是小说在一个传统写作意义上的对冯氏家族史的委婉交代？但正是这个如此强烈的政治符号在无意间透露出了叙事主体看似淡定自若，内心深处却在挣扎于某种程度的迷失与焦虑。直言之，由巨大的政治历史空间变动而造成的"流离失所"，对一个民族而言，当然是一场极其深重的历史灾难。然而，在这里，对一个"生成"的女人而言，即便是民族灾难，无疑也远逊于情归何处的情感"流亡"所陷入的恐慌和绝望。作者苏伟贞索性直接表明："不过这都是重要而不是主要事件，只是背景，最主要是什么呢？日记吧？为什么？（萨依德说，流亡是最悲惨的命运之一。）你难道不明白吗？"毋庸置疑，老太太面对老爷离去其从容淡定的表象深处，实质上是一个陷于极度分裂的幽灵，比如，"今天四北请我和老爷上馆子。……不知怎么仿佛回到年轻故事里最神奇而且已经失落的梦中"；"从今天开始，……老爷和我一起陪冯冯去学校，走过挺拔的大王椰林，九月的清晨像生命中最美好的一段初旅，我很高兴冯冯和老爷在我身边。"……我们当然可以认为这些荒诞无稽的虚构日记源自老太太内心深处的孤独，也可以认为是老太太以一厢情愿的幻象来自我抚慰滴血的心灵——但是，作者的情感纠结却值得我们深思：一如文本中同时嵌入翠翠这样一位因循传统却美善天成的女子和波伏娃这样一位女权运动创始人之一的现代女性这样两个不同"极"的女子的身影，因而与在某种意义上所暗示出的悖谬一样，即便是从挣脱传统权力关系格局出发，且积极参与了"女性历史"重构的现代女性写作，其主体的完全建构，显然同样也会时有迷失；甚至，还往往在质疑"第二性"女性身份及其历史命运的同时，仍然有可能难以逃脱"生成"的历史规定，或曰仍然会陷于"生成"的集体无意识。正如同苏伟贞笔下的"冯老太太"，看似气度非凡却仍然难以自处，在面对众人而表现出对男权蔑视的努力中，骨子里却还缠绕着男权情结，终而走不出老旧故事的幽怨，这才是"女性历史"的最触目惊心处。

　　"冯老太太"到底情归何处？如何破解这一亘古难题？犹疑也罢，迷失也罢，毕竟，"新世纪台湾第一道曙光照在兰屿"上了（小说结束语）。

第二辑　历史与族群

历史的多维记忆与 "编码"

——20 世纪 50 年代台湾地区 "战斗文艺" 的流播

1949 年中国政治格局的巨大变动，对中国社会历史进程的深刻影响，或许都在人们的想象视野和心理期待之中，但是，当它一旦真正发生，其剧烈和深广的程度还是超乎了所有人的所有期待。而如果由于还无法从根本上挣脱因长年的历史争战而形成的 "战争文化心理"①，并自觉不自觉地用以驱动对这段历史进行书写的话，那么，这个 "历史" 就来得很有意味了。

譬如，20 世纪 50 年代，因陷入政治上军事上的全面溃败而困守台湾的国民党政府，为 "收复大陆" 曾信誓旦旦地发出 "一年准备，两年反攻，三年扫荡，五年成功" 的癔语，而直接受命于台湾当局的 "中国文艺协会" "中华文艺奖金委员会"（以下简称 "文奖会"），因此明确发出了所谓 "战斗文艺" 的动员令，一时间 "反共文学" 铺天盖地。就台湾主流话语的描述，仅 1951 年一年，"文奖会" 光是戏剧和长篇小说两项征文，就达五百万字之多②；到 1953 年，"向文

---

① 参见陈思和《中国新文学整体观》，上海文艺出版社 2001 年版，第四章。指战争观念、战时意识占据社会文化心理的主导位置，从而使战时价值判断、行为规范、意识倾向超越其他文化心理特征，渗透到社会潜意识中，从而形成一种带有明显战争心理特征的普遍的社会心理。

② 参见台湾《中华文艺资金委员会四十二年度举办文艺资金办法》，载台湾《文艺创作》，第 21 期，1953 年 11 月。

奖会投稿的作家，青年与战友，超过两千人，且估计自由中国从事反共文艺创作的作家与优秀青年，应在一千五百人至二千人左右"①。"诗歌、散文、小说……及各种通俗文学都以'反共抗俄'为主题，由少而多，由多而更多。社会上所有文稿都集中到文奖会来了。"②

如果说，文学是由创作主体诉诸语言的自由情感的审美存在形式，那么，如上述，如此蓬蓬勃勃的"都以'反共抗俄'为主题"的"文学创作"，在一个逼仄之岛的短瞬之间，异军突起，蔚为大观，是否还可能完全是主体精神领域中人的自由本质的感性确证？这实在是很可存疑的。但是，我们又无法忽视，或者说，"反共文学"何以在台湾当代能够"作为一段文学时期在整个战后史的重要性"，乃至"对'战后文学传统'产生既深且远的影响"③？这样，我们试着转换一种思维，即，换言之，如果说，某种意义上，文学创作也是一种传播行为的话，借由相关的理念，如英国传播学学者麦奎尔认为，"传播是个人或团体主要通过符号向其他个人或团体传递信息、观念或情感"④；而且，个体在传播过程中接受所属社会的文化规范（其中包括在文学活动中获得的），并将其内化为自己的价值准则，从而对世界做出相应的价值判断⑤。由此，我们认为，在很大程度上，此间"反共文学"这一符号正是借由一个非完全意义上的文学途径，在事实上接受了"所属社会的文化规范"，即台湾国民党当局的文宣动员，并且内化为"个人或团体"的价值准则，从而对社会

---

① 参见张道藩：《论当前自由中国文艺发展的方向》，载台湾《文艺创作》，第 21 期，1953 年 11 月。

② 陈纪滢：《文艺运动二十五年》，台北．重光文艺出版社 1977 年版，第 9 页。

③ 应凤凰：《五〇年代台湾文学论集》，高雄．春晖出版社 2007 年版，第 4 页。

④ 麦奎尔等：《大众传播模式论》，上海译文出版社 1987 年版，第 5 页。

⑤ 吸纳文化人类学家的相关见解。

进行的传播，并因此得以实现了一个特殊时期"所属社会的文化规范"的价值目标。

一

这一传播过程至少内含有三个维度的构成。

首先是传播的话语立场。为把台湾建成所谓牢固的"反共"基地，完成"反攻复国""大业"，20世纪50年代初，蒋介石就指示国民党"中央文化运动委员会"主委、台湾文化界领导人张道藩：要创设中华文艺奖金委员会，奖励富有时代性的文艺创作以激励民心士气。诚如台湾国民党官方组织撰写的《中华民国文艺史》所载："当中华民国政府搬迁到台湾省以后，执政党才深深地体会出文艺工作的不可忽视。于是从民国三十九年三月起，中国国民党中央改造委员会即在政纲中列入文艺工作一项。接着蒋总统复于民国四十二年在手著《民生主义育乐两篇补述》一书中，提示'民生主义社会文艺政策'的重点与方向；对各项文艺工作都有极明确的指示，为后来的'战斗文艺'运动，展开了主导作用。民国四十五年元月，中国国民党中央遵照蒋总裁的指示，正式揭橥了'战斗文艺'运动，并由中常委会通过了《展开反共文艺战斗工作实施方案》。而这一方案，亦可说是中国国民党文艺政策的始基。"① 于是，由先前的"民间社团"（实则官方钦定）到现在名正言顺的官方行为，所有宣传舆论闻风而动，全岛从北至南无处不充斥着这一类歇斯底里的语词："配合战斗！配合建设！配合革命！我们必须歌颂战斗！歌颂英雄！暴露敌人！向前方的英勇战士看齐！向后方的自由战士靠拢！创造士兵文学！创造反

① 尹雪曼：《中华民国文艺史》，台北．中正书局1975年版，第977页。

共文学! 创造真正认识自由, 保卫自由的自由文学。"①

文学叙事根本上就在于"想象"的丰富和诗意的呈现并因此而获得其存在的审美特质, 但是, 当它在相当的程度上并非完全出于创作主体自由本质的感情确证, 而如此一般地被纳入"党国"体制并变身为政治工具, 可以想见, 其内在的美质还能所剩几何? 诚如后来"反共文学"的始作俑者张道藩所言: "一个不容否认的事实摆在我们面前: 便是反共的文艺作品一年比一年产生得多了, 广大读者对反共文艺作品的欣赏兴趣却一年一年减少了。不仅是少数专家学者认为这些作品, 是属于'宣传'一类的东西; 便是广大的读者, 也把它们当作宣传品看待。反共文艺的效用在逐渐减削。"② 当然, 就当时而言, 所谓"党国"意志的传播则确实因此在事实上而获得了采用别的意识形态手段都不可能获得的特别效果。

其次是传播主体的结构及其精神内核, 这一方面的情况相对比较复杂。包括诸如上至身为国民党立委同时担任"中华文艺协会"主席的陈纪滢, 下至于困顿无助中的下层文人; 还包括, 为保障"反共文学"的有效"生产", 当局还配套出台了高额奖金制度, 因此, 传播主体的构成也不排除"重赏之下"的"勇夫"。但毫无疑问, 这些不同的阶层和群体都在不同程度上共同拥有大陆"沦陷"后的"创伤记忆"。台湾学者就直言不讳, "由于政治环境的因素, 反共抗暴成了 20 世纪 50 年代新文学的主要思潮。挫辱的惨痛记忆, 使无数有文才的人深刻反省……他们直接或间接, 正面或侧面, 暴露敌人的阴谋诡计与残暴行为", "随同政府东渡的不甘被奴役的大陆来台人士, 经历了中国空前浩劫, 为争生存争自由, 便不得不反抗共党暴政"。③

---

① 孙陵: 《文艺工作者底当前任务——展开战斗, 反击敌人》, 台北《民族晚报》副刊, 1949 年 11 月 16 日。

② 张道藩: 《论当前自由中国文艺发展的方向》, 载台湾《文艺创作》, 第 21 期, 1953 年 11 月。

③ 张素贞: 《五〇年代台湾新文学运动》, 台湾《中外文学》第十四卷第一期, 1985 年 6 月, 第 129—130 页。

同样的，文学叙事一旦为政治义愤背书，甚至成为创作的主导意志，其还能葆有几分"想象"的鲜活和诗意的美感？诚如潘人木的长篇小说《莲漪表妹》获 1951 年台湾官方颁布的"中华文艺奖"，便在其小说重版序中直言不讳："我现在就提出控诉，为我自己的冤屈提出控诉，以我的这本旧作——《莲漪表妹》作为我的状诉。虽然这个状子写得不好，不及实情的万分之一。如今我巴不得它够资格称为抗战的、反共的小说，也巴不得我有能力再多写几本抗战的反共的小说了。"①

再次是传播的平台及其功能。这无疑也是考察 20 世纪 50 年代台湾地区"反共文学"传播的一个不可或缺的重要维度，这里主要是讨论文学出版机构和文艺期刊。首先看文学出版机构。当时活跃的出版业者大体上可归纳为两类，一是由党政文化机构兼办的出版社，或是由半官方文化团体挂名做出版人；二是与国民党或军方关系良好的主流作家独资创办的小型出版社②，因此这些出版社则大多命名为"重光""中兴""红蓝""反攻""复兴"，等等。从这些出版业者的"背景"及其命名看，事实上已经可以透露出既可意会亦可言传的关乎当时台湾社会的诸多信息。直言之，"这类充满战斗性，或带有强烈国家意识，表达效忠精神的社名，明显呈现这个时期文化生产机构特有的浓厚政治性格"。③ 再看文艺期刊。在本雅明看来，"日常的文学生活是以期刊为中心开展的"④，朱光潜甚至认为，"在现代中国，

---

① 潘人木：《莲漪表妹·我控诉（代自序）》，《莲漪表妹》，台北. 纯文学出版社 1985 年第 2 版，第 8 页。

② 参见应凤凰：《五〇年代台湾文学论集》，高雄. 春晖出版社 2007 年版，第 83 页。

③ 应凤凰：《五〇年代台湾文学论集》，高雄. 春晖出版社 2007 年版，第 83 页。

④ 本雅明：《发达资本主义时代的抒情诗人》，三联书店 1992 年版，第 44 页。

一个有势力的文学刊物比一个大学的影响还要更广大，更深长"①。当时占据1950年代台湾文坛主导地位的刊物，如《文艺创作》《半月文艺》《火炬》《新文艺》《军中文艺》《幼狮文艺》《复兴文艺》等，同样，也大体上多半是由台湾党、政、军等官方机构给予经费支持，并因此直接接受"国家机器"的幕后掌控的。以《文艺创作》为例，创刊于1951年，发行人即为时任（台湾）中国广播公司董事长、国民党中央改造委员、中华日报董事长，而刊物创办的第二年又当上了国民党当局"立法院长"的张道藩。其征稿宗旨就直言："本会征求之各类文艺创作，以能应用多方面技巧发扬国家民族意识及反共抗俄之意义者为原则。"② 文学刊物作为文学存在的载体，它利用技术、资金和市场发行将语言符号的文学作品物化为一种纸质媒介形式，直接在文学与社会、作家与读者之间架设中介和通道。具体到台湾20世纪50年代的政治生态，这些在政治意识形态上完全接受国民党"战斗文艺"号令，并且在不同程度上获得台湾当局物质条件支持的文学刊物，在根本上也就是直接在台湾当局的"党国意志"和台湾社会文化心理之间架设了一条强势的中介和通道。因而，同样，对于当时正处于风雨飘摇中的台湾现实，它也直接有效地"承担"起了其他意识形态手段都难以承担的组织、引导和"抚慰"世相人心的社会功能。

如陈纪滢的《荻村传》，主人公傻常顺儿是一位保守、愚蠢、贫苦、狡诈、愚昧，永远被支配的卑微的小人物。他经历了义和团之乱、大清亡国、民国成立、军阀割据、日本侵华和"共匪"作乱等几个时代。特别是到共产党进入荻村，"白天荻村是兽的世界，晚上荻村是鬼的世界"，整个镇子被闹得天翻地覆。村民被杀的杀死，被逼疯死的疯死。傻常顺儿还曾经当过"土共"的村长，带着比他还大的上级分配的妻子兰大娘扭秧歌，但到头来自己也"浑身犯下错

---

① 朱光潜：《我与文学及其他》，安徽教育出版社1996年版，第91页。
② 台湾《文艺创作》第1期，1951年5月4日，第161页。

误"，被共产党活埋。这部"反共文学"的范本最早就是连载于《自由中国》（半月刊）而获得了各方"佳评如潮"，随后才在1951年出版单行本。

除《荻村传》外，在台湾20世纪50年代"反共文学"风潮中其他广受关注或频繁进入各种不同话语立场的"文学史"的代表性作品还有《华夏八年》《赤地》《旋风》《重阳》《蓝与黑》《荒原》《如梦令》《莲漪表妹》《近乡情怯》《迟升的月亮》《大江东去》《野火》，等等。台湾著名文学评论家司徒卫认为，这些作家"在大陆沉沦国破家亡之后，满怀悲怆激愤的情愫，在作品中直接暴露'共匪'的狰狞面目，刻画共党极权的暴政，描写忠贞军民敌后游击的故事"，"作家并非仅为个人情感的抒发而写作，还抱有鼓舞士气，振奋人心的意旨"。① 如此说来，这些作品确实在相当的程度上践行了台湾国民党当局文宣机构"反共文学"的宗旨和要求。

二

作为传播的另一极——接受，就具体的文学场域而言，在一定的意义上，至少也包括了阅读、评价和阐释这三个不同的维度，而其接受过程的实质，在结构上无疑具有一种将信息重新编码的功能。不错，由于行为主体精神结构的诸多差异，这一结构性的接受过程，也就是"重新编码"的过程，其所可能产生的差异本无可厚非，但有意味的是，如果我们把20世纪50年代台湾文坛的"反共文学"进入各种不同话语立场的"文学史"当作是"重新编码"后的文本来看待，那么，其之间的差异性实在相去甚远，甚或达到了判若鸿沟的程度。概括起来，也主要有三类。

一是台湾文坛的主流话语。大体自国民党"文运会"主委张道

---

① 司徒卫：《五十年代自由中国的新文学》，台北.《文讯月刊》第9期，1984年3月。

藩在其主编的《文艺创作》的创刊号上对"反共文学"做出如下阐释，或曰"定调"之后，即"两年来自由中国的文艺运动，随着反共抗俄的高潮，呈现了空前的蓬勃。无数忠于民族国家的文艺作家，各自发挥其高度的智慧与技巧，创作了许多有血有肉可歌可泣的作品，贡献给战斗中的军民同胞，使我们惊喜于中国文艺复兴将随着中国民族的复兴而开拓了无限灿烂的远景"[1]，台湾文坛的主流观点则大多如出一辙。如台湾《中华民国文艺史》认为，"十年生聚，十年教训"，20世纪50年代"政府"提倡"战斗文艺"，作家从血泪经验里创作出来的"反共文学"所构成的这一段文学史，不但是悠久中国文学的一部分，更继承了五四以来中国新文学传统，是把博大精深的中华文化从大陆传承到台湾"最有贡献的十年"[2]。在一个特殊的、只能以一个政党的意志为"独尊"的后战争时期，其主流话语似乎天然地具有政治的合法性，乃至于在数十年之后，被称为"反共文学""军中三剑客"之一的朱西宁甚至还认为，"这一路走来，历时三十年的反共文学，它是不仅量丰，质优，虽曾一度低沉而总未中断，而且已经愈足为世界反共文学中心，二十世纪后期众所注目的政治文学精华所在"[3]。主流意识形态的"法统"地位由此可见一斑。

二是台湾本土派的文化立场，这一情况相对也比较复杂。根本上说，台湾无可争议地就是中国的一个组成部分，生活在这一片土地上的作家同样也无可争议地就是中国作家。但因台湾曾相继历经荷兰和日本的殖民统治，直至1949年国民党败退台湾，使其又一次与祖国分离而孤悬海外，台湾这一特殊的历史境遇自然直接影响了台湾本土作家的主体建构以及人文关怀的不同向度和诉求。因而，早于1949

① 张道藩：《文艺创作》发刊词，载台湾《文艺创作》第1期，1951年5月4日，第1—2页。

② 参见应凤凰：《五○年代台湾文学论集》，高雄. 春晖出版社2007年版，第6页。

③ 朱西宁：《历史的时代课题——论反共文学》，载台湾《中华文化复兴月刊》10卷9期，1977年12月。

年随国民党东渡来台、至少也已经在本岛生活了数十年、数百年以上的大陆移民，本土即为"故园"的执念，某种意义上也就顺理成章。因此，当"反共文学"作家为失却大陆家园而泣血，为"打回老家去"而声言凿凿之时，他们却别有一番心境和诉求。台湾本土著名文学史家和评论家叶石涛，于1987年政治解严之时，"为阐明台湾文学在历史的流动中如何地发展了它强烈的自主意愿，且铸造了它独异的台湾性格"① 而著述了《台湾文学史纲》。如同张道藩为"反共文学"率先做出的阐释，率先定的"调"，叶石涛也为本土文化立场对"反共文学"率先进行了阐释，率先定了"调"。他认为："五十年代的文学，几乎由大陆来台第一代作家所把持，所以整个五十年代文学就反映出他们的心态。他们在大陆几乎都是属于统治阶级，依附政治权力机构而生存……有根深蒂固的法统观念，缺乏民主、科学的修养。……国破家亡的沉重包袱压碎了他们的心灵。反映这种心境的文学，自然是对中共政权的无限愤懑怨仇；……不幸，他们的文学来自愤怒和仇恨，所以五十年代文学所开的花朵是白色而荒凉的；缺乏批判性和雄厚的人道主义关怀，使得他们的文学堕为政策的附庸，最后导致这些反共文学变成令人生厌的、划一思想的口号八股文学。"②随后，本土派对"反共文学""重新编码"的思路也大多如出一辙。更为触目惊心的是，因由国民党威权统治而"催生"了本土力量的集结，直至台湾政党轮替，民进党于2000年到2008年执政八年，培育、推进而扩大了"去中国化"的"台湾独立"的政治版图，期间乃至有部分作家竟由"本土意识"走向了"台独立场"。叶石涛就是其中最突出的代表，他直接表明："他们（大陆去台作家）来到这陌生的一块土地上，压根不认识这块土地的历史和人民，也不想了解此块土地上台湾民众真实的现实生活及其内心生活的理想和意愿，更不

① 叶石涛：《台湾文学史纲·序》，高雄. 春晖出版社1991年版，第2页。

② 叶石涛：《台湾文学史纲》，高雄. 春晖出版社1991年版，第88页。

用说和民众打成一片。……这和本地民众现实上的困苦生活脱节，读起来好像是别的国度里的风花雪月了。"① 同样秉持"文学台独"立场的台湾本土学者彭瑞金、陈芳明等也相继认为，20 世纪 50 年代"'反共文学'大锅菜式的同质性（公式化）、虚幻性和战斗性等反共文学主张，是他们的致命伤"，所以，"文学的收成还是等于零"②；"反共文学与战斗文艺并非是以台湾社会为主体……而是以中共的文艺斗争从事逆向思考。……在这种思考主导下，生产出来的作品自然也就不具有任何主体性"③。——如此以"本土意识"走向"文学台独"的文化政治立场来对"反共文学""重新编码"，其所潜隐的文化政治的话语符码无疑已经构成了对民族利益的完全背离，下文还将继续给予考察。

三是大陆学者的"台湾文学史"著述。大陆对台湾文学的介绍和研究当始于《当代》1979 年第一期首次发表白先勇的小说《永远的尹雪艳》，在近十年之后，开始陆续出现文学史或类文学史的出版，至今已不下几十种，但依次看来，对于 20 世纪 50 年代台湾地区"反共文学"的描述，可谓"万变不离其宗"。就重要的有代表性的著述来看，如早前（1986 年）影响较大的王晋民本："反共文学""大多以种种卑劣的手段，捏造所谓共产党的残酷、虚伪、丧失人性等，妄图以此煽动群众对共产党的不满"，"是五十年代初国民党提出'反攻大陆'的政治口号的产物"④；晚近（初版 1992 年，再版 2007 年）被认为"是该研究领域的奠基之作"的刘登翰本："反共作

---

① 叶石涛：《台湾文学史纲》，高雄. 春晖出版社 1991 年版，第 88—89 页。

② 彭瑞金：《台湾新文学运动四十年》，台北. 自立晚报出版社 1991 年版，第 75 页。

③ 陈芳明：《反共文学的形成及其发展》，台湾《联合文学》199 期，2001 年 5 月，第 158 页。

④ 王晋民：《台湾当代文学》，广西人民出版社 1986 年版，第 31、33 页。

品的作者，往往把当年发生在国民党身上，为共产党带领群众反对的事实，颠倒过来，以激励军心人心"，因此，"其核心就是宣扬'反共复国'的思想与精神"，"它极端政治化的宣传倾向，使这类作品陷入歪曲历史、违反真实的泥沼和僵腐的八股之中"。①

显然，接受主体精神结构的根本差异对所接受的即便是同质的符号——"反共文学"所进行的"重新编码"，也完全构成在意识阐释上存在根本差异的文本。换言之，同是一段文学历史，却可以带来完全相悖的"历史记忆"，这本身就足以构成了一个特定的"文学场域"。

三

法国著名社会学家布迪厄认为，场域是随着社会的结构与功能的高度分化而产生的一种现象。"一个场也许可以被定义为由不同的位置之间的客观关系构成的一个网络或一个构造。……这些位置的界定还取决于这些位置与其他位置（统治性、服从性、同源性的位置等）之间的客观关系。"② 它们之间由不同的社会要素连接而成，而不同的社会要素在复杂的社会联系中都占有特定的位置，在场域中存在并发挥作用。③

笔者注意到，近年来布迪厄的"场域"理论被广泛地运用到文学研究领域，比如对本话题所关涉的台湾20世纪50年代文学的关注，"场域"理论的运用，有效地提示出了这一时期"文学场域"所展现出的可供言说的丰繁性；而且也有效地解决了采用单一的甚或说

① 参见刘登翰等：《台湾文学史》，现代教育出版社2007年9月版，第二册，第302—307页。

② ［法］布迪厄：《文化资本与社会炼金术——布尔迪厄访谈录》，包亚明译，上海人民出版社1997版，第142页。

③ 参见［法］布迪厄，［美］华康德：《实践与反思——反思社会学导论》，李猛、李康译，中央编译出版社1998年版。

是变形的社会学方法而难以解决的相关问题。譬如台湾学者应凤凰的《五〇年代台湾文学论集》①，借由布迪厄文学场域的整体观来检视这一时期"反共文学"传播与接受的状况，认为 50 年代之所以形成这样的一个"文学场"，正是缘于政治力的强势运作，促成了社会主导文化、文学出版机构、文学刊物以及作家角色与活动的不同"占位"并发挥作用所致，从而清晰地回答了对这一时期"反共文学"的被接受，即"重新编码"，为什么最终形成了彼此抵牾的不同的话语立场的问题。这就很好地修补了此前不少文学史局囿于政治意识形态思维，乃至于对不同的话语立场为什么在阐释 50 年代"反共文学"的现象各执一词或语焉不详所造成的缝隙。

但是，笔者也还注意到，这些不少借由布迪厄的"场域"理论来对 20 世纪 50 年代台湾"反共文学"在传播与接受过程中"不同的位置之间的客观关系"的考察，只是回答了其之"占位"及其之所以"占位"，却没能很好地关注各个"位置"之间有无关联，如果有，其彼此之间又是一种怎么样的关联，它们之间的边界是否可能发生流动或转换？事实上，布迪厄还注意到了，每个场域都是力量关系和斗争的场所，边界完全可能在不断地发生变化，因此"场"的界线极难确定。"场的界线只能由以经验为依据的调查来决定。尽管界线总是被多少有些制度化地贴上'禁止入内'的标签……每个场都构成一个潜在的、敞开的游戏空间，其界线是一种动态的边界，与场的内部斗争的利害密切相关。一个场就是一个缺乏发明者的游戏，它比任何人们能设计出来的游戏都更具流动性和更为复杂。"② 具体到 50 年代台湾"反共文学"传播与接受的这个"场"，如果说，因由不同的政治文化立场而使得每个"位置"的边界还不难确定的话，那么我们是否还应该关注、也完全有理由关注或曰追问其变化的流动性

---

① 应凤凰：《五〇年代台湾文学论集》，高雄. 春晖出版社 2007 年版。

② ［法］布迪厄《文化资本与社会炼金术——布尔迪厄访谈录》，包亚明译，上海人民出版社 1997 年版，第 156 页。

和复杂性之所在?

四

根本上说,"反共文学"发生于台湾地区的 20 世纪 50 年代,却引发了"两岸三边""历史书写"的不同记忆及其"重新编码",我们以为,其彼此间的关系决然不是"统治与被统治"或"服从与被服从"的关系,而是在紧张的对抗性的表征下,实质上隐含着很强的文化历史的"同宗同源性"。一方面,正是这一文化历史的"同宗同源性"关联起了不同"位置"的"两岸三边"并直接造成其彼此不同的"占位"情形;另一方面,每一个场域,或曰"两岸三边"之间都存在着话语和力量角逐的关系,因此,这一文化历史的"同宗同源性",完全可能造成其边界在不断地发生变化乃至其彼此间的复杂性与流动性。

所谓文化历史"同宗同源"无疑内含有丰富的意义层,从我们的问题出发,最突出的首先应该是其间的文化心理。由于"在近代以前时期的各种文明中,没有哪一种比中国的文明更先进、更优越。……这一切赋予中国社会一种令外国来访者羡慕的凝聚力和优越性"①。尽管在随之涌进的西方文化这一面镜子中,我们窥见了"自我"形象的丑陋残缺几乎无所不在,从而激发了重建以民族自强为核心的新的价值体系的努力。但是,由于这种目空一切的"唯我独尊"的文化心态完全是在一个长达两千多年的封建历史中,在一个极其封闭自足的系统内来完成的,因此,其冥顽、其根深蒂固完全可以想见,历史上看,也往往会借由这样那样的形式在特定的语境下表现出来。那么,在这里,"唯我独尊"就表现为一种文化自我中心主义,当一个完整的中国版图因为"你死我活"的政治斗争而被割裂

---

① [美] 保罗·肯尼迪:《大国的兴衰》,世界知识出版社 1990 年版,第 17 页。

成为"两岸三边",它显然已在根本上完全构成了此间关联"两岸三边"的一种作用力,乃至于彼此在共同积淀的"文化自我中心主义"的作用下都共同表现出以自我为中心,以自我的价值体系为"正统",如此一来,彼此的排斥甚至根本对立也就在所难免。

其次,上世纪50年代,两岸在根本上都同样处于一个特定的后战争时期,文化中心主义同样都不可避免地被附着上了强烈的政治意识形态色彩,乃至共同迷失于基本的审美价值思考,这就构成了"两岸三边"同宗同源性的又一个作用层。作为战争思维的惯性滑动,两岸社会意识形态都被纳入狭窄的政治斗争格局之中,社会生活中所有的一切都被规约为整齐划一的步调,表现在文化运用上,则成为一种无缝隙、无对话关系的强势的一元政治意识形态存在。而当强势的政治意识形态成为了社会的主导性价值标准,顺理成章地,"反共文学"其政治的"合理性"或"荒谬性"之外的一切,譬如文学本体的审美价值思考,当然都被剔除于传播与接受的整个过程。审美文化心理的共同迷失,最终必然造成彼此从各自的政治意识形态出发,也终结于各自意识形态的政治结论。

当然,需要指出的是,如果说上述台湾文坛的主流话语对"反共文学"的传播与"重新编码"是因为依凭其强势的官方背景而在台湾本岛获得了毋庸置疑的"法统"地位;那么,1949年政治格局的巨大变动,中国大陆的历史抉择,从根本上说顺应了历史的潮流,代表了中华民族的意志。因此,大陆台湾文学研究所以历时多年不改对"台湾五十年代反共文学"描述的初衷,则并非完全是局囿于政治历史语境的规约,还是有一个立足于必须正视历史事实的基本原则;而台湾本土派的文化立场在随后更为纷繁复杂的政治文化场域的角逐中,以"本土"或"本土化"为表述,逐渐演变成为一种内涵单一的话语,进而异化为一种封闭、排他和民粹化的政治意识形态,进言之,台湾本土派的文化立场由"本土意识"走向"文学台独",其最终推导出的"是别的国度里的风花雪月"的结论,不仅在于政治社会学层面,而触及了民族国家的根本利益,相信这是任何一种理论话语都不可接受的，包括布迪厄的"场域"理论。

最后，毫无疑问，在看似因着政治意识形态对峙而形成的相互抵牾的文化立场的深处，"两岸三边"在根本上无疑完全融聚于一个共同的极其深厚的历史积淀。质言之，"两岸三边"都共同投射着一个巨大的由共同的传统历史、共同的思想资源、共同的传统价值体系、共同的情感方式以及相同的语言文字等因素所构成的深厚的历史和文化的"共同体"，这是"同宗同源"对于"两岸三边"最本质的意义所在。

因而，我们看到，在当下两岸趋向"求同存异、共创双赢"的新的历史语境下，"两岸三边"不少秉持历史人文意识的学者都在自觉不自觉地对"反共文学"又进行了一次"重新编码"。笔者以为，当年那些活跃的"反共文学"作家，如潘人木、陈纪滢、姜贵以及被称为"军中三剑客"的朱西宁、司马中原、段彩华等，他们当然是出于对自己所追随的政党的忠贞，及其对"反共宗旨"的笃信，所以贯穿他们创作始终的无不是强烈的反共意识。但是，实事求是地看，我们还是能在他们其中的一些创作，如朱西宁的《狼》《铁浆》、司马中原的《乡野传闻》等作品所流露出来的不召自来挥之不去的乡愁情怀中，在他们对失却故土的自我抚慰中，甚至在他们纠合着对历史的迷误和仍然盲目的自信中，还是能读出一种"国已不国"的悲凉；还是能捕捉到他们期盼国家统一的执着意志。应该说，这种扭曲的民族情结及其情感表达，毕竟在客观上表现出了维护海峡两岸的共同利益和中华民族前途的意义，而在文学史的意义上，也无不暗含着与传统文学的"忧患意识"相呼应的一种精神品格。[①] 台湾学者应凤凰则认为，"五十年代文学生产环境下出品的反共小说，典型的写法是将一切罪恶丑行堆在共产党员身上。小说背景尽管不同，有城市有农村，事件发生的地点，也许在山东济南，也可能在寒冷的东北。

---

① 参见陆卓宁：《海峡两岸文学——同构的视域》，中国文联出版社2001年版，第48—49页。

人物不论知识分子，或不识字的'傻常顺子'，苏俄小军官等，一律面目狰狞无恶不作。简言之，不管人物背后的社会环境如何，也不管人物心理、性格、教育背景如何影响变化。总之，必须极尽所能描绘其'万恶'，方能达成'反'的主题与效果，也是这一类型作品，通常被大陆出版的文学史书称之'歪曲抗日战争和解放战争的反共文学'。①

显然，在两岸共谋和平发展的当下，20世纪50年代台湾"反共文学"这一特定时期的文学场域，其各个不同政治文化立场"位置"的原有边界因由历史人文意识的作用已经发生了变动，显现出两岸文学话语经由背离和历史挫动，文学意识形态对立在逐渐淡化，并以主体回归的意义，相互关怀、相互趋近的良性互动。

至于"本土派"最后走向排他和民粹化，企图通过"去中国化"从而实现"台湾独立"，这就"恰如用自己的手拔头发，要离开地球一样"（鲁迅语）可笑和荒谬。因此，当他们仍然坚持狭隘的政治功利目的推导出"反共文学"是"别的国度里的风花雪月"的时候，则遭到两岸坚持国家和平统一的主流话语的共同谴责，这又足见这一特定的文学场域其位置的复杂性与流动性。诚如台湾学者陈昭瑛，"在目睹解严以来种种反中国文化的现象都不免产生共同的危机感"②后，1998年将其有关论文结集为《台湾文学与本土化运动》出版时在《自序》中便如此痛切地说道："这本书是出自一个在二十岁时志于儒学即不曾改志也终身不会变节的台湾人的心灵。如果有三言两语可以凸显此书重点的话，那便是：中国文化就是台湾的本土文化，在追求本土化的过程中，台湾不仅不应抛弃中国文化，还应该好好加以维护并发扬，如果硬要切断台湾和中国文化的关系，那分割之处必是

---

① 陈建忠等合著：《台湾小说史论》，台北．麦田文学出版社2007年版，第162页。

② 陈昭瑛《台湾文学与本土化运动·自序》，台北．中正书局1998年版。

血肉模糊的。从遥远的明郑时代一路走来，体味着现代的台湾，不免兴'日暮途远，人间何世'的感喟。眼前所能选择的只有两条路：死去或者拼死。我们的朋友蒋年丰兄勇敢地选择了死亡，而我们这些活下来的人就只好拼命了。这本书便是继1996年《台湾诗选注》之后又一拼命之作，其中自然有许多不足之处，但从中听得到心跳，摸得到脉搏。"①

对于20世纪50年代台湾地区"反共文学"的传播与接受，所以最终构成不同的乃至相互抵牾的历史记忆，既因由其同宗同源性而构成的同一的社会文化心理，但却能在关系到一个民族国家的根本利益的大是大非面前表现出同一的历史判断，也同样因由其同宗同源性所蕴藉的同一民族精神品格。当然，同宗同源的文化意义对于关联海峡两岸文学之间的功用的丰富性和无限性无疑仍远未被我们所穷尽。有意味的是，如台湾文坛所言，50年代的"反共文学"已经远去，只是"如此颇具分量的文艺团体，却因种种原因，在时间之流中褪色、斑驳，许多伴着她一起成长的文坛前辈，言下不胜唏嘘"。②

---

① 陈昭瑛：《台湾文学与本土化运动·自序》，台北. 中正书局1998年版。

② 台湾《中央日报·副刊》：《从宁波西街到罗斯福路文协理事长辞职始末·编者按》，1992年10月23日。

历史的 "遗漏"
——试论杨逵文学精神

一

　　台湾著名作家杨逵的影响或者说文学史地位，类似的说道几乎是不二法则。如："杨逵兄在台湾文学里，已是一位具有历史性及代表性的健将，……纵观整部台湾新文学运动史，迄今为止，单以影响力及掀起波浪之大来说，他或者应是首屈一指的。""他在几十年的文学生涯中，所写出来的作品量不能算多。那么他为何具有那么大的影响力，掀起那么大的巨浪，成为众所注视的作家呢？问题很简单，那就是他的生涯，他的作品性格，在时代意义上，都是具有代表性的。"①

　　这当然是根本的文学史实。

　　杨逵在每一位所敬仰他的人们的心中无不是一朵"压不扁的玫瑰花"。在长达半个世纪的台湾日据时期，包括 1937 年后全国全面抗战，因捍卫民族利益，不屈不挠进行抗日活动而遭受十多次牢狱之灾，仍然"九死而不悔"，恐怕唯杨逵其人；甚至，在婚礼之晨，与志同道合的妻子叶陶双双被捕，被辗转于台南台中监狱，却以"做

---

① 王诗琅：《好汉剖腹来相见——〈杨逵画像〉序》，载林梵（林瑞明）：《杨逵画像》，台北. 笔架山出版社 1978 年版，第 2 页。

了十七天的官费蜜月旅行"一说聊以置之。抗战胜利，台湾光复，历经九死一生的杨逵不无欢欣，孤悬海外半个世纪的台湾岛重回祖国怀抱，手足不再遭受异族涂炭。没承想，"狗去猪来"，国民党接收大员贪污腐败，欺凌百姓，使刚刚获得新生的宝岛人民又陷入了深深的不满和绝望之中。立志以民族的解放和强盛为生命终极目标的杨逵再次"揭竿而起"，挥笔写下了一份呼唤"需要从人民心坎找出的，不能凭主观决定"的"以人民的意志为意志、以人民的利益为利益"，建设一个和平民主的国家的《和平宣言》。① 然而，真正为和平而战的勇士却因此而被国民党当局以"和平的名义"逮捕，并判以十二年的重刑。对此，杨逵却以诙谐的口气调侃自己领了世界上最贵的稿费，平均一个字换了四天半的"无钱饭"②，一如既往地坚忍和坦然。在那篇原名为《春光关不住》（《压不扁的玫瑰花》）的小说里，他写道："被水泥块压在底下的一棵玫瑰花，竟从小小的缝间抽出一些芽，还长出一个拇指大的花苞。""我真高兴，并不是为了取得这么一株玫瑰花。我家里种着很多的花卉，比这还要名贵的也不少。我所以感到高兴的，是它在很重的水泥块底下，竟能找出这么一条小小的缝，抽出芽来，还长着这么一个大花苞，象征着在日本军阀铁蹄下的台湾人民的心。"③ 这当然是作者人格精神的自我写照。便是这十二年的铁窗劫难，铸造了一株"压不扁的玫瑰花"。再回到"人间"的杨逵，四处筹措经费经营起一片名为"东海农园"的花园，"默默地在他园子里除杂草，驱害虫，但也无法把人生社会上那些莠草害虫而无睹。每看到听到感人故事的时候，他就会想起他那枝放着生锈的笔

---

① 上海《大公报》1949 年 1 月 21 日。

② 陈春美访问：《追求一个没有压迫，没有剥削的社会——访人道的社会主义者杨逵》，载台湾《前进广场》（月刊）第 15 期（1983 年 11 月）。

③ 杨逵：《春光关不住》（《压不扁的玫瑰花》），《杨逵作品选集》，人民文学出版社 1985 年版，第 151 页。

来。"① 无疑，与他先前在日据时期也曾开垦过农场，并名之"首阳"的初衷一样，即"像我这等冥顽不灵的人哪有那等才情，为避免饿死，只好认真种菜浇花，认真除草施肥，这样我就满意了。菜、花若遭了虫害，我们就一只一只将虫捏死；若掩了野草，我们就一根一根将它除掉，我想这就是我的本分。"②这段文字的双关用意是显而易见的，如同这篇文字的题目《首阳园杂记》，作者所追求的正是伯夷叔齐宁愿饿死首阳而不食周粟的精神操守，而从"首阳农园"至"东海农园"，作者所坚持的也正是贯穿其生命始终的炎黄子孙抗恶除暴正气凛然的铮铮傲骨。

以其成名作《送报夫》为代表，杨逵一路写来，《灵签》《模范村》《种地瓜》《萌芽》《绅士连仲》《无医村》《泥娃娃》《鹅妈妈出嫁》……杨逵的文学之旅给人们所标示的也一如那株"压不扁的玫瑰花"，无不是顽强生命力的执着歌者。他说："我决心走上文学道路，就是想以小说的形式来纠正被编造的'历史'，历来的抗日事件对我的文学发生了很大的影响，至于描写台湾人民的辛酸血泪生活，面对殖民地残酷统治形态抗议，自然就成为我最关心的主题。"③特别是，在这过程中，杨逵接受的是进步思潮的冲击和洗礼，并由此建构起具有鲜明的阶级意识和民族意识的"普罗文学"观，使其整个创作既立足于现实与民众，又放眼于世界与未来，显示出开阔的社会视野，这对提升台湾新文学的社会历史价值产生了根本性的影响。

如此种种，杨逵对于中国新文学史，特别是对于昭示殖民地生活境遇的生存经验和抗争意识表现出了极其深刻的典范意义，这都是毋

---

① 林载爵：《晚年的杨逵》，载金坚范主编《杨逵作品研讨会论文集——杨逵：压不扁的玫瑰花》，台海出版社2004年版，第64页。

② 杨逵：《首阳园杂记》，载《杨逵作品选集》，人民文学出版社1985年版，第180页。

③ 杨逵：《"日据时代的台湾文学与抗日运动"座谈会书面意见》，写于1974年10月30日。引自《杨逵全集》第10卷（诗文卷·下），台南.国立文化资产保存研究中心筹备处，2001年版，第388—389页。

庸置疑的。或许，这也正是人们多从社会历史学，或者说文学的社会历史学范畴极力肯定杨逵的原因所在。

然而，很显然，杨逵的意义不仅仅在于其鲜明的"普罗文学"立场并由此而产生的社会历史层面的价值，而从某种意义上说，"普罗文学"或许也只是一定社会历史时期的文学策略。

二

经验告诉我们，往往在现成的思维模式和历史事实之间，在那些表面现象与实质意义之间，总是在发生着难以把握的但又是根本的变异和冥合。

杨逵无疑是影响很大的为数不多的日据时代的老作家之一。但他从来都是以台湾新文学运动先驱赖和的学生自居。确曾如此，其重要作品《送报夫》便是在赖和的帮助和举荐下得以闻名于世的；对于自己终生不悔的精神追求，也认为是来自于赖和等台湾新文学的开拓者的昭示，他说，"像我这样'又瘦又乏'的角色，在此暴风雨的二十年间未曾饿死或投降，这气力与耐性，可说大半都是由他们来的"。[①] 在这里，杨逵道出的固然是对于对他本人的文学创作有着深刻影响的赖和的热烈赞许，是对于一种价值人生的深刻认同。同样，其字里行间无疑明白无误地彰显出了他们彼此间的"师承"关系。

为了更好地说明问题，在此，我们有必要对赖和做一简要观照。赖和有着"台湾的鲁迅"之称，终其短暂的一生（1894—1943），正是饱受日本在台湾实行野蛮殖民统治的几十年，他所留下的诗文，《一杆秤仔》《可怜她死了》《惹事》《善讼人的故事》及《低气压的山顶》等，一首首一篇篇都根植于血迹斑斑的现实土壤，正是："杜

---

① 杨逵：《我的心声》，台湾《自立晚报》1985年3月29日。引自《杨逵全集》第14卷（资料卷），台南. 国立文化资产保存研究中心筹备处，2001年版，第67页。

鹃岂有兴亡恨，心血虽干亦自啼"①；他始终大义凛然地歌颂民族的抗日英雄，始终以自己羸弱却坚强的身躯关怀着在痛苦中呻吟的同胞，始终以最宽广的情怀为在日本殖民统治的铁蹄下苦苦挣扎的"小人物"而雕肝琢肾。由于赖和还间以行医为生，因此又被称为"诗医"。这恰恰就在于，他的"诗"无不是人道主义精魂的写照，他的"行医"，则又是他的特别深厚的悲天悯人的情怀的全力倾洒。在其故乡彰化，赖和是最受众望的医生，但是，对于看来根本不可能还钱的病人，他是连账都不记的。他每天看病不下百人，然而，在他的身后，却留下万余元的债务。正是他的"诗"和"医"的德厚流光，所以，彰化人、台湾人无不把他奉为神圣，据说，他的墓总是那么光洁，没有藤蔓，没有杂草，因为，人们甚至相信，连在他的墓地上长出的一枝蔓、一缕草，都是吉祥的，都是可以祈福的而争相拔取"据为己有"。

杨逵对于具有这般崇高的民族气节和深广的人生忧愤的赖和如此推崇备至，如此慕而仰止，恰恰给我们对其精神世界进行更深入地透视提供了根本的可能。

杨逵虽然是在"普罗文学"思潮的活跃期开始了文学创作，但，必须看到，特殊的历史境遇决定了台湾"普罗文学"思潮，或者说杨逵所表现出的"普罗文学"意识决不仅仅在于一般意义上的民族姿态和阶级立场，而更具有其深刻且特殊的历史诉求。

从台湾新文学运动的一开始，为台湾新文学定位，便成为日据时期台湾作家的自觉。赖和、张我军等的创作无疑开创了一个立足乡土、反抗异族、认同祖国的传统；至杨逵，更在其《"台湾文学"问答》里斩钉截铁地说："台湾是中国的一省，没有对立，台湾文学同

---

① 赖和：《旗山废垒怀古》，《赖和作品选集》，中央人民广播电台对台湾广播部编，中国广播电视出版社1987年版，第259页。

样是中国文学的一环，当然不能对立。"① 杨逵这一思想的确立并付诸积极的创作实践尤为有意义，表明其既从根本上明确了台湾文学与母体文化的渊源与认同，又注意到了台湾地区的特殊性；既为祖国大陆"新文化"气象所吸引，又立足于本土，努力表现台湾反对异族同化的斗争，焦虑台湾旧文学所扮演的阻挠民族觉醒与进步的角色；特别是，强烈关注沦为殖民地的本土长期以来人格尊严受到漠视、精神心理受到压抑的"小人物"，在无情暴露殖民当局的残暴的同时，把对"人"的生存关注放在了第一位。所有这些，无疑既具有了台湾新文学运动其社会诉求的特殊性，又接续了祖国大陆新文学运动的人道主义精神。

如此，杨逵对于赖和的"师承"意义就在于，虽然随着殖民地生存环境的进一步恶化，民族意识逐渐成为文学的核心问题，特别是国民党败退台湾，造成海峡两岸社会体制、意识形态的根本对立，阶级问题转而成为文学的基本符码，致使文学对人的关怀在某种意义上受到了遮蔽，但是，毫无疑问，把对"人"的生存关注放在第一位始终是杨逵创作的核心问题。对于《送报夫》等一系列创作，我们尽可以从"普罗文学"的视角读出其强烈的阶级意识和民族意识；我们也尽可以从当时杨逵所参与的社会组织，尽可以在杨逵《如何建立台湾新文学》《和平宣言》等篇目里所表述的政治言论读出其鲜明的民族立场和阶级立场，这毕竟是台湾特殊的历史境遇所带来的一个事实存在。但是，我们却无法忽略其精神的底蕴——文化传承、心理积淀，这是渗透在每一个中国人，特别是中国知识分子血肉之躯里的文化血脉——并由此而传扬出深广的人道主义情怀。

《送报夫》深刻披露了殖民统治的强征暴敛，聚焦的更是一群羸弱的"小人物"：仅仅因着捍卫自己的生存权，"父亲"却遭受了统

① 杨逵：《"台湾文学"问答》，载《台湾新生报》"桥"副刊，1948年6月25日。引自《杨逵全集》第10卷（诗文卷·下），台南. 国立文化资产保存研究中心筹备处2001年版，第248页。

治者最残酷的迫害而含冤去世，"母亲"也因此上吊而死；"乡里人的悲惨处境，诉说不尽。……跳到池子里淹死的已经有好几个，也有用绳子吊在梁上死的。最惨的是阿添叔，阿添婶和他们三个儿子，全家死在火窟里"。① 《模范村》展现了在日本帝国主义和封建地主双重夹击之下台湾农村的深重贫困，描述的依然是一幅"小人物"的艰难世相：汉学和新学两种学问"都颇有造诣"的书生陈文治，虽考上文官却无用"文"之地，最后竟连一分钱的盐也买不起，他"一步一步挨到店前，踌躇了半响，终于下了决心。走近老板娘，吞吞吐吐地说：'老板娘，请您再赊一分钱的盐给我好吗？'"憨金福更惨，木村警长和阮地主为邀功请赏，获取"模范村"之名，强行家家户户摊建铁窗栏，憨金福为额外负担铁窗栏和水泥费用走投无路，葬身于河沟；而"自己有田地，生活上本不像那些贫农一样感到威胁"的中农刘见贤也被"各色的捐派，压不过气来"。②

………

直至晚年，杨逵都一再表明自己"从年轻到现在，都是一个人道的社会主义者"。他说："我想如果人与人之间充满关心与爱，社会充满温暖，在政治上人人自由，在经济上人人平等，人有人的尊严，不受压迫，不受剥削，那么台湾将会有一个真正安和乐利、自由、民主和大同世界。"③

因此，我们以为，如果说，赖和的创作直逼殖民地人民生活的艰辛和苦难，表达的是对日本殖民统治者的抗议；那么，杨逵在写尽殖民地民众备受凌辱的同时，则展现了一幅幅人民奋起抗争的历史图景，彰显出了始终不渝的"压不扁的玫瑰花"精神。从这个意义上

---

① 杨逵：《送报夫》，《杨逵作品选集》，人民文学出版社1985年第1版，第90页。

② 同上，第100—149页。

③ 林载爵：《晚年的杨逵》，载金坚范主编《杨奎作品研讨会论文集——杨逵：压不扁的玫瑰花》，台海出版社2004年版，第69页。

说，"师承"赖和的杨逵，他的精神理念在后来所表现出的社会历史高度已非赖和所及。

当然，被称之为"早期台湾乡土文学的双绝"之赖和与杨逵，分别在民族意识成为文学的核心问题和民族意识间以阶级问题成为文学的根本这一社会历史语境并非一致的同时，都始终把对"人"的生存关怀放在第一位，都同样强烈地表现出深厚的人生忧愤，这正好表明他们彼此间的深刻遇合与承传；同样，对于台湾这一长年孤悬海外，又多次沦为异族殖民地的特殊历史境遇，他们也必然表现出根本一致的社会历史诉求。毕竟，那种生活在自己的家乡，却又沦于异族的践踏和蹂躏；那种生活在同一片国土，却又游离于母体、游离于祖国，几近永诀，由此而强烈感受到的无尽的"漂泊感"和"孤儿意识"，已经完全渗透了这里的每一个敏感的个体生命的每一根神经末梢，已经化作了这里的每一个敏感的个体生命血脉里的深层积淀。因此，他们既是一个个独立的言说个体，又已然构成了一个不可分离的文化链。如此说来，杨逵的意义显然就不仅仅是"普罗文学"所可以涵盖得了的。我更愿意认为，其整体上的创作，在深层次上承续着中华民族深厚的传统文化精神，进而则是在五四新文化运动中建构起的人道主义理性原则。所不同的是，因着文化认同和民族问题的突出，对于传统文化的承续，对于"人"的关怀则带有更多的文化身份和精神根源的执着追问。进言之，杨逵以其特别的言说方式，丰富了五四新文学运动人道主义精神的历史内涵及其在台湾的发展。

三

杨逵的意义当然还远未穷尽。譬如说，杨逵在其《如何建立台湾新文学》一文中如此说过："我由衷地向爱国忧民的工作同仁呼喊，消灭省内外的隔阂，共同来再建，为中国新文学运动之一环的台湾新文学。"① 生于忧患，长于忧患的杨逵，也凝练着深沉的人生忧患，这无疑成为了杨逵"审时度势"的精神根源，在他看来，建造新文学，"爱国忧民"是根本的精神前提。杨逵类似的思想表达我们都可以在其所有的文字的字里行间强烈地感受得到，或者说这一思想观点始终贯穿在杨逵关于台湾新文学的思想体系中，也始终贯穿在他的全部文学写作之中。

《鹅妈妈出嫁》中着力刻画的林文钦，"相信以协调，不是斗争就可以达到所希求的目的。当然他也相信，'一人积着巨富万人饥'的个人主义经济学，在理论上已非其时，又因青年们共同的正义感，他早就希求其结束。因此，他以全体利益为目标，考案出一个共荣经济的理想，从各方面找资料来设计一个庞大的经济计划。对于原始人的经济生活研究详尽的他，总以为'要是资本家都取回了良心，回到原始人一般的"朴实纯真"，共荣经济计划的切实实施一定可以避免血腥的阶级斗争'"。② 林文钦这一思想理念，自然流于空想和幼稚，但他为之殚精竭虑倾家荡产，直至付出生命，其情其志无不以深重的忧患情怀为内驱力。沧桑阅尽的杨逵，苦难与坎坷几乎就是他生活的常态，但他或者以"官费蜜月旅行""免费的饭"一说安之泰然，或者以"用锄头在大地写诗"自慰自诺。甚至，如他在《萌芽》中所写的洋牡丹，历尽磨难终以生命的萌芽奉献给春天。他说："我自己建立起来的新的园地，竟这样地发芽了！而又慢慢地生长着。我和孩子也因劳动而一天一天的得到了新的快乐，并得到无限的希望和鼓励。最近，我很想把美丽的花朵和新鲜的蔬菜分送给社会的人们，此外，我最大的期待，就是在园子中演出精彩的戏剧，把我梦中所见

---

① 杨逵：《如何建立台湾新文学》，载《台湾新生报》"桥"副刊，1948 年 3 月 29 日。引自《杨逵全集》第 10 卷（诗文卷·下），台南. 国立文化资产保存研究中心筹备处 2001 年版，第 244 页。

② 杨逵：《鹅妈妈出嫁》，《杨逵作品选集》，人民文学出版社 1985 年版，第 8 页。

到的那种感动分送给劳动的人们。"①

　　同样，我们尽可以在这些激发着人们执着于民族复兴的宣言中读出其坚定的政治信仰和爱国热情，我们也尽可以在这些洋溢着生命意志的话语里读出其乐观的人生态度和阶级立场。然而，"何以炎黄子孙五千年国魂不堕？何以台湾孤岛被割裂半个世纪后重归祖国？何以杨逵十度入狱，在冰山之下生活数十年，身心尚存能源？"②"我这一生的努力，都在追求民主、自由与和平。我没有绝望过，也不曾被击倒过，主要由于我心中有这股能源，它使我在纠纷的人世中学会沉思，在挫折来时更加振作，在苦难面前展露微笑，即使到处碰壁，也不致被冻僵。"③于是，我们实在无法忽略沉潜在其顽强的血脉之躯里那愈斗愈勇的精神气度，那至纯至深的民族秉性。简言之，纵观杨逵光辉峻洁的文学人生，我更愿意认为，在这里，蕴藉着的是中国传统知识分子与生俱来的忧患意识，彰显出的则是中华民族恢宏的精神品格，与其深广的人道主义情怀一起，构成了一个互为表里的精神整体。而且，在今天世界融通，两岸主流趋和，但台湾分裂主义则日益活跃的大背景下，"杨逵"的意义就不仅仅是一个历史存在问题的再一次现实确证，无疑更具有特别的现实启窦的价值。

　　因而，站在 21 世纪新时代之初的今天，我们再"读"杨逵，就有了一种愈久弥新的特别感受，继而产生出强烈的精神热望，如杨逵，乐以天下，忧以天下，为实现社会理想而坚韧不拔，为维护国家统一和民族尊严而舍身忘己。

---

　　①　杨逵：《萌芽》，《杨逵作品选集》，人民文学出版社 1985 年版，第 53 页。

　　②　杨义：《中国现代小说史》，人民文学出版社 1993 年版，第 729 页。

　　③　杨逵：《沉思·振作·微笑》，《自立晚报》1985 年 3 月 13 日。

精神诉求的不同 "范式"

——两岸文学人道主义精神的勾连

一

我们注意到，这样的一个事实有如历史的自然法则，即在世界文化发展史上，任何一次大的历史变动，反映在文学上，人道主义都无可置疑地成为其大纛。这里，最为突出的当属对西方乃至世界近现代文明都产生了极其深远影响的文艺复兴运动；而发端于 20 世纪 20 年代的我国五四新文化运动，则又做出了一次深刻的历史佐证，由此拉开了包括台湾地区在内的我国现代文化发展史的历史大幕。那么，时间进入 1949 年，中国政治格局及其文化构成发生的巨大变动，是否也服膺于这一深刻的历史法则？

"残酷"的事实是，表面上看来，人道主义并没有构成海峡两岸当代文学相互间的共同问题。整体上看，祖国大陆当代文学的前二三十年，主要表现出与主流意识形态自觉不自觉的缝合姿态，从而造成在相当长的历史时期内人道主义精神的失落。进入 20 世纪 80 年代，在一个整体性的民族反思的大背景下，才引发了对人道主义问题空前自觉、广泛深入的关注。台湾地区则由于陷入国民党统治当局的威权掌控时期，社会生存的所有方式都被严格地规定在政治规范的前提之下，所谓的人道主义当然也讳莫如深。20 世纪 80 年代中期"解严"之后，特定的社会历史语境又使得台湾地区的政治生态、民族本位、文化认同等问题多重纠缠并构成了社会文化的中心话语，人道主义似乎也未能进入文学叙事的场域。如此说来，人道主义问题显然难以成为两岸当代文学共同言说的可能。但是，如果说，两岸文学同宗同源，且在本质上从未发生过丝毫的文化断裂，那么，人道主义作为世界文化文学发展史上的必然表现，它是否也必然会在海峡两岸当代文学发展的某一特殊层面有着事实上的存在并相互勾连？这一"问题预设"无疑极富挑战性。

当然，在两岸当代不同的社会历史语境下提出文学的人道主义问题，其前提则在于五四新文学运动所揭橥的历史经验。某种意义上，人道主义精神构成了五四新文学运动的核心。周作人在他的《人的文学》一文中再清楚不过地宣扬了以人道主义精神去革新传统的文学观念。他就说，"用人道主义为本，对于人生诸问题，加以记录研究，便谓之人的文学"。① 尽管周作人的文学观念后来发生了复杂的变化，甚至在某些方面否定了他自己原有的文学主张，但他毕竟在排斥"非人的文学"的同时，第一次鲜明地鼓吹人道主义的文学观。这对于"妨碍人性生长"的旧文学而言不能不是一次剧烈的反动。而鲁迅所提出的"中国人向来就没有争到过的"的"'人'的价格"② 的问题，则更是振聋发聩，乃至于这一特定时期的文学的人道主义精神表现得更为具体和深化。随后，一个以人道主义思想为基础的"为人生""表现人生"的文学潮流，逐渐在文学领域内形成，由此出现了以鲁迅和胡适为代表的中国现代文学史上最为重要的一个庞大的作家群，并以其新鲜的风采和创新的锐气，征服了一个时代，成为包括台湾地区在内的整个中国现代文化文学发展史中最为深刻、最为丰富的思想文化资源。

---

① 周作人：《人的文学》，引自《周作人文集》，陈为民编选，华夏出版社 2000 年版，第 228 页。

② 鲁迅：《灯下漫笔》，《鲁迅全集》第一卷，人民文学出版社 1989 年版，第 212 页。

　　我们并不回避，包括两岸在内的整个中华民族随着社会阶级矛盾和民族矛盾的日益激烈，人们对社会畸形发展现状的关注逐渐加强，因而，使得社会思想意识，包括文学艺术的精神追求自然也被纳入了政治革命的、民族斗争的、反殖民主义的思想体系当中。因此，在五四文学革命中曾经发挥了积极作用、有过深刻的历史功绩的人道主义，在一个复杂多变、内忧外患的历史时期，当不可能，也没有始终保持初期的上升状态。特别是进入 20 世纪 50 年代以后，在大陆，随着文学艺术在更高的层次上被当成政治革命的宣传手段，它更是显得无能为力，甚至，在相当长的时间内还难以为自己"正名"。在台湾，也由于以"反共文学"为最高规范的官方权力话语的强烈干预，人道主义则在整个的表现形态上也发生了嬗变。

　　但是，两岸文学对于社会历史流变及其话语的"择善而从"，并不意味其人道主义精神的放弃与完全流失。

二

　　特殊的历史境遇决定了台湾文学人道主义表现情态的特殊性。

　　在五四新文学运动人道主义精神处于上升阶段的早期，台湾被沦为日本殖民地已整整 25 年。五四新文学及其人道主义精神的兴起和传播，对于台湾正在进行抗争、寻求独立的民族斗争运动的文化先驱们，无疑是最有力的精神武器。所不同的是，作为祖国大陆五四新文学运动的延伸和拓展，台湾的五四新文学运动因其殖民地语境下的地理文化经验，则表现出了特殊的历史诉求。

　　首先是，为台湾新文学的定位，成为这些文学先驱的自觉。生长在台湾，为祖国大陆"新文化"气象所吸引而求学于北平，因而对台湾与大陆的血缘关系最有体认的张我军，就曾这样明确地阐明过台湾文学与大陆文学的必然关系："台湾的文学乃中国文学的一支流，本流发生什么影响、变迁，则支流也自然而然地随之而影响、变迁，这是必然的道理。"① 这一思想的确立尤为有意义。既从根本上明确了与母体文化的渊源与认同，但并没有盲目地照搬大陆五四新文学运动的经验，而是立足于本土，注意到了本岛历史际遇的特殊性。因此，表现在人道主义问题的感悟上，在整体上追求民族解放、民族尊严的同时，人的生存关注被放在了第一位。有着台湾现代文学"奠基石"之称的赖和，其《一杆秤仔》《不如意的过年》《可怜她死了》《丰作》等，无不都是人道主义精魂的写照；赖和之后的一大批现代时期的作家，张我军、杨云萍、吴浊流、钟理和、钟肇政、杨逵等，无不以个人的苦难记忆融入了人道主义情怀的经验世界，写尽了日本殖民统治所造成的生存困境：奴化的胁迫、"原乡"的渴望、弱者的不幸、"小人物"的挣扎……这便构成了台湾文学对于人的"关怀"的第一次"集体亮相"，从而奠定台湾日据时期现代小说以"小人物"为艺术焦点的基本模式，因此而丰富了五四新文学人道主义精神的历史内涵及其在台湾地区的衍化。

当然，随着殖民地生存环境的进一步恶化，民族意识越发成为文学的核心问题，台湾新文学对人的"关怀"的更深入开掘及其情感重心，必然自觉地置换于救亡图存，以发出民族精神话语对日本殖民统治的抗争之声。而光复时期，文化归属的调整，特别是国民党败退台湾，造成海峡两岸社会体制、意识形态的根本对立，文学的人道主义精神在整个文学思想构成中的继续推衍则发生了某种意义上的变异。

毕竟，那种生活在自己的家乡，却又曾经沦于异族的践踏和蹂躏；那种生活在同一片国土，却又已游离于母体、孤悬于海外，由此而强烈感受到的无尽的"漂泊感"和"孤儿意识"，已经完全地渗透了这里的每一个敏感的个体生命的每一根神经末梢，已经化作了这里的每一个敏感的个体生命血脉里的深层积淀。而国民党当局的威权统

---

① 张我军：《请合力拆下这座败草丛中的破旧殿堂》，引自张光正编，《张我军全集》，台海出版社 2000 年版，第 15 页。

治，往往又使得人道主义这一类附着于社会意识形态色彩的话语被视有"涉共"之嫌。因而，"人"的问题，在20世纪50年代以后的台湾地区文学则成为了每一个敏感的个体生命的深度承载。

陈映真无疑就是一个"敏感的个体生命"，其整体的文学行为当然构成了人道主义精神深度承载的"范本"。

陈映真一经在文坛出现，所呈现出的，用他自己的话来说，那就是"老掉牙的人道主义"。艰辛童年的记忆，家国罹难以及因为与社会权力话语构成"紧张"关系而身陷囹圄且长达七年之久，所有这些丰富的人生历练无疑构成了陈映真这一"敏感的个体生命"的人道主义精神基石。以《面摊》为代表的大致包括了陈映真1959年至1965年这一阶段的创作，很显然，社会底层的"贫困、饥饿、愚昧"以及社会的"不正和压迫"这一"愈来愈是一个急迫而深存的问题"成为了陈映真强烈关注的对象。自认为当时"基本上是市镇小知识分子的作家"① 的陈映真，固然还未能开出疗救的"药方"，但此间的文学表达已经彰显出他最基本而深切的人道主义情怀，使得进入中后期以后的创作，对台湾社会现实的审美把握达到了从未有过的广阔和深刻，所表现出的现实批判精神也达到了从未有过的强烈和犀利。

尤为值得注意的是，陈映真作为一个最为典范的"敏感的个体生命"，对于同样有着深重的殖民地生存记忆，也同样承受着深重的"漂泊意识"而渴望民族"大同"的台湾的任何一位作家，任何一位不论是早年便定居本土还是1949年后流寓于此的作家，他的人道主义情怀无疑是最为博大和深沉的。因为，人，最为苦难、最为惨烈的"中国人"，始终让他难以释怀，始终构成其终极的价值理性。因为，他无法容忍：

> 在本省人方面，由于长时期受到东方西方、新旧帝国主义的

---

① 许南村：《试论陈映真——〈第一件差事〉〈将军族〉自序》，《陈映真自选集九·鞭子和提灯》，台北. 人间出版社1988年版，第3页。

阻隔，不能正确地认识到从前、近代跃向现代国家、从近代史向着现代史发展而来的阵痛所必有的混乱、落后和苦难所掩蔽的中国的真正面貌，从而他们的小市民的、单纯的民族主义和爱国主义，便在中国走向国家独立，民族自由的地动天摇的过程幻灭了、挫折了。这种在中国近代现代史的历史急流中迷失了自己的原有的位置和方向的结果，便在部分人心中产生了所谓"中国历史的孤儿""弃儿"和"受害者"的意识，因而走向分离主义的道路。在大陆人方面，则因某些人承继了前近代的大华夏主义的恶遗留，也助长了分离主义的成长。①

因此，《将军族》便不再仅仅是一个"同是天涯沦落人"的故事，便不再仅仅是对饱经沧桑而又备受欺凌的"小人物"的生命呈示，而是一道最为痛切的人道主义的呐喊。"陈映真在处理大陆人和本省人的人与人之间的关系时，是将他们置于一个从来不认识大陆人、本省人的社会规律下，以社会人而不是畛域人的意义，开展着繁复底生之戏剧的。《将军族》中的三角脸和小瘦丫头儿，便是因为同是社会沦落的人而互相完全地拥抱着……而消失了畛域的差别。"②

陈映真，他是真正属于中国台湾、真正属于中国的一个"大地之子"。当他在一个特别的历史境遇及其文化想象中一经形成自己的饱含着人道主义精神的价值理性，那么，随着主体人生经验的越发丰富，则越发深刻、越发坚定而一以贯之。因此，从根本上说，作者从20世纪50年代初登文坛的《面摊》中那一对带着咯血的孩子的夫妇及其遭遇，……直至80年代后期那个已经失落了父辈理想的"赵南栋"（《赵南栋》），乃至后期的政治批判小说，尽管其中贯穿着从关注"小人物"生存环境——社会现实批判这样一个思想内涵不断丰富

---

① 许南村：《试论陈映真——〈第一件差事〉〈将军族〉自序》，《陈映真自选集九·鞭子和提灯》，台北．人间出版社1988年版，第11页。

② 同上，第11—12页。

广阔的过程，尽管其中经历了从伤感、苦闷—辛辣、嘲讽—深刻、批判这一风格变异的发展，但是，这一过程中他所耿耿于怀的无不是一如既往地对"人"的关怀的人道主义情怀，对"人"的感同身受的人道主义的精神力量。也无不是一个"老掉牙的人道主义"的扬弃过程。并且，寄寓着"一个中国"的崇高境界。他说：

> 在中国走出前，近代的社会，从历史的近代向着历史的现代冲刺的过程中，我们深切地期望借着……使分离或有相分离的危机的中国人重新和睦，为中国的再生和复兴而共同努力。①

以个体生命的深度承载和直面人生的人道主义精神，既是五四新文化运动以来所形成的文学母题在台湾这一特定环境中的嬗变与继续深化，然而，也未尝不是台湾所谓"戡乱时期"政治戒严对"陈映真"这一个个"敏感的个体生命"的"规范"，因而，其人道主义情怀则往往不同程度地被"民族""乡土"甚至"反共"等强烈的社会政治符码所遮蔽。有意味的是，正是台湾一场场"以文学为借口所开展的政治论争，并且是一场两败俱伤的论争……我们不难发现没有谁是胜利者；在政治方面产生了严重的裂痕，在文学方面，同为现代文学命脉的'乡土文学'和'现代文学'均淌干了赤忱的热血……"② 乃至于20世纪80年代中期解严之后，人道主义关怀在文学精神诉求的多元态势中呈现出"非政治"的倾向，并且由于解严之后日渐促成生命欲望膨胀、个人意志凸显以及蓬勃的政治乱象，生存方式、世俗人生则吸引了此间文学叙事的普遍目光。《返乡札记》（萧飒）、《悲情城市》《荒人手记》（朱天心）、《离开同方》（苏伟

---

① 许南村：《试论陈映真——〈第一件差事〉〈将军族〉自序》，《陈映真自选集九·鞭子和提灯》，台北. 人间出版社1988年4月版，第12页。

② 东年：《将政治的政治还给政治，将文学的政治还给文学》，载台北《台湾文艺》第86期，1984年1月。

贞)、《今生缘》(袁琼琼)等，虽影影绰绰地透露出政治和历史的乖谬，但对"人"的恣意"撕扯"，无不都是这些作者从更高的层次上对人性的思考及其人文立场的张扬。朱天心为其《城市悲情》作序及其答《〈城市悲情〉十三问》便如是说："当我们逐渐跨跃出生存的迫切性，走出一个较能活动自由的空间时，关心的焦点自然也不一样，除了向来非杨即墨的派别之争，路线之争，意识形态之争，似乎还别有一块洞天可以拿来想象，思考"，"那里，各种价值判断暧昧进行着，很多时候，辩证是非显得那么不是重点，最终却变成每个人存活着的态度，态度而已"。①

世纪末台湾地区文学人道主义精神的再出发，看似表现出"群体性"的特征，但是，由于解严之后政治乱象的日渐肆虐，族群问题、统独之争仍然强势地牵引着社会思维的所有神经。因此，本质上说，"人"的问题仍旧是这里的每一个敏感的个体生命的深度承载。与前行作家所不同的是，这些"个体生命"更尊重自我的"想象"与"思考"而坚决堵截政治的侵扰，诚如张诵圣所言："这群作家始终以人道精神的角度来看待个人的生活；同时他/她们一向以个人而非社会政治的观点去了解历史。"②

三

台湾特定的社会历史语境决定了人道主义精神的"个体生命深度承载"模式。在大陆，人道主义的表现及其形态也同样是由其特定的社会历史语境所决定的。

不能说，在祖国大陆当代文学进程中，人道主义没有一个一以贯

---

① 朱天文：《悲情城市·序》，《〈悲情城市〉十三问》。朱天文、吴念真著，《悲情城市》，台北．三三书坊 1989 年 8 月版，第 5、29 页。

② 张诵圣：《朱天心与台湾文化及文学新动向》，《中外文学》第二十二卷第十期，1994 年 3 月。

之的存在和发展，但是，它的存在与发展确曾发生过深刻的断裂。因而，它也只能在一个特定的背景下实现历史的衔接。这样一个特定的历史文化背景，无疑只能是当一个民族在痛心疾首地发现"人"的问题发生严重失落、遭到残酷漠视之后的。于是，所谓否极泰来，出于对惨无人道的"文化大革命"的深重记忆，人道主义则无可替代地成为了重建社会文化及其人文精神体系的大纛。

与台湾的以个体生命体验为载体来传达人道主义精神的不同，在这里，首先是思想文化界对人道主义问题的重新给予重视和讨论。而且，其涉及面之广、论争之热烈、切入之深广是此前的任何一次思想解放运动所没有过的。无论这一过程如何"莫衷一是"，就其整体所呈示的态势而言，应该说，这是人道主义在祖国大陆传播以来的70年历史中，参与最广泛、研究最深入、论争最复杂、影响最深远的一次理论探讨和建构，这一情态，就足以表明：正是由于"'人'的价格的"又一次被失落而引发了几乎是全民族整体性的痛心疾首；就足以表明，正是由于长达十年的动乱对人的价值、人的尊严的任意蔑视和践踏，从而构成了同样几乎是全民族整体性的最为惨痛的刺激和沦肌浃髓的自省。伴随着思想理论界的觉醒，文学艺术界也收获了如狂飙天落般的一大批为"人"而奋争的作品：《伤痕》（卢新华）、《啊！》（冯骥才）、《记忆》《被爱情遗忘的角落》（张弦）、《大墙下的红玉兰》（从维熙）、《人啊，人》（戴厚英）、《致橡树》《神女峰》（舒婷），等等。根据通常的文学"规则"，这些作品都可以在所谓的题材上做出各种不同的分割，但就其主题所涵盖的整体意义而言，作为"人"的本质力量，作为"人"的本质丰富性，在这里，得到了最为真实的"确认"，得到了最为充分的展示。譬如：

在没有英雄的年代里/我只想做一个人……

我是人/我需要爱/我渴望在情人的眼睛里/度过每个宁静的黄昏/在摇篮的晃动中/等待着儿子第一声呼唤/在草地的落叶上/在每一道真挚的目光上/我写下生活的诗/这普普通通的愿望/如

今成了做人的全部代价……①

这看似平和沉稳的情感抒张，实则无异于是对人道主义一声声撕心裂肺的呼号，无异于一场人道主义回归的巡礼，无异于一次最为自觉、最为深刻的人道主义运动！我们并不认为这一时期对"人"的"拯救"的所有作品都经得起艺术的苛求，我们更不会褊狭地以为人道主义就是文学的唯一使命，但是，由题材的广泛性、主题的深刻性、内涵的多义性、人物的繁复性、情感的丰富性、手法的变异性……所构成的波澜壮阔的新时期文学运动，毫无疑问地都根源于成为其先导的——人道主义。同样，随着社会历史变革的日渐深入，20世纪90年代以后的中国文化处于急剧的裂变和转型时期，中国文学的精神诉求则表现出从未有过的丰富与含混，人道主义问题也因此在不同的情感向度、不同的价值理念间徘徊、起落和嬗变，但是，就其"与生俱来"的对"人"的"尊崇"追求，就其因政治失序被"妖魔化"而给全民族所烙下的惨痛记忆，对人道主义精神整体性的民族反思与高扬，无论何时仍然有其深刻的历史要求。

四

质言之，两岸当代文学人道主义精神诉求的不同"范式"，它们之间看似未能表现出更直接的"互动"，恰恰从根本上丰富了我们中国文学民族精神品格的历史文化内涵。

因此，如果说，在台湾，虽然从未出现过"声势浩大"的全面讨论和整体性的文学关注，但由于历史境遇的变幻莫测，人的无以依托的特别悲苦、孤寞，"人生"的问题显得特别突出，其人道主义则

---

① 北岛：《宣告》，载《中国当代青年诗选》（谢冕主编），花城出版社1986年版，第79页。《结局或开始》，载《朦胧诗精选》，华中师范大学出版社1987年版，第7页。

呈示出个性鲜明的悲天悯人的情感基调；大陆则源自社会历史发展进程的严重受阻，从而导致了灭绝人性的封建法西斯文化专政在"文革"的十年中大行其道，这样，其人道主义则表现出特别强烈的反思和现实批判精神。如果说，台湾的人道主义是以个体生命的自觉来"承担"其精神的传扬，因而，其人道主义则因其特别的艺术质感而产生了深沉哀婉的情感律动；大陆的人道主义则是以理性的深度来重新加以体认，从而引发人们已曾经历过的特别沉重的生存记忆，因而，其人道主义则带来了特别的感同身受的情感撞击和理性启蒙。进言之，前者多专注于对"人"的生存现实的关怀，后者则致力于对"人"的价值的挖掘和确认；前者因着文化认同和民族问题的突出，"人"的关怀则带有更多的文化身份、精神根源的执着追问，也因此而呈示出深刻的个体生命的生存经验，而后者则因大体一致的生命际遇及其社会期待而呈示出更为普泛意义的价值思辨，因而，当女诗人舒婷天籁般的一声"与其在悬崖上展览千年，不如在爱人肩上痛哭一晚"的时候，实在让我们产生了从未有过的对于一个大写的"人"的震撼！

因此，我们认为，海峡两岸当代文学的人道主义精神虽然都有过不同程度的扭曲和缺失，并以不同的诉求范式表现出不同的历史情态和文化内涵。但是，严格说来，它们都不曾在根本上缺席过。前者是在关注文化认同和民族问题的同时，始终向往着人道主义的最高境界；后者在失落、呼唤与高扬的过程中，也始终不渝地渴望和向往着人格的美好和人道主义的最高境界。这是在于：

从最本质的意义上说，在人类的全部历史上，人道主义始终是一切进步人类共同追求并为之奋斗的最崇高的目标，因此也必然是一切进步文学共同追求并为之奋斗的最崇高的目标。我们当然不否认人道主义因其不同的历史情境、不同的思想体系表现出不同的价值取向，甚至被盗以进行欺骗宣传和从事其他各种反人道主义的罪恶活动。但是，作为一切进步力量和文学所共同追求的真正意义上的人道主义，它要求人类摆脱任何桎梏，还人以最崇高的尊严和价值。这样的一种完全合理的精神实质，却是每个时代，或者说即便是不同的社会历史背景的进步人类、进步文学所前后相承，基本一致的。而这也正是我们包括海峡两岸在内的"一个中国"的文学所前后相承、基本一致的。

日据时期台湾原住民境遇与文化认同问题

1895 年清政府于中日甲午战争失败后签订了丧权辱国的《马关条约》，至 1945 年抗日战争全面胜利台湾光复，台湾被迫割让给日本而沦为日本殖民地长达五十年之久。期间，台湾原住民的生存境遇及其文化认同问题，极为突出。

一

日本殖民统治台湾之始，便启动了所谓的"理蕃事业"。"蕃"者，大体始于清朝帝制的文明等级体系，对于远离大陆本土的台湾，住民依其受教化的程度被分为"民"和"蕃"两个不同的等级，而"蕃"又被分为两种，"其深居内山未服教化者为生蕃"，"其杂居平地，遵法服役者为熟蕃"。① 日本据台五十年的殖民统治体系几经调整，但是，不论是台湾总督府下设立的"蕃地事务委员会"，还是"蕃务本署"，或是台湾警察署下设置的"蕃务课"，被统称为"蕃人"的台湾原住民，自始至终都被纳入其严酷管制的暴政范围。殖民统治者之所以如此重视所谓的"蕃务"，一方面，在于包括台湾原住民在内的全体台湾民众反抗日本殖民统治的意志及其运动的顽强与坚韧，殖民统治者不得不采取恩威并重的手段来加以征服和平息，以

---

① 蓝鼎元：《平台纪略》，载《台湾文献丛刊》，第 14 种，台湾银行经济研究室，1958 年，第 63 页。

达到其巩固殖民政权的企图。诚如日本首任总督兼接收台湾全权委员的海军大将桦山资纪未及登陆台湾，便于侵台途中的"横滨丸"号船上召集文武官员宣告的："……台湾乃是帝国的新版图，未浴皇化之地。加上，岛东部由蒙昧顽愚之蕃族割据。故今日入临该土者，虽须以爱育抚孚为旨，使其悦归我皇覆载之仁，但亦要恩威并行，使在所人民不得生起狎侮之心……"① 另一方面，还在于原住民聚居地资源的丰沛。1896 年，即台湾被割让后的第二年，台湾总督府民政局长水野遵即就直言不讳地说："今后樟脑之制造，山林之经营，林野之开垦，农产之增值，以至日本人之移住，矿山之开发等，无一不涉及蕃地，台湾将来事业，尽在蕃地，今欲在蕃地经营事业，首先须使蕃人服从我政府。"② 以这一殖民思路为主轴，殖民统治的"蕃政"与其对全台实施的殖民策略是一致的，大体上也经历了三个阶段，即由"无方针主义"进而"同化主义"，再进而"皇民化"。

殖民当局从据台初期至 1919 年，"先行各种调查，逐渐掌握原住民的生活规范和其他地理环境，再以'威抚兼用'政策解除原住民武装，巧妙地利用其规范（例如埋石仪式），要求'归顺'，投降时'赎罪'"。③ 以对台湾原住民风俗习惯、部落文化的调查为基础再制定统治政策，日本殖民当局这一被称为渐进式推进殖民统治的"无方针主义"，虽然具有为顺应现实而制定或弹性调整统治政策意涵的"威抚兼用"的殖民策略，实际上同时还配以间隔原汉，分而治之的手段，特别是严苛的警察政治，使殖民当局据台初期在一定程度上收到了管控的预期效果。"唯自 1896 年至 1920 年间，日人对于'蕃地'的绥靖讨伐行动，依据《蕃地调查书》记载，共 151 次之多；而在同

---

① 藤井志津枝：《理蕃：日治时期台湾总督府理蕃政策》，台北．文英堂出版社 2001 年二版，第 3 页。

② ［日］伊能嘉矩：《台湾蕃政志·二》，温吉编译，台湾省文献委员会，1957 年，第 630 页。

③ 藤井志津枝：《理蕃：日治时期台湾总督府理蕃政策》，台北．文英堂出版社 2001 年二版，第 293 页。

时，总督府亦对原住民部落进行'授产''教育''交易''医疗'等事项，此类'抚育'系以归顺的族群或部落为实施对象，意图借由此种怀柔，改变其生活习俗，从而放弃反抗"，① 这就为殖民当局下一步推行"文化同化"政策准备了条件。

随着第一次世界大战结束，祖国大陆 1919 年五四新文化运动的深入，台湾民众吸取了先前武装抗争殖民统治的教训，开展了各种非武力抗争的社会运动。日本当局则相应改派文官总督来台，实施了日台一体的"内地延长主义"（"内地"指宗主国日本，笔者注）的同化政策，以所谓"一视同仁，共存共荣"的蛊惑来掩盖其继续剥夺原住民政治权益，奴役和盘剥原住民的殖民野心。特别是文官总督以"文化同化"政策实施"理蕃"阶段的后期，1931 年至 1936 年，以"蕃人"教育与教化取代武力镇压，挑选和培育亲日青年"先觉者"担任部落各类社团头目，指派和任命部落领导人，表彰所谓"善行蕃人"等，"至此，原住民族面对的不必然是残酷的武力镇压，但是这个时期却是部落社会结构与原有习俗文化产生空前巨变的阶段"，对原住民社会"这是一项结构性的冲击"。②

期间，因由先前时任日本摄政王的裕仁天皇"出访"台湾，看到原住民聚居地的景色类似于日本的高砂，遂指示台湾总督府将原住民称为高砂族，③ 1935 年，日本官方将原住民由"蕃人"正式改称为"高砂族"。作为日本"理蕃"政策向前推进的重要指标，殖民当局对原住民族称的改变，凸显出了日本殖民统治企图使台湾原住民从海外殖民地民族变为其国内民族的险恶用心。殖民当局警备局长竹泽诚一郎在其题为《理蕃在未来国防上的意义》一文中就认为，今后

---

① 浦忠成：《台湾原住民族文学史纲》（下），台北. 里仁书局 2009 年版，第 590 页。

② 同上，第 591 页。

③ 参见陈建樾：《台湾"原住民"历史与政策研究》，社会科学文献出版社 2009 年版，第 32 页。

"理蕃"成败与日本未来发展南洋统治或与南方异族合作有密切关联，并说"若对本岛蕃族指导适宜，则日本在本岛各族中能获得最效忠母国的好帮手"。[1]

随即，1937年全国抗日战争全面爆发，殖民当局加剧了对台湾的全面控制，对原住民部落的统治也进入了大力推行"皇民化运动"的第三阶段。文化上，开办"蕃童国语教育所"，强迫全面学习和使用日语，培养日式生活习惯，推广改从日文姓名，提倡供奉日本神社运动等；军事上，实施所谓"志愿兵制度"，征募原住民参加"皇民奉公会""高砂义勇队""蕃民军训团"，逼迫原住民直接充当了日本殖民主义发动的侵略战争的炮灰；经济上，由于日本殖民统治者的势力已经全面深入了原住民各部落内部，原住民聚居地的山林矿产资源实际上已经是殖民统治当局的囊中之物，也直接成为了日本侵略战争所需物资源源不断的重要供应基地。还必须面对的是，全面深入的"皇民化运动"，"接受日本教化影响的原住民部落'皇民化精英'，正好担任呼应与配合者的角色。在这种情势下，原住民部落几乎全盘陷入对于天皇及皇军效忠、输诚与奉献的狂热情境"。[2]

事实上，日本殖民统治对于台湾原住民，曾"有'全灭主义''导化主义'之分歧主张，前者认为应将'番人'完全消灭，后者则认为对归化'番人'进行教化，对于尚未归化者加以招抚"。[3]但是，毫无疑问，不论日本殖民统治采取什么样的殖民策略，其"'理番'事业的最终目的是要让'番人'与'番地'全部消失"。[4]

---

① 载藤井志津枝：《理蕃：日治时期台湾总督府理蕃政策》，台北．文英堂出版社2001年二版，第592页。

② 浦忠成：《台湾原住民族文学史纲》（下），台北．里仁书局2009年版，第593页。

③ 同上，第589页。

④ 藤井志津枝：《台湾原住民政策史·政策篇》（三），台北．台湾省文献委员会2001年版，第149页。

马克思在 1853 年的六七月间曾就印度这样一个庞大的国家沦为殖民地的原因，以及被征服后的发展前景做出分析和预测，先后写出了《不列颠在印度的统治》《不列颠在印度统治的未来结果》两篇文章。在马克思看来，印度因其历史文化结构与族性内部的诸多矛盾性，决定了它"本来就逃脱不了被征服的命运"，① 由此提出了殖民主义在印度的"双重使命"的重要观点，即"一个是破坏性的使命，即消灭旧的亚洲式的社会；另一个是建设性的使命，即在亚洲为西方式的社会奠定物质基础"。② 马克思站在时代的高度，以印度的殖民历史作为个案，强调了发展先进生产力的重要性，尤以贯穿始终的辩证思维，侧重以资本主义殖民侵略所产生的历史影响，揭示出了世界历史发展的普遍性和特殊性的矛盾。毫无疑问，这对于我们思考其他地区遭受殖民统治及其因由不同地缘所表现出的殖民现象的特殊性都具有很强的启示。

比照起来，台湾固然一直孤悬海外，但也从来没有隔断过与大陆母体的文化血脉，特别是在近代，即便是被作为甲午战争失败的"弃儿"，在被日本殖民长达半个世纪之久的艰难岁月，他们也能从五四运动传来的新文化气象中接收到一个民族自新的感召力，他们也能在抗日战争全面爆发后，面对日本殖民统治加剧了对本岛的掳掠而以各种可能的方式进行民族抗争，直至台湾光复回到祖国怀抱——"被征服"，从来都不可能构成台湾乃至中华民族的命运选择。但是，如果说印度的问题，诚如马克思所分析的，是在于"不仅存在着穆斯林和印度教徒的对立，而且存在着部落与部落、种姓与种姓的对

---

① 马克思：《不列颠在印度统治的未来结果》，见《马克思恩格斯选集》第 2 卷，人民出版社 1972 年版，第 69 页。
② 同上，第 70 页。

106

立，既然一个社会完全建立在它的所有成员普遍的互相排斥和与生俱来的互相隔离所造成的均势上面——这样一个国家，这样一个社会，难道不是注定要做侵略者的战利品吗？"① 那么，台湾地区也有其地缘政治上的复杂性和特殊性，尤其是作为台湾本岛的边缘族群，原住民与生俱来地遭受到来自外国列强和本土汉人的排斥与隔离，各族群部落之间也因占有资源的多寡、族群文化的差异而存在矛盾与冲突，因此一直处于大一统帝制文明等级体系的末端，所谓愚顽蒙昧之"蕃人"。然而，我们从日本殖民统治台湾五十年的历史事实看，台湾，包括原住民部落在内，最终在客观上被强制性地推入了由封建社会到近代资本主义社会的转型过程，原住民部落知识分子内部由此也引发出了对于"进步"与"现代化"的纠结与期待。如此，借用马克思殖民主义的"双重使命"论观之，"英国不管是干出了多大的罪行，它在造成这个革命的时候毕竟充当了历史的不自觉的工具"。②

近年，殖民现代性的广泛讨论，深刻地影响了全球化语境下世界历史发展的普遍性和特殊性关系的话语模式；同样，也深刻地影响了日据时期台湾历史与文化认同问题复杂性的阐释结构。在不少文学/历史研究者看来，作为殖民地的经验和伤痕，殖民地的知识分子，包括原住民部落知识精英，无不深陷于殖民性与现代性两难困境这一无可逃脱的历史宿命之中，它甚至构成了殖民地社会一种普遍的精神心态或情结。陈芳明即认为，"从启蒙运动中知识分子的立场来看，现代化运动的追求仍然值得积极介入。但是他们非常清楚殖民化与现代化之间的吊诡关系，从而更明确理解到台湾若要摆脱殖民体制，则舍弃现代化的道路，别无他途可循"。③ 其潜台词显然是"反之亦然"。

---

① 马克思：《不列颠在印度统治的未来结果》，见《马克思恩格斯选集》第 2 卷，人民出版社 1972 年版，第 69 页。

② 马克思：《不列颠在印度的统治》，见《马克思恩格斯选集》第 2 卷，人民出版社 1972 年版，第 68 页。

③ 陈芳明：《殖民地摩登：现代性与台湾史观》，台北．麦田出版社 2004 年版，第 12 页。

那么，如何理解殖民统治的双重使命"破坏"与"建设"的悖论？马克思对印度沦为殖民地历史事实的阐明是否可以成为世界历史发展的"应然"法则？具体到日本殖民统治与台湾近代社会转型的关系，这无疑构成了人类历史上正义与进步完全背离的一个不无尖锐的事例，而从纯粹的人的感情上来说，当然也是一个不无艰涩的话题。

必须承认，日据时期台湾知识分子的确置身于这一巨大的两难困境之中，而原住民部落尤甚。由于后者始终处于殖民统治严酷的警政管制的同时，还一直被裹挟在国共两党构建现代中国的政治理念及其话语权的博弈，以及本土原汉矛盾的纠葛之中，作为"历史的不自觉的工具"，殖民现代性不仅落脚于对于原住民部落社会结构及其器物层的冲击与变革，还运作于原住民部落想象的内部——观察事物的视域、知识生产的模式、表达形式的资源与思维等几乎所有关涉精神信仰文化系统的形塑，并最终通过原住民知识精英得以实现。

期间，发生于1930年10月27日的"雾社事件"，虽然不是台湾民众对抗殖民统治规模最大的抗暴行动，但它所产生的影响则最为深远，既直接构成了日本殖民统治"理蕃"政策的重要转折点，也更深刻地造成了原住民社会及其知识分子主体暧昧的心理负重与精神创痛。

三

（第一次）"雾社事件"自1930年10月27日发生，前后两个月，参与此次抗日暴动的赛德克族（马赫坡社）6社，除领导人莫那·鲁道在暴动失败后自杀外，几遭灭族。随后，1931年4月，日本殖民当局还采取了"以蕃制蕃"的手段，纵容与日本人关系友好的"味方蕃"，大举袭击了雾社事件的幸存者，导致"反抗蕃"人口最后仅剩298人，之后又被强制迁居到川中岛。史称"第二次雾社事件"。周婉窈教授在其研究中认为，日方归结"雾社事件"起因的几方面，如一、劳役问题；二、少数民族与日本人通婚问题；三、马赫坡社头目的不满等，只是事件爆发的近因；而赛德克诸社之所以蜂起抗暴，根本上还在于部落文化传统被赤裸裸的殖民暴力几近摧毁，具体如日本人侵入原本自成世界的赛德克族领域后，没收族人狩猎枪支，驻守在部落的日警逐渐取代原部落首领地位，部落固有传统惯习律法受到空前未有的严重破坏。① 我们也注意到，近年来，囿于台湾政治生态日益复杂与微妙，对于"雾社事件"的不同诠释也渗透着不同政治立场的利益诉求，成为各政治派别出于自身利益的"政治正确"而可以任意利用的"符号"。不错，"雾社事件"是一场关涉到国族、族群、部落、阶级、文化等多个层面错综复杂的矛盾的深刻冲突，但是，毫无疑问，其根本主旨只能是反抗日本殖民统治与捍卫民族尊严。

回到"历史现场"看，"雾社事件"在国际上直接暴露了殖民统治者殖民政策及其对被殖民者的残暴，在日本内部也因认为这是"圣代的大不祥事变"而开始调整"理蕃"政策。诸如由培养"蕃童精英"而扩大"蕃童"的教育对象，以达到对整个"蕃社"的教化目的；"以蕃制蕃"，险恶地挑起部落间的矛盾；宣导日本神道教和参拜神社，在精神层面彻底摧毁原住民传统文化与信仰；精心组织"高砂族日本观光团"到"内地"施加感化，致使"一个由部落出发而来的人，面对着远远超越以往所见所闻的现代强大帝国的景象，其心魂震惊浩叹之余，大抵很难再有对抗的想法"。②

从殖民者的立场看，其恩威并用、教化笼络的殖民策略相当有效。"殖民者不仅从殖民地获得巨大的物质财富，而且还要在巨大的优越性和满足感中反复论证被殖民者必须由比他们自己更了解他们的

---

① 周婉窈：《试论战后台湾关于雾社事件的诠释》，台北．《台湾风物》，第60卷第3期，第15页。

② 浦忠成：《台湾原住民族文学史纲》（下），台北．里仁书局2009年版，第625页。

殖民者来代表，带领他们摆脱自然的束缚、……带来民族的和平。"①
直至殖民后期，原住民部落已衍生出了在情感上倾向于殖民者的文化
力量，至今，一些"现场"留下的文字读来仍然令人感到惊心动魄。
如由殖民当局警务局理蕃课发行的《理蕃之友》杂志，于1933年6
月刊登的一篇名为《谈国语推行》的文章就是一个显著的例子：

> "回想起来，本社蕃人在昭和五年（1930年）十月二十七日
> 发动雾社事件，使我们感到非常抱歉。可是昭和六年（1931年）
> 五月六日搬到本地川中岛，接受官方保护，如今已经满两年了。
> 本社蕃人对错误的行为大感后悔，只有一心一意对官方的保护觉
> 得感谢和快乐。"②

值得注意的是，作者中山清在"雾社事件"爆发时年仅12岁，
父母亲在事件中双双遇难。他后来被雾社分室的日本人带走，先是担
任杂役，后在转到诊所当助手期间得以涉猎医学书籍和有机会获得台
北帝国大学（今台湾大学）教授的指导而考取了医师。显然，作为
被殖民者培养的原住民知识精英，以主体性的失落为代价而"得以"
收编并纳入殖民意识形态的生产结构，乃至充当了与权力话语共谋的
角色。当然，也更在事实上陷入了摆脱殖民/现代两难困境的悖反。
譬如，作为"优秀蕃童"出身，当时担任公医的泰雅族人日野三郎，
当看到也曾受过"蕃童"教育而获得殖民当局公职的花岗一郎，简
言之，看到也同是知识精英的花岗一郎参加"雾社事件"而最终赴
死的报道，很不解地说：

---

① 邹广胜：《话语权力与跨文化对话中的形象传递》，《文学评论》，
2005年第6期。

② 《理蕃之友》合订本第二卷，昭和八年六月号，东京. 绿荫书房，
1993年复刻版第一刷，第7页。转引自浦忠成：《台湾原住民族文学史纲》
（下），台北. 里仁书局2009年版，第614页。

"有关花岗一郎的行动虽然我无法知道，假设他若是不得已而参加凶杀行动，我不得不慨叹此人没有胆力，意志又薄弱。只是，我自己也因为像花岗这样的人出现，强烈忧虑将来当局对蕃人的教育，说不定会改变以往那种积极的方针。"①

　　日野三郎面对花岗一朗的事例，显然难掩文化认同的扭曲和内心的惊恐，而他强烈忧虑殖民当局是否会因此取消本质上就是皇民化的"优秀蕃童"的做法，更在事实上无情地表明，殖民现代性对于原住民部落实质上已经构成了一种强大的诱惑力，除了赤裸裸的暴力压制，伴随着殖民统治而来的现代性甚至成为了令人渴求的愿景，其结果，诚如巴西著名教育实践理论家保罗·弗莱雷所认为的，"在文化侵犯中，要使受侵犯者以侵犯者的眼光而不是以自己的眼光来看待现实，这是非常重要的。因为他们模仿侵犯者越多，侵犯者的统治就越稳固。要使文化侵犯成功，就必须使受侵犯者深信自己内在的低劣。因为任何事物都有对立面，所以如果受侵犯者认为自己低劣，他们就定会承认侵犯者的优越。因此，后者的价值观就成为前者的榜样。侵犯越加剧，受侵犯者与自己的文化精神，与自己本身越被疏远；后者就越要表现得像侵犯者，走路像他们，穿戴像他们，连谈吐也像他们"。②

　　权力的殖民性可谓举足轻重，直接导致原住民知识分子主体建构与情感归属的艰难与模糊、身份与文化认同的犹疑与矛盾、话语能力与模式的丧失与可能等诸多关系的复杂与不确定性。而且，对原住民知识分子而言，殖民现代性的幽灵不仅表现为某种意识形态逻辑或认识论上的解读方式，更是有着来自于沦肌浃髓的"日常"经验与切

---

　　① 原载《现代史资料22 台湾（2）》，第646页。转引自浦忠成：《台湾原住民族文学史纲》（下），台北．里仁书局2009年版，第612页。

　　② ［巴西］保罗·弗莱雷：《被压迫者教育学》（30周年纪念版），顾建新等译，华东师范大学出版社2001年版，第91页。

実的生命体验。

四

长达数十年的日本殖民统治及其以同化政策和皇民化运动为手段的文化侵略，已在事实上严重造成了原住民部落传统文化结构的分崩离析；特别是，"雾社事件"的悲壮过程及其惨烈的结果所带来的精神幻灭感，使得原住民部落话语能力几近丧失的同时，又导致在自身的思想文化意识中日渐削弱了对主体文化认同的可能甚至信心；进而，再面对殖民者刻意制造的雄强的殖民统治者形象及其优越的文化，则只能借助殖民者的话语模式尝试"重构"文化体系，且不可避免地带上殖民者的意识形态而呈现为混杂与游移状态，这就更在根本上加剧了文化认同的混乱与不确定性。譬如，曾担任日据殖民当局部落巡查的阿里山邹族人安井猛，赴日"观光"回来作有《高砂族日本观光团30名参观感想》一文，便很值得咀嚼：

"我们青年团，昭和七年七月（1932年）成立以来，所做的第一件事就是营造神社，表示我们扬弃了对人骨及兽骨的崇拜。当时我们20个青年团成员都不赞成安置神社，但如今在神社的春秋雨祭中，充分显示了我们已废止了兽骨及人骨的崇拜了。其次是我们服装的改善。以往我们邹族女孩子，都会以黑布包头，如此对头发不卫生，也有碍身体的观瞻。经过日语普及会的提议，才渐渐废止。再就枪支之管制而言，以往邹人有枪喜欢打猎，而不事耕种，近来收缴的成果才好转，农耕的状况才得以好转。"①

---

① 《理蕃之友》合订本第二卷，昭和十年十一月号（东京．绿荫书房，1993年复刻版第一刷），第7页。转引自浦忠成：《台湾原住民族文学史纲》（下），台北．里仁书局2009年版，第629页。

如此一来，整体上看，原住民知识分子内心即便还残存几缕迷茫的族群与部落意识，但是，在很大的意义上已经很难凭借自身的力量重新建构起民族身份的主体意识与族群的文化图腾。这在情感和理智上都令人难以承受的文化失重，浦忠成就认为，"统治者的政策跟族群的利益产生矛盾或冲突的时候，作为统治者政策宣导、执行者的原住民知识精英，究竟要做什么样的抉择，一直是受到瞩目的议题。诉诸本质的民族主义理论，答案倒是简易，但是实际的情形是复杂多了"。①

我们认为，马克思的"双重使命"论无疑是其关于殖民主义诸多论述中的一个精辟论断，因此，对于思考殖民主义与世界历史发展规律问题具有很强的启示意义。但是，从马克思针对英帝国主义殖民印度的"破坏/建设"问题所做的详尽分析看，马克思本人无疑特别注重世界历史发展普遍规律中的特别地区社会发展的特殊性。尤其是，马克思还强调，"当我们把目光从资产阶级文明的故乡转向殖民地的时候，资产阶级文明的极端伪善和它的野蛮本性就赤裸裸地呈现在我们面前。因为它在故乡还装出一副很体面的样子，而一到殖民地它就丝毫不加掩饰了"。② 殖民者的主体欲望决定了它本性的极端伪善、野蛮与贪婪，因此，它所能带来的"建设"无疑是极其有限的，或者说完全是以攻城略地、扩张宗主国版图为最终目的的。

如前述，一直处于大一统帝制文明等级体系末端的台湾原住民部落，在长达五十年之久的日本殖民统治时期，还同时始终处于殖民统治特别对其施行的严酷的警察政策、国共两党为构建现代中国的政治理念及其话语权的博弈、本土原汉冲突以及各族群之间因文化差异的

---

① 浦忠成：《台湾原住民族文学史纲》（下），台北．里仁书局2009年版，第616页。

② 马克思：《不列颠在印度统治的未来结果》，载《马克思恩格斯选集》第2卷，人民出版社1972年版，第74页。

纷争等多重矛盾纠葛之中，这在世界殖民历史上无疑是一个极其尖锐的"个案"。因此，它同时被殖民统治强行推入由封建社会到近代资本主义社会的转型，是以部落丰沛的生产资料成为殖民统治当局任意掠夺的囊中之物为代价的，是以族群的传统文化被摧毁殆尽、主体意识的失落为代价的，甚至，是以被迫充当了日本殖民主义发动的侵略战争的炮灰为代价的。我们注意到，近年台湾学界关于如何超越"殖民现代性"悖论、寻找和建立抵抗殖民和反抗压迫的思想资源和精神动力的思考颇成话题。其中，"启蒙现代性"能否从"殖民现代性"中独立出来而成为超越"殖民现代性"的一种反殖民的力量？本土是否存在内生的反殖民的现代性因素？能否以左翼现代性和民族自我认同以及本土文化思想重构来瓦解和对抗殖民主义与现代性的共谋？等等，① 这些思考互为激活，在一定程度上有效地拓展了关于台湾殖民现代性问题的阐释空间。但是，由于台湾殖民现代性问题的复杂性，台湾思想界一直未能形成一套系统的并且具有强大阐释效力的"反殖民的现代性"论述，而且也或多或少地忽略了原住民部落殖民现代性问题的维度。

我们认为，长达五十年之久的日本殖民统治对台湾所造成的灾难性伤害无疑是全面而深重的，而因由原住民与生俱来的边缘处境，揭示其在从中所遭受的奴役显然更能深刻地暴露出殖民文化的掠夺本质。那么，如何能够彻底摆脱因殖民主义意识形态的强行奴役而陷落的精神危机，重拾族群记忆，以获得文化身份的全面复归，根本上说，只能期待全民族反抗日本帝国主义侵略战争获得全面胜利，特别是 20 世纪 80 年代原住民运动的高涨这一深刻的历史际遇。

---

① 参见刘小新：《台湾文学研究中的殖民现代性幽灵》，《东南学术》，2009 年第 5 期。

海峡两岸当代少数民族文学关系问题的考察

在本话题展开讨论之前，有必要标明两个基本前提。一、一般意义上，少数民族文学是指产生于各民族的文学现象，它包括民族民间口传文学和作家的文学创作，还包括文学批评和理论建设等相关文学活动。本文指涉的两岸当代少数民族文学，主要是两岸当代少数民族作家文学，及其文学批评与理论建构。二、在台湾地区，对少数民族一般统称为"原住民"，本文出于叙述上的协调性考虑，一般称之为少数民族，但特别是在专门讨论台湾少数民族文学方面的内容中，如有因讨论问题需要的混用，笔者不再一一指出。

一、"问题"的缘起

发生于 20 世纪 80 年代以降的海峡两岸当代文学关系问题，因其附着于两岸政治意识形态、社会文化心理、价值理性等诸多方面的深刻背离而充满张力，唯其如此，迄今研究成果林林总总，在根本的意义上，已成为重构中国文学地图的题中应有之义。但是，比较而言，两岸的当代少数民族文学关系问题，显然，仍然"被迫"成为边缘话题而或者滞后，或者缺席。

事实上，同样是进入 20 世纪 80 年代以后，不论是在大陆还是在台湾，少数民族文学话语亦成为了"问题"而先后"浮出历史的地表"。一方面，作为绝对主流的汉文化的"他者"，二者即便生成于不同的政治历史语境，则同样都承受着生存于强势文化夹缝中的

"屈辱";另一方面,全球化态势下,世界范围内各种形形色色的"文化中心主义"受到了强劲的质疑,这无疑给少数族裔文化的生存与发展提供了理论和现实的可能,同样,也成为了两岸少数民族文学"命名",准确地说,"自我命名"和主体建构的历史际遇。因此,从这个意义上说,如何在应对由内而外,由外而内的诸多困扰中完成自我救赎/建构,从一开始乃至当下一直成为两岸少数民族文学各自的迫切问题,而如果因此而"沦为"两岸文学关系这一"宏大视野"的盲区,某种意义上似乎也就有了历史的、文化的及其学科本体等多层面姑且可以面对的"理由",这一问题在台湾地区尤其显得突出,如台湾著名原住民文学史家浦忠成就认为,"台湾原住民族群一直都没有发展出跨越部落层次的组织,族群的识别与设定是在国家统治需要的前提下进行的,是后天被动的作为,所以一直到 21 世纪初叶,族群识别与正名仍然不断进行"。①

但是,对于探讨多元一体的中华民族文化形态在世界文化体系中所处的位置及其意义,如果说,两岸当代少数民族文学关系问题的提出,完全是一个可以期待、无疑也是有效的话语,那么,问题提出的本身是否就意味着已经获得了与主流话语进行平等对话及其双向阐释的权力?就已经获得了——问题/途径/目的——的必然性或曰"正当性"?

进而,两岸当代少数民族文学问题何以在上世纪 80 年代以后,而不是其他什么"历史时刻"得以浮现?仅就中华文化版图及其两岸的社会历史语境而言,两岸当代少数民族文学彼此历史/现实、内涵/诉求、路径/目标是否存在相关性甚或一致性?如果是,其相关性与一致性又是如何发生与关联的?

显然,在试图回答两岸当代少数民族文学关系及其在中国文学版图重构的"位置"的时候,我们能意识到其中蕴藏着极其纷繁的关

---

① 浦忠成:《台湾原住民族文学史纲》(下),台北. 里仁书局 2009 年版,第 587 页。

涉到历史的、政治的、社会的、文化的，乃至才是文学的问题。当然，在这里，我们不打算也无力过多地纠缠于社会意识形态的纷呈复杂而放弃文学的价值理性，也警惕先验地为某种思维模式所框定。但是，我们则同样能够清楚地意识到，"海峡两岸当代少数民族文学关系问题"的提出，必须以现代中国的历史语境及其不同的政治区域、不同的历史阶段其民族话语的嬗变为前提，唯其如此，才有可能做到相对有效地对上述问题的回应和阐明。

二、两岸少数民族文学关系"前史"

虽然相关学科如文化人类学、历史学、民族学近年的研究对作为汉语"民族"一词出现的时间说法不一，有说最早可上溯到汉代，有说最早可上溯到唐代，[①] 但绝非坊间的说法——为近代的"舶来品"。而"民族"概念及其民族主义的现代内涵与外延，无疑则更为复杂，它在异质性文化双向或多向跨语际实践往返的语境下，[②] 有着吸收西方文化、融合本土意涵的曲折交错的嬗变过程，其现代重塑的关键与晚清民国之际，中国整体文化社会所面临的挑战与转型密切相关。[③] 在这一过程中，特别是近代以来，中国的改良派思想家如王韬、严复、康有为、梁启超、章太炎、汪精卫等，从关怀现代民族国家的建立与现实出发，先后进行过关涉"民族"意涵的思考与阐发，虽然"各执一词"，则无不对现代中国民族话语的建构产生了或深或浅的影响。孙中山更是基于领导辛亥革命的理论与实践过程，形成其

---

① 分别参见 ［清］孙希旦：《礼记集解》，中华书局 1989 年版，第 1201 页；茹莹：《汉语"民族"一词在我国的最早出现》，《世界民族》2001 年第 6 期。

② 参见刘和：《跨语际实践：文学、民族文化与被译介的现代性（中国：1900—1937）》（修订译本），生活·读书·新知三联书店 2008 年版。

③ 参见刘大先：《现代中国与少数民族文学》，中国社会科学出版社 2013 年版，第 5 页。

"民族"及其民族主义的政治理想。1924 年，孙中山先后发表了对现代中国的民族主义建构具有重大影响的关于"民族"、关于"少数民族"、关于民族主义的思想言论。在《三民主义·民族主义》一文中，孙中山在论及民族的起源时认为："所以能结合成种种相同民族的道理，自然不能不归功于血统、生活、语言、宗教，和风俗习惯这五种力。这五种力是天然进化而成的，不是用武力征服得来的，所以用这五种力和武力比较，便可以分别民族和国家。"① 在这里，孙中山既强调了"民族"是为了树立同帝国主义相对抗的"国族"的意涵；亦表露出了在内外情势逼迫下，建立"中华民族"一体化的意识。在中国国民党第一次代表大会上（1924 年 1 月 23 日），孙中山则在其主持制定的国民党一大宣言中，第一次使用了"少数民族"这一概念。他直言："辛亥以后，满洲宰制政策既已摧残无余，则国内诸民族宜可得平等之结合，国民党之民族主义所要求者即在于此。然不幸则中国之政府乃为专制余孽之军阀所盘踞，中国旧日帝国主义死灰不免复燃，于是国内诸民族因以有杌陧不安之象，遂使少数民族疑国民党之主张亦非诚意，故今后国民党为求民族主义之贯彻，当得国内诸民族之谅解，时时晓示其在中国国民革命运动中之共同利益。"② 在这里，孙中山"少数民族"之意涵已基本与当代相同，他看到了各少数族群（诸民族）在民族/国家的生长过程中，作为现代国家总体化中多元族群构成的历史存在及其关联彼此的共同命运。

然则，20 世纪前半叶的旧中国积贫积弱，成为西方列强觊觎的目标而濒临被蚕食的危境。中国共产党与中国国民党两度合作两度分裂，某种意义上，都旨在现代中国建立的政治理念及其话语权，其中

---

① 孙中山：《三民主义·民族主义》，《孙中山全集》第九卷，中华书局 1986 年版，第 188 页。

② 孙中山：《中国国民党第一次全国代表大会宣言》，《孙中山全集》第九卷，中华书局 1986 年版，第 119 页。

当然也包含对少数民族问题的现实构想。中国共产党在 1928 年的第六次代表大会上通过了《关于民族问题的决议案》，明确指出："中国境内少数民族的问题（北部之蒙古、回族、满族、高丽人，福建之台湾人，以及南部苗黎等原始民族，新疆和西藏）对于革命有重大的意义。"① 这也是中国共产党 1949 年执政后少数民族政策的"基调"。中国国民党 1919 年由中国同盟会改组国民党，1928 年北伐成功后全国执政到 1949 年败退台湾，从最初的"革命排满"到"五族共和"至"民族同化，建设国族"再到最后承认各民族的平等地位，反映出国民党对中国民族问题的认识过程及思想的发展，看到了民族问题的客观性、复杂性和重要性。② 实事求是地看，国民党民族理念与政策的发展变化，在一定程度上缓解了当时的民族矛盾，对于巩固国家统一和领土完整，促进各民族的发展起到了一定的积极作用。"始料不及"的是，亦为其败退台湾后推行民族政策和管控台湾原住民提供了理论和实践的基础。

特别需要观察的是，1895 年甲午战争失败至 1945 年抗日战争全面胜利，日本殖民统治台湾长达五十年之久。因此，我们必须看到，由于曾被殖民的历史及其地缘政治的因素，台湾地区的少数民族承受了更为多重的生存困境，这也是造成其身份认同/主体建构等问题相对更为纷繁复杂的一方面的缘由。

粗略看来，在早前各政治党派对现代中国的构想中，"少数民

---

① 金炳镐编：《民族纲领政策文献选编·第一编》，中央民族大学出版社 2006 年 10 月版，第 66 页。（该决议特别委托中共中央委员会于第七次大会之前，准备中国少数民族问题的材料，以便第七次大会列入议事日程并加入党纲。并在随后于 1931 年 11 月召开的中华工农兵苏维埃第一次全国代表大会通过了《关于中国境内少数民族问题的决议案》，明确规定了对于中国境内少数民族民族自决权，必须和汉族的劳苦人民一律平等，以消灭民族间的仇视与成见等条款。——笔者注）

② 参见赵学先等：《中国国民党民族理论与民族政策研究》，中央民族大学出版社 2010 年版。

族"在某种意义上似乎并未缺席过。然而，一方面，对于中国共产党而言，即便早在为夺取政权之初，即已认识到"中国境内少数民族的问题……对于革命有重大的意义"，也在随后的国内革命战争和解放战争中，因由获得少数民族的理解和支持而真切实践了中国境内少数民族"对于革命有重大的意义"。但是，彼时的中国共产党毕竟还只是一个"革命党"而非执政党，其对于民族、对于少数民族问题的认知以及构想，多少还只能停留在"理想"，或曰践行理想的阶段。另一方面，中国国民党自孙中山倡导"五族共和"以来，依仗其所拥有的全国的政治资源，也在"政治正确"的理念下，制定了解决民族问题的纲领、原则和政策，并将其写进民国宪法，专门设立民族事务管理机构等。① 但其政治制度由始于孙中山的三民主义理想而走向蒋介石的独裁、腐败，漠视人民的切身利益。此种情形下，又遑论少数民族，包括日据时期台湾原住民族的根本利益？因此，某种意义上，在 20 世纪上半叶现代中国这一特定的历史阶段，"少数民族"更多地被迫充当了政党间话语及其权力博弈的政治筹码，或者说成为彼此政治蓝图规划中的特定符号，而完全不可能真正在政治、经济、文化权益上获得基本的结构性的主体确证。

如此一来，少数民族文学不论以何种话语方式"发声"，都不可能获得身份/文化自主的"合法性存在"，而无可避免地纠葛于现代中国此消彼长的民族话语的命运之中。在大陆，姑且不论所谓籍籍无名的少数族裔作家，即便是声名远播者如老舍、沈从文等，其少数族裔身份显然也完全处于被漠视的"无名状态"；在台湾，少数族群则甚至在殖民统治者所谓"皇民化"运动中，完全被剥夺了使用本民族本地区语言文字的权利和能力。

综上述，上世纪前半叶现代中国演进过程中的特定历史，且其间偏居东南一隅的台湾岛还被沦为日本殖民地半个世纪，我们或可认之

---

① 参见赵学先等：《中国国民党民族理论与民族政策研究》，中央民族大学出版社 2010 年版。

为海峡两岸当代少数民族文学问题的"前史";而且,很显然,不论愿意与否,两岸少数民族及其文学问题,在根本上"他们不能表述自己,他们必须被别人表述"。①

三、社会历史语境与两岸当代少数民族文学的滥觞

如果说,一个国家/地区的社会历史变动及其所被赋予的政治、经济、文化等社会历史意涵,都必然会以这样那样的方式对在这一历史变动情态下的文学提出适应其社会意识形态需要的规范和要求,而且,毫无疑问,也必然会影响到在这一历史变动情态下的文学的存在与发展,那么,这在很大的意义上也构成了1949年之后海峡两岸当代少数民族文学发展的逻辑起点。

在大陆,当代少数民族其文学话语的发生,与共和国政治与文化想象和规划有着直接关系。从一开始,在当代国家意识形态现代性方案层面的意义上,少数民族文学就被强调为中国文学的重要组成部分并实际运转。首先是,在大规模开展建设新型国家的工作中,面向全国开展"民族情况普查工作",包括了"民族识别调查""少数民族语言调查""民间文学调查"等,民族关系架构即被纳入新型国家的重要组成部分。就少数民族文学话语建构层面看,这对确定少数民族文学的民族成分、集结少数民族文学作家队伍、开展少数民族文学创作与研究、编写少数民族文学史、建立少数民族文学学科等,既提供了必要的前提,也成为了共和国少数民族文学话语模式的基本准则。② 实事求是地看,作为国家学术形态构成的一个组成部分,大陆少数民族文学机制从无到有,从粗糙到完备的架构过程,对于如

---

① [美]爱德华·萨义德:《东方学》,生活·读书·新知三联书店1999年版。

② 参见陆卓宁,《话语的交错与"经验"的同构——以海峡两岸当代少数民族文学为中心》,载《广西民族大学学报》,2012年第1期。

何平衡和协调现代民族国家（地区）的国家意识形态与少数民族的集体幻象，有其行之有效和可供参考的积极意义。所谓"掌握统治话语权的中国共产党承认少数民族的自治权力，制定行之有效的自治政策，在反复协商的基础上承认少数民族的政治和文化地位，以名辨族，以族辅名，让少数民族精英看到民族希望，加入统一战线"。①

其次是对少数民族文学创作的"设计"。根本上，大陆当代少数民族文学创作的肇始，"基本上是在社会主义国家文化民族领导权的认同中进入社会主义新生活、新公民的文学书写脉络中"。② 这至少可以表现为三方面：

一是少数族裔作家身份向公民作家身份的转换。一方面，具备革命经历的少数民族作家，自然顺理成章地完成了身份的转换（或者他们本就没有过民族作家的意识）而投身到主流文学新中国赞歌的狂欢之中，如李准、萧乾、李乔等。另一方面，政府层面亦积极推进少数族裔作家向公民作家身份的转换，典型的如老舍。1949 年 12 月 12 日老舍从美国回到北京，13 日，政务院总理周恩来就接见了他，确切无误地向他传递了共产党、新中国欢迎他的信息。后来老舍曾这么说过，"我是刚入国门，却感到家一样的温暖"。③ 然而，对于至少在主体认知上还处于徘徊观望而无法放弃"自我"的少数族裔作家则主动或被动地搁置在体制之外，众所周知的"沈从文改行"一例则最为典型。

二是对民族民间文学资源的转换。新型国家文化机制显然充分认识到民族民间文化资源政治和文化的意义，也正是在这样的语境下，

① 纳日碧力戈：《以言行事与符号"仿真"——民族与族群理论的实践话语》，《民族学刊》2010 年第 1 期。

② 刘大先：《现代中国与少数民族文学》，中国社会科学出版社 2013 年版，第 127 页。

③ 参见关纪新：《老舍评传》，重庆出版社 2003 年版，第 408 页。

阿诗玛、刘三姐、嘎达梅林等民族民间的口传文学不但被发现并被采取"阶级斗争"的二元对立思维加以改写。无疑,这种发现与改写是有原则和限度的,即对民族民间口传文学的"发现和改写",既可以认为是新型国家文化机制对不同族群的认可,同时也必须是以新型民族国家意识形态的导向为标准的。① 作为"使新民主主义的内容与少数民族的文学形式相结合"的重要步骤,譬如,乃至直至现在,一般社会大众以为聪明美丽、能歌善舞的壮族姑娘"刘三姐"生来就是勇于与"地主阶级"做斗争的,显然,这样的"发现与改写",不但把本来体现少数民族民间生命精神的传说转换成了主流意识形态的表达模式,同时也将其纳入新型民族国家文学话语系统中来了。

三是对少数民族文学创作的直接规范与阐释。这一阶段的少数民族文学创作/研究大多如出一辙。创作上,往往是借助一个发生在民族地区的故事的外壳,传达的则是主流话语的意识形态及其历史观、阶级观;同样,研究方面,民族作家的民族身份认同及其文本的民族性想象从来都不可能构成阐释的着眼点。譬如,著名蒙古族作家玛拉沁夫 1952 年创作的《科尔沁草原的人们》,讲述了一个草原姑娘只身追捕潜逃的反革命分子的故事,被认为是一篇"写了新的主题、新的生活、新的人物,反映了现实生活中先进力量,用新的伦理和新的道德精神教育人民"的优秀作品。②

显然,新型民族国家对少数民族作家身份的认定及其少数民族文学话语的"命名",是以"少数民族文学的成就和作家队伍的迅速成长,充分证明了党和毛主席的民族政策与文艺政策的正确性"③ 为根

---

① 参见李晓峰:《论中国当代少数民族文学话语的发生》,《民族文学研究》,2007 年第 1 期。

② 《人民日报》:《文化生活简评——〈人民文学〉发表了两篇优秀短篇小说》,1952 年 1 月 28 日。

③ 老舍:《关于少数民族文学工作的报告——在中国作家协会第三次理事会(扩大)会议上的报告》,载《新中国成立 60 周年少数民族文学作品选·理论评论卷·1》,中国作家协会编,作家出版社 2009 年版,第 9 页。

本指向的。

在台湾地区，与大陆的当代少数民族文学从一开始便纳入国家学术形态机制的不同，台湾地区的少数民族文学则是在原住民传统社会文化越发支离破碎、族群认同危机越发严重，从而激起原住民族知识精英自发组织起来寻求政治舞台和民族自主权利的大背景下于 20 世纪 80 年代中期"破茧而出"的。而在此前，台湾少数民族及其文学表现亦经历了被收编/改写的过程。①

首先是少数民族的管控机制。诚如浦忠成所言，"国民党政府对原住民以'同化''一般化''平等''特殊方法过渡'及'山地现代化''平地化''融合'等基本原则及核心观点为主轴的政策，……处处可以看出来：主体/客体、强势/弱势、支配/被支配、统治/被统治、掠夺/被掠夺……这样结构性的对应与处置态势，譬如原住民族土地遇掠夺而流失、民族语言文化被压制而消亡、传统社会组织与功能被取代而致部落体系的瓦解、生产形态的遇改易而致部落经济萧条、民族与家庭、个人与至山川部落名称遇替换……而最大的悲剧则是民族的心灵与意志，无法由被深刻殖民的处境挣扎而起"。②

其次是"沉闷环境中的文学"（浦忠成语）。我们也可以从三方面来看。

---

① 1945 年抗日战争全面胜利，台湾光复，国民党将在日据时期一直被称为"高砂族"的台湾山地少数民族改称为"高山族"，后又通令改称为"山地同胞"。国家在 1950 年开始的"民族情况普查工作"中，在进行民族识别与民族认定时沿用了"高山族"这一称法，并将其识别为全国 55 个少数民族中的一个。实际上，因地区、语言及文化的差异，这一在大陆被统称为"高山族"的"少数民族"，包括了阿美、泰雅、排湾、布农、鲁凯、卑南、邹族、赛夏、雅美、邵族、噶玛兰、太鲁阁等多个族群。1984 年 12 月 29 日，少数族裔的知识精英在台北马偕医院成立了"台湾原住民权利促进会"（简称原权会），票决通过了"原住民"为台湾土著民族统称，并发表了《台湾原住民族权利宣言》。

② 浦忠成：《台湾原住民族文学史纲》（下），台北．里仁书局 2009 年版，第 658 页。

一是语言重新习得的问题。从光复过渡到国民党统治，原住民族与其他族群一样，首先要面对的，是由于日据时期被迫接受日文教育而完全丧失了使用本民族本地区语言的能力，则必须重新习得民族（汉）语言的问题。因为，"在急欲去除日本遗留的影响，并强化'祖国认同'的环境下，如果继续使用这样的语言系统，在战后的台湾，其政治的意涵就会显得极为敏感"[①]。而且，由于本身语言文化的差异，较之其他族群，原住民族的表达及其叙事，则遭遇到更为深重的文化重新调适的障碍。因为执政者"这项政策就是要让'山地人'经由改易其风俗习惯与学习汉文化的过程，变成'准汉民族'"[②]。

二是在国民党威权统治的社会语境下，政治意识形态高度强化，全岛文化心理和思维机制无不被强制拖入"反共复国"的政治序列；同样，原住民族的表达与叙事也无一幸免地被纳入整齐划一的"战斗文艺"运动中。"在这样的'承平'岁月中，国家权力塑造的一言堂仅能容许'发扬民族精神'与'反共抗俄'的表述，被等同边疆民族的原住民族除了跟随与呼应统治者外，实在无法发出自民族处境与知识良知而发酵的心声或表述。"[③]

三是文学权力结构中在场的缺席。就目前大体形成的共识，此间原住民作家本就凤毛麟角，除陈英雄、曾月娥外无他。但是，当排湾族作家陈英雄于1962年4月15日在联合副刊发表第一篇散文《山村》，这是原住民主体第一次以"第一人称"出现在台湾的文学舞台上，即便其创作思维与政治意识形态把控下的文学"规范"如出一辙，但在台湾少数民族文学史上无疑具有里程碑的意义，然而，来自主流话语的态度则无不有限和模糊。所谓，在一个承受多重话语霸权

① 浦忠成：《台湾原住民族文学史纲》（下），台北．里仁书局2009年版，第660页。

② 同上，第662页。

③ 同上，第748页。

之下生存、"战后以迄20世纪80年代之前的台湾原住民族,以身体遇训诫、心灵被凌辱、部落传统生活领域裂解、族裔文化身份认同线索涣散的代价'包容'汉人的国族意识、文化想象劫掠'山胞'作为活体实验的对象"。①

由此看来,被隔绝在20世纪冷战背景下不同的政治生态的两岸少数民族文学,却都同样以被收编/改写的模式纳入本质上相关联的"政治一体化"的历史语境中,也同样只能以主体失却的处境共同面对强势文化的裹挟和冲击。

四、两岸当代少数民族文学的"突围"与当下困厄

那么,进入20世纪80年代以降,全球化态势愈显广阔而复杂,西方现代文化思潮冲击全面而强势,这是否构成了两岸少数民族文学话语突围的历史机遇?换言之,两岸少数民族文学话语在获得突围际遇的语境下,是否便顺理成章地同样获得主体建构的完全可能?

实事求是地看,在大陆,少数民族文学民族身份、文化认同、"他者"、民族意识,特别是少数民族文学审美阐释及其诗学建构,进入当下,在很大的意义上已经获得了从未有过的能够"申诉"和表达的话语空间,获得了从未有过的与主流文化交流与碰撞的文化平台。在台湾,"自我命名权的争取成了原住民参与汉人主导的政治领域的第一步"。② 随后,"台湾原住民作家文学的发展已经进入新的阶段,譬如对于原住民族作家文学的出版、设置原住民族文学奖、原住民族媒体的成立、大学校院开设原住民族文学等;甚至部分原住民族作家频频在主流报纸或官方办理的文学奖中脱颖而出,受到瞩目,这

---

① 魏贻君:《战后台湾原住民族的文学形成研究》,台南. 国立成功大学台湾文学系博士论文,2007年7月版,第215页。

② 陈昭瑛:《文学的原住民与原住民的文学》,载陈昭瑛《台湾文学与本土化运动员》,台北. 中正书局1998年4月版,第86页。

些现象说明原住民族历史文化地位的逐渐受到重视，而原住民族文学内涵、形式与风格的独特，也在主流文学之外形成清楚的疆界"。①

如此等等，进入全球化越发深广的态势，两岸当代少数民族文学都无不昭示着作为多元一体的中华民族文化版图构成的一部分，已不仅仅停留在抽象的意义上得以标示，而不同相应机制的建立，则同样表现出了民族国家/区域意识形态下现代性方案的意涵，也确立了少数民族文学话语的价值标志及其切实运转。

但是，两岸少数民族文学在共同面对由世界范围内各种形形色色的"文化中心主义"、汉语强势文化，甚至其自身"与生俱来"的边缘弱势性也"参与"共谋的多重困境中，所获得的突破性的现实演进，并不表明其主体建构及其价值体系架构的根本完成；还更值得警惕的，是强势主流霸权"自大思维"的惯性滑动。譬如，在大陆，简单的事实是，迄今，少数民族文学史于主流文学史的"地位"或曰历史阐释权，仍然处于被漠视的困窘之中。在台湾，虽然大学体制对于原住民族文学的教学建制化、学位研究趋势亦后势未歇。然而，大体从进入新世纪后，原住民族文学作品出版发行却呈现出相对递减的走向。很显然，如何在"后原运"这一新的社会历史语境下继续推进原住民文学发展的策略性思考，已经成为当下台湾原住民文学必须面对的问题。

经济全球化所造成的政治权力、社会价值理性、大众传媒话语以及社会资源等多重社会结构的重新调整与分配，且也已经在实际上构成了当下社会各政治文化利益集团都必须共同面临的社会文化生态；那么，作为仍然处于还不能完全"表述自己"而"必须被别人表述"的少数民族文学，其生存与发展所必须面对的新的历史困厄无疑则更为波诡云谲。借此，两岸少数民族文学关系"问题"不仅突出，更是一个极具挑战且无从回避的巨大的话语场。

---

① 浦忠成：《台湾原住民族文学史纲》（下），台北．里仁书局2009年版，第1174—1175页。

话语的交错与 "经验" 的同构

——以海峡两岸当代少数民族文学为中心

一、引　言

　　海峡两岸当代少数民族文学话语并置，这肯定是一个很庞杂的场域。

　　就大陆而言，少数民族文学在当代国家意识形态下的现代性方案层面的意义上，一直被强调为中国文学的重要组成部分。实事求是地看，近三十年来，少数民族文学创作确实获得了长足的成长；特别是文学研究，在"重写文学史"以及西方现代文化思潮强力冲击的语境下，相当程度地打破了原有的一元主宰二元对立的思维定式，进入了少数民族文学审美阐释、民族身份、文化认同、"他者"、民族性、民族意识建构等问题域，也取得了一系列的研究成果。但是，仅就宏观问题而言，实际的情形，少数民族文学的学科定位、诗学体系、价值意义，乃至作为国家学术的基本"发声"等问题，仍然是"悬而未决"，在主流话语看来，也仍然是无足轻重的，民族文学界此在的思考、困惑和焦虑往往都湮没在了主流文化对于"中国文学的发展与进步"的众声喧哗之中。

　　在台湾，少数民族文学创作与研究的自觉形成，大概也是自上世纪 80 年代中期政治解严前后近三十年的事。由于台湾地区特殊的地缘政治，少数民族文学不论是创作还是研究、书写策略、身份认同、族群记忆、生存境遇、主体建构等问题，都突出地构成了彼此共同的诉求对象，因此而赢来了"台湾原住民文学创世纪"。① 但是，由于少数民族问题真正"浮出历史的地表"也才是晚近的事情，因而，原住民文学的历史阐释权、如何在历史重构中找寻民族文化身份的定位、如何在台湾地区纷繁复杂的社会形态中确认属己的文化品格和文化精神，并获得与之平等对话的完全可能等，所有这些关涉少数民族文学的重大问题仍然是引而难发，甚至也同样湮没在主流社会各政治文化利益集团话语权的角逐之中。

不过，将海峡两岸当代少数民族文学话语并置，固然庞杂，但是，却也不难让人辨识其所呈现出来的一个交错的话语空间及其某种"经验"的同构。特别是，其彼此以"与生俱来"的边缘、封闭、落后乃至愚昧的弱势，以及只能是，也必须是一己之力来与其他强势文化一起应对全球化的裹挟和冲击，则更凸显了作为少数族裔本身的问题的严重性和紧迫性。

诚如大陆著名彝族诗人吉狄马加说的："……我要寻找/被埋葬的词/……它是母腹的水//……是夜空宝石般的星星//……是祭师梦幻的火/它能召唤逝去的先辈/它能感应万物的灵魂//我要寻找/被埋葬的词/它是一个山地民族/通过母语，传递给子孙的/最隐秘的符号"。②

台湾著名排湾族盲诗人莫那能也说："'生番'到'山地同胞'/我们的姓名/渐渐地被遗忘在台湾史的角落/从山到平地/我们的命运，唉，我们的命运/只有在人类学的调查报告里/受到郑重的对待与关怀//"；"难道我们只能让黑暗吞噬？/在这茫茫的记忆大海上/难

① 孙大川主编：《台湾原住民族汉语文学选集——评论卷（上）·编序》，台北．INK 印刻出版股份有限公司 2003 年版，第 5 页。
② 吉狄马加：《吉狄马加诗选》，四川文艺出版社 1992 年版，第235 页。

道我们只能在寂寞中浮沉？／不"……①

两岸少数民族诗人在汉语主流文化以及全球化强力态势的逼迫中，不约而同地擎起了主体建构的自觉。在这里，既隐喻着作为"他者"处境的少数族裔在强势文化的夹缝中生存所共同体验到的"屈辱"和遭遇；还透示出，即便是经历过 1949 年中国社会历史的巨大变迁所带来的强烈冲击，即便是因为两岸根本不同的社会体制及其政治意识形态而存在"经验"与抒张的差异，但是，作为同是中华民族文化版图上的少数族裔，其共同的命运和遭遇仍然在实质上有着根本的一致性。这当然就足以引起我们的关注和思考。换言之，在全球化态势快速趋向的当下，两岸少数民族文学共同面临着无尽的尴尬和不可逃避的困难。因此，我们拟以此作为话题的入口，不及其余，试图寻绎两岸当代少数民族文学话语的交错和"经验"的同构，从一个侧面探讨多元一体的中华民族文化形态在世界文化体系中所处的位置及其意义。

二、轮廓：两岸当代少数民族文学的基本样貌与呈现

（一）大陆当代少数民族文学的基本描述

在大陆，当代少数民族文学的存在形态和发展深受社会历史变革的深刻影响。随着首任文化部部长茅盾在 1949 年 10 月号召"开展国内各少数民族的文学运动"② 开始，迄今逐渐形成了一套符合国家学术形态规范要求的生产机制。限于篇幅，我们笼统而简要地从下面两方面来看：

第一，少数民族文学学科机制。1949 年新中国成立之后，国家

---

① 莫那能：《恢复我们的姓名》，《无光的世界》，载莫那能诗集《美丽的稻穗》，台北．人间出版社 2010 年 5 月版，第 19—20 页、149 页。

② 茅盾于 1949 年 10 月为《人民文学》创刊号撰写《发刊词》，谈及刊物的六项任务，其中第四条提出"开展国内各少数民族的文学运动"。

就着手大规模开展建设新型国家的工作，新型国家的民族关系架构是其重要的组成部分。大约在 1950 年开始，包括"民族识别调查""少数民族语言调查""民间文学调查"等民族问题在内的"民族情况普查工作"就是在这一背景下进行的。这对确定少数民族文学的民族成分、集结少数民族文学作家队伍、开展少数民族文学创作与研究、编写少数民族文学史、建立少数民族文学学科等提供了必要前提。于是，散落在民间的"少数民族作家便一个个、一批批带着尊严和荣耀进入新中国的文学殿堂"，乃至几乎每一个少数民族都有了自己的作家群，诸如"蒙古族作家群""壮族作家群""回族作家群""藏族作家群"，等等①；从中国社会科学院民族文学研究所到各地方社科院文学研究所、从中央民族大学到各地方民族高校及其各高等院校，则集结了难以数计的专门从事少数民族文学研究的学者专家；除了林林总总的"中国当代文学史"大多开出"当代少数民族文学"的专章外，据不完全统计，迄今已出版"中国当代少数民族文学史"近三十部，各少数民族族别文学史（简史）七十余部（有些少数民族共有几种不同版本的文学史），其中当然还包括了一些稀少民族的文学史，如《京族文学史》《阿昌族文学史》《毛难族文学史》《怒族文学史》《赫哲族文学史》《基诺族文学史》《普米族文学史》《珞巴族文学史》，等等②；"中国少数民族文学"作为独立的学科则进入了国务院学位委员会会同教育部印发的《学位授予和人才培养学科目录》，获得了培养少数民族文学硕士、博士的"国家学术政策"的保障；而与"鲁迅文学奖""茅盾文学奖"这些国家最高文学奖齐名的"少数民族文学骏马奖"的设立，既给出了国家意识形态下现代

---

① 李鸿然：《中国当代少数民族文学史论》，云南教育出版社 2004 年版，第 142 页。

② 参见赵妍妍硕士论文《民族性的追寻与诉求——建国后少数民族文学史民族性缺失问题思考》附录《建国以来出版的各种少数民族文学史、文学概况版本概览（1949—2006）》，广西民族大学 2007 年版。指导教师，陆卓宁。

性方案的意涵，也确立了少数民族作家及其创作的价值标志，等等。

第二，少数民族文学创作与研究。1949 年 10 月 1 日，著名锡伯族诗人罗基南在当天锡伯文版的《民主报》上发表了一首题名为《飘扬吧！五星红旗》的诗歌，诗的前两节是这么写的："多少世纪，/多少年代，/受尽折磨和欺凌的人民/都在急切地盼望着：/盼望有一天——/吉祥鸟般美丽的旗帜/飞上祖国的天空，/给受苦受难的兄弟姐妹/带来光明！//这一天——终于盼来了。/解放的炮声隆隆/扫荡了旧时代的膻秽，/迎来了新时代的春光。/一个旭日般光辉的新中国，/在亿万人民的欢呼声中诞生。/无数面鲜艳的五星红旗，/像美丽的吉祥鸟/飞上了祖国的蓝天。"①如果我们对新中国成立初期的诗歌有所熟悉的话，显然，锡伯族诗人罗基南的这首诗歌作品与同一时期主流诗歌的代表作，何其芳的《我们最伟大的节日》② 在整体风格上，不期而遇地形成了呼应，这是颇具意味的。也是后话。

随后，"同全国诗坛一样，在共和国建立之初十七年里，少数民族诗歌主导倾向是歌唱光明；文化大革命的十年里，少数民族诗歌的主导倾向是抒发悲愤；而到了新时期，少数民族诗歌不论是思想内容还是艺术形式，都空前丰富多样……"③ 一般认为，少数民族文学的中心文体是诗歌，所以，我们以当代少数民族诗歌创作为切入点，以为多少能够获得窥一斑以见全豹的效果。小说创作后来居上，但显然其发展走向与少数民族诗歌创作大体一致。如评论界所言，"也许因为传统与文学沿袭的缘故，少数民族长篇小说创作一向显得相对薄弱，而且到了八十年代中国长篇小说开始重新起步的时候，少数民族长篇小说仍然给人以滞后之感。但到了八十年代末，情势则呈现出一

---

① 李鸿然：《中国当代少数民族文学史论》，云南教育出版社 2004 年版，第 14 页。

② 见何其芳写于 1949 年 10 月初，后收入其由人民文学出版社 1952 年出版的诗歌集《夜歌和白天的歌》。

③ 李鸿然：《中国当代少数民族文学史论》，云南教育出版社 2004 年版，第 178 页。

种喷薄的转机……奇迹般地站立到了中国长篇小说世界的前沿"①。

就评论界对少数民族文学创作"概况"的这些基本评价看，如何建立起少数民族文学的批评话语和方法是一个十分突出的问题。根本上说，少数民族文学的主体意识的自觉及其表达是区别于主流文学创作的意义所在。因此，如何看待少数民族文学创作"同全国诗坛一样"，如何回答少数民族文学创作"奇迹般地站立到了中国长篇小说世界的前沿"，批评主体的民族话语认知及其民族意识建构尤其重要。值得肯定的是，如引言所述，历经社会历史的深刻变革以及全球化趋向的裹挟，在当下，少数民族文学批评已然突破了长时间的一元主宰二元对立的思维模式而进入了民族性认知、民族文学主体建构的基本重大问题。尽管相关问题的讨论还"悬而难决"，甚至不时还滑入传统思维的窠臼。

（二）台湾地区当代少数民族文学的发生与表现

需要说明的是，1945 年抗日战争全面胜利，台湾光复，国民党将在日据时期一直被称为"高砂族"的台湾山地少数民族改称为"高山族"，后又通令改称为"山地同胞"。国家在 1950 年开始的"民族情况普查工作"中，在进行民族识别与民族认定时沿用了"高山族"这一称法，并将其识别为全国 55 个少数民族中的一个。实际上，因地区、语言及文化的差异，这一在大陆被统称为"高山族"的"少数民族"，包括了阿美、泰雅、排湾、布农、鲁凯、卑南、邹族、赛夏、雅美、邵族、噶玛兰、太鲁阁等多个族群②。

1984 年 12 日 29 日，少数族裔的知识精英在台北马偕医院成立了

<hr />

① 周政保：《抵达中国文学的前沿——新时期以来部分少数民族长篇小说读札》，载《民族文学》1999 年第 5 期。

② 本文原注为：关于台湾原住民包括的族群，各种文献多有歧义，少则 9 个，多则 14 个。本文参见《高山族简史》，《高山族简史》编写组，民族出版社 2009 年版，第 5 页。现据台湾"行政院"曾于 2014 年通过的原民会提案表明，现台湾原住民为 16 族。见台北《中国时报》2014 年 6 月 26 日。

"台湾原住民权利促进会"（简称原权会），票决通过了"原住民"为台湾土著民族统称，并发表了《台湾原住民族权利宣言》。随后，"我们终于能看到原住民作者，尝试以主体的身份，诉说自己族群的经验，舒展郁积百年的创造活力。原住民各个族群，正试图以他们文学和艺术的想象力，以他们厚实、质朴的生活智慧，从'山'上的石板屋，'海'里的独木舟，走向全世界"。①

　　这一过程大致可以分为几个阶段。第一阶段为 20 世纪 60 年代末至 70 年代的酝酿期。排湾族作家陈英雄于 1962 年 4 月 15 日在联合副刊发表第一篇散文《山村》。此前有关少数族群的历史文献和文学作品，原住民从来都是"被看""被命名"的对象，而《山村》则是原住民主体第一次以"第一人称"出现在台湾的文学舞台上，这在台湾少数民族文学史上无疑具有里程碑的意义。随后，陈英雄笔耕不辍，陆续在相关报刊杂志发表作品，目前正致力于长篇小说的创作。这一时期还有阿美族作家曾月娥以及其他为数极少的"名不见经传"的少数民族作家作品。

　　第二阶段为 20 世纪 80 年代至 90 年代的发展期。伴随着台湾多元文化格局的不断形成和原住民运动的兴起，原住民文学创作进入了一个积极的发展期。参与创作的原住民族作家队伍在不断扩大，作品数量在不断增长，获奖作品不断增多，主流文学话语的关注和认可也在发生着深刻的变化。如布农族作家田雅各于 1982 年以自己的族名Topas Tamapima 为题名发表的首篇短篇小说《拓拔斯·塔玛匹玛》一经发表在《台湾时报》副刊后很快引起广泛关注，分别入选尔雅出版社和前卫出版社的年度"台湾小说奖"；1987 年其小说集《最后的猎人》在晨星出版社出版，就以同名小说获得当年"吴浊流文学奖"，1990 年又获"赖和文学奖"。1989 年，排湾族盲诗人莫那能的

---

　　① 孙大川：《山海世界——〈山海世界〉双月刊创刊号序》，载孙大川《山海世界——台湾原住民心灵世界的摹写》，台北. 联合文学出版社 2010年版，第 146 页。

诗集《美丽的稻穗》也在晨星出版社出版，这是台湾原住民第一部汉语诗集。同年，晨星出版社出版了《愿嫁山地郎——台湾山地散文选》，其中的"原住民卷"就收入了 7 位原住民作家的作品。

原住民作家自己的重要报纸杂志也大多创办于这一时期，如《高山青》《山外山》《山地文化》《山海文化》《猎人文化》《南岛文化》，等等。

第三阶段为进入 21 世纪以后。这是台湾原住民文学运动的推进期，主要表现在原有的作家队伍继续活并成为中流砥柱，而一大批出生于 20 世纪 70 年代以后的原住民新生代以更自觉和坚定的主体意识加入了少数民族文学的道路上来。如鲁凯族的达卡闹·鲁鲁安、泰雅族的夼日羿·吉安、曾丽芬、卑南族的林二郎、阿美族的林俊明、布农族的乜寇·索克鲁曼、沙力浪，等等。[①]

由于"原住民过去一直是一个没有声音的民族，有关九族的各种叙述，始终是以第三人称的方式进行着，甚至连族名、姓氏亦都是被赋予的。在这样的情况之下，我们根本无法了解、探触到原住民有血有肉的主体世纪；而原住民本身，也在这样一个不合理的结构里，逐渐丧失自己的主体性"，[②] 因此，如上述，台湾少数民族文学运动的发展过程始终贯穿着抗争与自我救赎的历史诉求。纵观原住民当代文学运动的此消彼长，以有着"原住民尼采"之称的卑南族学者孙大川为代表的一批原住民精英，对台湾原住民族文化的边缘处境以及日渐衰弱的危机有着切身的体验，因而"从政治社会抗争的范畴，到文化历史的评论；从族群神话、传说的掌握，到个人情志的抒发；原住民这些少数的文学工作者，正以无比的毅力，以'第一人称'的

①　这部分对台湾原住民文学发展的粗略勾勒，均参考了孙大川主编的《台湾原住民族汉语文学选集》和周翔的博士学位论文《现代台湾原住民文学与文化认同》（中央民族大学，2007 年）。

②　孙大川：《原住民文学困境》，载《山海世界——台湾原住民心灵世界的摹写》，台北．联合文学出版社 2010 年版，第 152 页。

身份，努力建构一个属于他们的文学的自主空间"，① 进而促使原住民的'主体性'不再是情感层面的呐喊，更是一种积极的建构"。②

三、辩证：两岸当代少数民族文学话语的存与阙

比之主流文学话语无可置疑的"法统"地位，不论是大陆的少数民族文学从一开始便得以纳入国家意识形态的构成来进行组织，还是台湾原住民精英的自我崛起，实质上都是一个救赎/建构的过程，期间彼此所呈现出来的"经验"，足以引起我们的审视和反思。

两岸的情形，大致都可以从 20 世纪 80 年代之前后的两个阶段来看。

（一）20 世纪 80 年代之前的两岸当代少数民族文学话语及其辩证

在大陆，新中国初建，国家文化部便发出"开展国内各少数民族的文学运动"的号召，到 1960 年中国作协第三次理事会，老舍作《关于少数民族文学工作的报告》，以及少数民族作家热热闹闹地进行创作，这一政府机构、文学团体和作家个人三位一体的共同努力，"少数民族文学"不论是作为一种符号还是成为一种象征，其所预设的意义都获得了很好的满足，即"各少数民族文学是祖国文学不可分割的一部分"，"少数民族文学的成就和作家队伍的迅速成长，充分证明了党和毛主席的民族政策与文艺政策的正确性"。③

我们不妨来看看这些绝对正确的"政治阐释"下的"少数民族

---

① 孙大川：《原住民文学困境》，载《山海世界——台湾原住民心灵世界的摹写》，台北．联合文学出版社 2010 年版，第 159 页。

② 同上，第 155 页。

③ 老舍：《关于少数民族文学工作的报告——在中国作家协会第三次理事会（扩大）会议上的报告》，载《新中国成立 60 周年少数民族文学作品选·理论评论卷·1》，中国作家协会编，作家出版社 2009 年版，第 1 页、9 页。

文学"的表现。

一如前述锡伯族诗人罗基南的《飘扬吧！五星红旗》与何其芳的《我们最伟大的节日》，少数民族诗歌与主流诗歌在整体风格上不期而遇地形成了呼应，这一阶段的少数民族文学创作/研究大多如出一辙。譬如，著名壮族作家韦其麟 1957 年创作的现代长篇爱情叙事诗《百鸟衣》，写的是聪明勇敢的青年古卡爱上了美丽能干的姑娘依俚，可是蛮横的土司抢走了依俚。勇敢的古卡爬了九十九座山，射了一百只雄鸡，做了一件神奇的"百鸟衣"，救出了依俚，杀死了土司。由于诗歌是根据壮族地区广为流传的民间故事所改编，因此，其故事本身包括人名、地名、民俗以及情节的传奇色彩等元素在内的浓烈的民俗气息跃然纸上。但是，它却是以这样的面目进入了文学史："作品生动地刻画出这一对勇于反抗的青年人的坚强，赞颂了劳动人民的勤劳与智慧，暴露了骑在人民头上的统治者的贪婪和愚蠢"。①顺理成章的，在随后热火朝天的少数民族文学史的编写热潮中，大多以割舍民族个性为代价，强调的是各民族间的共性，追求的是与主流文化的"与时俱进"。

如此等等。在一个"政治阐释"和"阶级分析"成为至高无上的语境里，少数民族文学唯其主动纳入了国家社会意识形态的构成并成为其特定的表达，才可能获得主流话语的青睐。然而，在这里，所谓少数民族文学的"无比重要性"无异于被供奉起来的神祇，在徒有"名节"的背后，题中应有的民族性、民族意识、民族主体认知已然沦为了巨大的盲区。

大抵同一时期的台湾地区，"少数民族文学"的表现也是颇具玩味的。

1949 年国民党败退台湾，为了应对其严峻的政局不稳、经济凋敝的处境，在"反攻复国"压倒一切的政治目标下，国民党当局采

---

① 郭志刚等编《中国当代文学史初稿》（上册），人民文学出版社 1984年版，第 396 页。

取了多项重大的社会管治与改革的措施，其中也包括对"山地同胞"的管治与改革，并分别于1951年、1953年和1963年颁布了"山地施政要点""促进山地行政建设大纲"和"山地行政改进方案"等多个政策。这些政策的颁布和实施，在根本上无疑关系到了原住民族的生存权和发展权，但最后的结果却是原住民传统的部落形态结构完全被迫纳入国民党当局统一的行政官僚体系，致使原住民传统的经济模式、生活习俗、语言符号乃至宗教信仰等自然文化生态受到很大的冲击乃至解体。

显然，在这里，看似也把少数民族问题纳入一个政党的意识形态话语而给予重视，但其目的不是要进行民族识别并给予保护，恰恰相反，是要实现"山地同胞"的"平地化"及至"同化"，以实现其政党利益最大化的政治目标。我们借助排湾族雕刻家撒古流的回忆，便可设想这一阶段少数民族文学创作的处境。他说："一直到民国五十年新生活运动，完全烧毁、摧毁文物，禁止讲母语，文化认同已经倒转过来了！……那时我才上国小五年级，我还帮祖父把雕刻品搬到派出所烧掉。"[1] 而权利话语对"山胞"采取"文化灭绝策略"的严重后果不仅在于摧毁了他们这些有形的物质文化，更在于还摧毁了他们对"自我"的认同和坚守。这些痛苦的心理路程，作为原住民知识精英的孙大川就曾深刻地反省道：曾经，在许多族人的心里，使用本民族的母语，也以为是一种落后和野蛮的表现，母语和他们的民族一样，都让他们感到耻辱和沮丧。[2] 换言之，"弱势族群"的"他者"形象不仅被强势话语所制造，而且也可能被"弱势族群"自身所认同。阿美族作家曾月娥在谈到本族群习俗时，对本族群所谓"陋俗"

---

① 参见瓦历斯·诺干：《荒野的呼唤》，台中. 晨星出版社1992年版，第164页。

② 孙大川：《有关原住民母语问题之若干思考》，载《夹缝中的族群建构——台湾原住民的语言、文化与政治》，台北. 联合文学出版社2010年版，第14页。

的审视就更甚于对族群传统文化消失的忧虑。她说："随着时代的潮流，随时在改变自己。改变得好可怕，连自己都不认识自己了。阿美族，就好比走在街头上迷失了的小孩。……在迷失中，不但不认识自己，更不愿意认识自己。散失了民族的自觉，把过去优良美德，统统遗留在山坳里。一味地模仿，一味地改造自己。肤浅、自私、贪图物质享受、爱慕虚荣。做事没有半点长远计划，没有创见，自卑感太重。甚至以能说阿美族语为一大耻辱。"① 排湾族的陈英雄则直言："……能借着我的秃笔，照耀到文化落后的山地里去！"② 言语间的卑微感显而易见。

如此，在直至 1984 年原住民运动兴起、"原权会"成立这一长达二十多年的时间里，即便如陈英雄、曾月娥等为数极少的少数民族文学创作能够获得关注，其前提也是，"他们的共通点在于使用改易的汉名发表，发表的场所局限于地方报纸、小型机关期刊，发表量较小，更重要的是，书写的内容尽量隐没族群的记号，一如'污名的认同'，以至于在考察这一时期的原住民书写时，台湾主流书写中心与原住民书写呈现着相当一致的'空白'与'漠视'的状态"。③

诚然，在两岸不同的社会意识形态话语中，包括政治、经济、文化等在内的社会权力的结构关系也是不同的，因此，彼此少数民族成员所体验到的来自主流话语的权力"压迫"也存在本质的区别。大陆的生产关系形态是面向包括少数民族成员在内的所有社会成员，因而，其少数民族文学主体"在场"的"缺席"，从某种意义上说，还是文化意义层面的支配与被支配、主导与服从的关系问题；而在台

---

① 曾月娥：《阿美族的生活习俗》，载耀亭选编《台湾社会百态》，四川文艺出版社 1988 年版，第 267 页。

② 陈英雄：《旋风酋长——原住民的故事》，台北：台湾商务印书馆 2003 年版，第 190 页。

③ 瓦历斯·诺干：《台湾原住民文学的去殖民》，载孙大川主编《台湾原住民族汉语文学选集——评论卷（上）》，台北．INK 印刻出版股份有限公司 2003 年版，第 139 页。

湾，由于国民党"在政权飘摇之际，反共成为所有政策的主调"，因此，其所推行的"山胞平地化"政策就在于"强化民族观念，强力灌输反共思想，压抑本土意识，而对于原住民就直接采取同化的文化灭绝策略"。① 因此，其少数民族文学的问题不仅在于面临文化层面的"被灭绝"，还在于在政治上如何为自己争取获得"命名"权。

（二）20 世纪 80 年代之后的两岸当代少数民族文学话语及其辩证

进入 20 世纪 80 年代，中国大陆的社会历史发生了深刻的变迁与全面转型，台湾地区的政治解严也带来了"松软的历史环境、饱满的主体自觉、多元文化的价值肯定"② 的社会氛围。随之而来的经济全球化大潮则强烈地诱发出民族、宗教、种族等诸多后现代语境的问题，这一深刻而驳杂的历史态势，给两岸少数民族文学话语的重新思考与建构提供了完全的可能。事实上看，两岸此间少数民族文学创作与研究也表现出了从未有过的活跃与深入，并在过程中逐步于自我主体的确立、逐步于民族文化"想象"的深入开掘与民族审美阐释体系的确立。但是，问题的事理未必都是顺理成章的。在一片少数民族文学"呈现出一种喷薄的转机"或"文学创世纪"的欢呼声中，依然难掩少数民族文学创作与研究的乖戾或尴尬，两岸皆此。

在大陆，突出的表现在这几方面：第一，少数民族文学主体性的自我消解。如果说前一阶段的少数民族文学"想象"是在主动而急切地自我去除民族的本性以逢迎主流话语的接纳和趣味；那么，在民族意识高涨的当下，某种程度上，少数民族文学"想象"仍依然在主动而急切地"包装"自己，以迎合主流话语的关注和期待。所不

---

① 浦忠成：《原住民文学发展的几回转折》，载孙大川主编《台湾原住民族汉语文学选集——评论卷（上）》，台北．INK 印刻出版股份有限公司 2003 年版，第 107 页。

② 孙大川主编：《台湾原住民族汉语文学选集——评论卷（上）·编序》，台北．INK 印刻出版股份有限公司 2003 年版，第 5 页。

同的是，前者是在竭力地"去民族性"，后者则是在刻意地为自己制造"民族性"的美妙或诡谲，即便是现代意识相对自觉的作家有时也概莫能外。如藏族作家扎西达娃笔下神秘的荒原和巫术、鄂温克族作家乌热尔图笔下诡谲的大森林与狩猎文化经验……不否认，少数族裔初始的本真生存状态及其所形成的风俗民情，作为民族审美心理和生命情态的物化形态，从中可以看到一个民族始初的真实面貌，但是，"对原始生活，……没有进行冷酷的一刀切的否定。恰恰相反，而是对愚昧中的人类精神和旧有价值作了诗一般的赞美"，[①] 实质上是在无意中从一方面成为了强势话语文化理性的补充。第二，主流话语新一轮的误读。某种意义上，主流话语也仍然以二元对立文化格局中绝对强势的"积习"来巩固自己在多元文化格局的霸主地位，对于弱势文化或边缘文化的阐释仍然一如既往地居高临下，即便对少数族裔笔下的另类风景表现出"热情"，其原因也在于这些另类风景极大地满足了他们对异质文化的陌生化期待心理。第三，国家意识形态现代性方案的"漠视"。今年（2011 年）4 月 21 日《人民日报》全文登载了《2010 年中国文学发展状况》一文，文中第二部分以"文学评论"为题专门讨论"2010 年，中国文学的发展与进步"，其中所罗列并评析的重要报刊的专栏及其重要文章，没有一个栏目，也没有一篇文章是讨论少数民族文学的"发展与进步"的。事实上，由中国社会科学院民族文学研究所主办的《民族文学研究》，作为少数民族文学研究的重要杂志一直以来致力于"少数民族文学的发展与进步"的讨论。显然，作为国家学术形态一方面的构成的重要性，少数民族文学也仍然只是在抽象的意义上得以标志，而仍然没有能够真正获得与主流话语进行平等对话和双向阐释的可能。

在台湾，则表现为：第一，"命名"的实现与主体建构仍有待进一步提升。1984 年原住民为自己争取到了"命名"，这或许可称之为

①　曹文轩：《中国八十年代文学现象研究》，北京大学出版社 1988 年版，第 184 页。

一个"文学创世纪"。但由于长时期地被"污名",如何在历史的乡土文学经验与现实的政治生态中确立主体的独立性?显然,为自己的"命名"还远不是主体建构的完成。孙大川就认为,从原住民的立场看,过去汉人社会所谓的"本土化",本质上仍未脱离"政治地理学"的范畴,不论其谁先来后到,文化的同质性或心态逻辑的一致性是极为明显的。因此,台湾文学的"本土化"努力,如果未反省到或故意忽略原住民异质性文化的存在,那么其"本土化"概念终将局限在排斥、对抗的氛围中,无法提升到多元、包容的层次上,包括原住民文学也将仍然成为政治的附庸。① 第二,文学想象充盈与现实处境逼迫的紧张。原住民文学从"平地化"与文化灭绝记忆的重围中获得突围,顺理成章地,"控诉其实是一个普遍的主题,流露在所有原住民作者及其作品中,显然这是台湾原住民共同的历史经验"。② 由于历史与文化本身的复杂性,"重生"的原住民文学如何使自己的精神状态、心理情绪和审美意识充盈地通过属己的"民族性"获得抒张,显然还受制于诸多非文学的因素,致使文学想象成为了另类的"政治考古"。第三,历史阐释权的可能与精神重构的艰难。同样由于历史与文化本身的复杂性,如何确立历史阐释权及其策略,直接关涉主体建构的充分与否。撇开语言文字相关的"技术层面"问题不计,口传文学与部落经验能否担当得起? 守成而封闭的传统文化能否转变成为参与现代化进程取之不尽的话语资源? 进而,原住民文学话语的历史阐释与精神重构目前无疑仅限于原住民精英,如何使其成为所有"族人"乃至主流文化都共同参与的"共同体"而避免其最后沦为一种学院式的研究行为? 因由殖民地经验、原住民历史的支

---

① 孙大川:《原住民文学困境》,载孙大川《山海世界——台湾原住民心灵世界的摹写》,台北. 联合文学出版社 2010 年 1 月版,第 151—152 页。

② 孙大川:《文学的山海,山海的文学》,载孙大川主编《台湾原住民族汉语文学选集——评论卷(上)》,台北. INK 印刻出版股份有限公司 2003 年版,第 88 页。

离破碎以及全球化经济强力入侵的多重困境，与当下世界多元格局中的其他少数民族相比，这一问题对原住民文学话语尤其来得突出与艰难。

显然，两岸少数民族文学不同的现实处境与"经验"都共同指向了同一问题：在如何顺应社会变革中完善民族主体建构，反之亦然。且处于世界经济一体化与多元文化相互渗透与融通的当下，这一问题比起其他任何时候任何民族都来得更为深重与紧迫。

四、建构：两岸少数民族文学话语的可能与诉求

在多元一体的中华民族文化形态中确立少数民族文学话语的可能与诉求，不论是事理逻辑本身还是国家/地区意识形态构成，都有其毋庸置疑的现实必要与历史需求。但是，如前述问题的展开，这一抽象命题的社会践行与实际"操作"，无疑都会遭遇到来自其外部与内部的困扰，两岸皆此，尽管各自都有其自身的问题。

那么，围绕着少数民族文学生存与发展的诸多问题，作为同是中华民族文化版图上的少数族群，鉴于历史的共同"经验"，显然都无不同样地只能由其自身来承担，这是多元一体的中华民族文化形态中"少数民族文学话语的可能与诉求"的重要前提，也是唯一有效的思想路径。

其集中表现为：首先是对边缘处境的体认与出走。这里包括了所处地域、文化发展层次、文化内部结构以及文学话语表达手段等多重向度的边缘性，[①] 它们在相当程度上决定了各少数民族文化发生、发展与传承必然受到边缘地域政治和历史语境的影响，受到人类社会发展各社会群体间本身存在不平衡性规律的制约，也决定了各少数民族在其内在心理结构模式、精神实质等层面多停留在较为单一、质朴、

---

① 参见罗庆春《转型中的构型——论中国少数民族文学批评当代转向》，载《西南民族学院学报》2002 年第 8 期。

原始的层面。但是，已经很难想象，在当下各种异质文化剧烈碰撞的全球化态势中，民族或族群还能够孤立地存在，还能够用一种刻意的方式来保全自我某种单一的文化特征，或某种单一的精神系统。譬如，语言文字对人类文化传承意义重大，是人类一切文化建构的基础。而大陆与台湾整个中国境内的少数民族大多没有自己的文字——虽然如藏族有藏文、蒙古族有蒙古文等，以及阿美、排湾、雅美等族群有教会传教士制定的罗马拼音文字，不过，这些文字并未获得广泛流通或只能在本民族交流。因此，往往都被认为直接影响了少数民族的文化传承与发展。但是，诚如少数民族学者孙大川所言，"我常有一种感觉和疑惑，当我们坚持必须以'母语'来从事文学创作时，我们是不是有可能掉进了'母语主义'的陷阱？母语的丧失固然是一个民族的不幸，但民族经验的记忆、累积、传递的散播，却不一定完全依赖母语来达成。……相对于意义和经验本身，语言文字终究只是一种工具"。① 著名藏族作家阿来则说，他的成功一方面是在于自己对本民族民间文化资源的开掘；另一方面是通过汉语言从世界各国的文学中汲取了丰富的营养，并把自己的故乡放在世界文化这一大格局，放在整个人类历史规律中进行考量与思想。② 可见，少数民族能够体认并审视边缘处境的事实存在，摒弃褊狭静止的民族文化守成立场，努力导向变革和超越，才可能"出走"边缘，实现真正有效的"精神突围"。

其次是民族文化认同与主体建构的根本解决。哈尼族作家莫独说"不敢相忘的，是自己的族名"，③ 排湾族盲诗人莫那能说"如果有一

---

① 孙大川：《原住民文化历史与心灵世界的摹写》，载《山海世界——台湾原住民心灵世界的摹写》，台北．联合文学出版社 2010 年版，第 121—122 页。

② 参见阿来《文学表达的民间资源》，载《民族文学研究》2001 年第 3 期，第 5 页。

③ 转引自晓雪：《红河上空闪亮的群星》，载《民族文学》2000 年第 2 期。

天/我们拒绝在历史流浪/请先记下我们的神话与传统/如果有一天/我们要停止在自己的土地上流浪/请先恢复我们的姓名与尊严"。① "族名"无疑成为少数族群能够于强势话语中把持自己的重要标志。换言之，如何在全球化语境中的当下坚持民族主体及其文化认同这一突出的问题，诚如孙大川所言，"文学创作需要敏感的心思，细致的经验的滋养，除非透过亲身参与，我们无法精确地掌握自己民族的内在生命。身为一个原住民文学之创作者，处在整个族群内在、外在结构正迅速崩解的时刻，谦逊地领受族群最后一道余晖的洗礼，不仅刻不容缓，更是成就具有族群特色之原住民文学唯一的道路。不要急着去扮演启蒙者的角色，我们需要先被启蒙：让山海以及祖先生活的智慧，渗透到我们生命底层，成为我们思想、行动有机的部分……"②如此，以既是民族的又是人类的作家身份去面对现代社会中本民族的文化传承和人类终极的各种问题和处境。

　　海峡两岸当代少数民族文学话语并置，当然是一个很庞杂的场域，但是，从构建多元一体的中华民族文化形态着眼，其所可供言说的话语空间则无限可能且不无意义。

　　① 莫那能：《恢复我们的姓名》，载莫那能诗集《美丽的稻穗》，台北.人间出版社 2010 年版，第 21 页。
　　② 孙大川：《原住民文化历史与心灵世界的摹写》，载《山海世界——台湾原住民心灵世界的摹写》，台北. 联合文学出版社 2010 年版，第136 页。

被 "污名" 的台湾地区少数民族文学

——以 1949—1984 为考察场域

　　截取 1949—1984 年为考察台湾地区少数民族①文学的场域，从历时性的角度基于两个重要的时间节点。一、20 世纪 40 年代末国民党政权为应对政治和军事在大陆的全面溃败并着手退守台湾，于 1949年 5 月 19 日颁布了《台湾省戒严令》，至 1987 年 7 月 15 日解除戒严，38 年又 56 天之久的威权体制，使台湾成为世界上实施戒严最久的地区；二、1984 年 12 月 29 日，"台湾原住民权利促进会"（以下简称 "原权会"）于台北成立，正式宣告台湾原住民文化复兴运动开启了组织化进程，并因此赢来了 "台湾原住民文学创世纪"②。——至于 "原权会" 能够成立于政治解严之前，这就在共时性结构上表征着在主流社会各政治文化利益集团话语权的角逐中，台湾原住民身份认同、历史阐释权、原住民文学生存等在 "污名/正名" 博弈过程的艰困处境及其主体建构的可能。是以构成本文的话语场。

---

　　① 在台湾本岛，对少数民族一般统称为 "原住民"，本文出于叙述语境的协调性考虑，亦多称原住民，如有因讨论问题需要，出现 "少数民族" 与 "原住民" 的混用，笔者不再一一指出。

　　② 孙大川主编：《台湾原住民族汉语文学选集——评论卷（上）·编序》，台北．INK 印刻出版股份有限公司 2003 年版，第 5 页。

晚近以来形成的多元文化主义虽然形形色色并各有局限，但是，尊重差异和包容互鉴无疑构成它们共同的也是最基本的思想资源。如被认为在（多）民族国家框架内第一个系统提出并论证多元文化主义的学者，美籍犹太裔的霍勒斯·卡伦早于1915年就曾提出，"人们可以在较大或较小程度上改变他们（多民族国家框架内的少数族群，笔者注）的衣服，他们的政治思想，他们的妻子，他们的宗教，他们的处世哲学，但他们不能改变他们的祖父"。① 卡伦这里的"祖父"，显然意指同一族群身份具有基因继承性和与生俱来的族性，并因此构成与其他族群之所以形成差异的根本。但是，历史上看，一旦陷入于政治意识形态权力话语结构，林林总总的多元文化主义所共同"遵循"的族群差异性价值理念便往往被视为结构性的挑衅或危机，如此一来，作为弱势的少数族群便不可避免地陷入于被改写或污名的处境。台湾原住民在国民党威权统治时期所曾遭遇的创伤记忆，本质上看莫不如此。因为，"这首先和1949年前后国民党的历史处境及其所衍生的统治性格有关。对国民党政府而言，1949年在大陆的失败，以及它当时在国际上所能捕捉的狭窄且瞬息万变的政治空间，使它在心态上始终充满危机意识"。② 换言之，国民党1949年败退台湾后所推行的一系列针对"山地同胞"实施管治与改革的政策，根本上说，无疑是以制度性的权力机制瓦解了台湾原住民社会的文化与历史，当然也包括了"文学"，以维护其"一切行政措施之最高指导原则"，

---

① Horace M. Kallen, Democracy Versus the Melting – pot：A Study of Americ an NationalityThe Nation, Feb. 25, 1915. 转引自周少青《多元文化主义视阈下的少数民族权利问题》，北京，《民族研究》2012年第1期。

② 孙大川：《有关原住民母语问题之若干思考》，载《夹缝中的族群建构——台湾原住民的语言、文化与政治》，台北．联合文学出版社2010年版，第11页。

即"安全"。①

　　事实上，1945 年台湾光复前后，国民党为准备收复和管治台湾，已开始着手拟定相关办法，包括就如何处理原住民问题进行的一系列政策设计。针对原住民在日据时期所遭受的多重压制，其总体思想是"对于蕃族，应依据建国大纲第四条之原则扶植之，使能自觉自治"②。客观地说，国民党此间针对原住民问题的政策设计有其历史上的积极意义，我们从其对原住民称谓上的不断"修正"或可肯定一二。台湾光复前，国民党在接收台湾的准备过程中，仍然沿用晚近明清帝制政权对原住民的歧视性称呼，如"蕃人""蕃民""蕃族"，把台湾原住民大体上还划定在"异族人"甚至"野蛮人"的认知体系；台湾光复初期，尽管"国民政府"开展了初步的民族识别，但由于还特别缺乏深入的民族学田野调查的支持，作为方便行政管理的权宜之计，只是对日据时期日本殖民统治先后使用过的"蕃人""高砂族"等称呼中的"高砂族"改动一字，一度称之为"高山族"；随着国民党政权在大陆后期分崩离析，特别是台湾"二二八事变"所显示出的强烈的民怨及其对国民党暴力统治的极度愤慨和抗争，以怀柔维稳，国民党做出了政策上的相应调整。在原住民的问题上，国民党"行政院内政部"在 1947 年 7 月 24 日以公函形式饬令"中央政府"各机关和各"省政府"："对'高山族'应悉改为山地同胞，简称'山胞'""对山地同胞一视同仁，以示平等"，次年，重申严禁使用"蕃族"，以消除日本殖民时代的观念。③

　　对台湾原住民称谓在台湾光复前后几年间的不断"修正"，在一

---

　　① 孙大川：《语言、权力、和主体性的建构》，载《夹缝中的族群建构——台湾原住民的语言、文化与政治》，台北. 联合文学出版社 2010 年版，第 39 页。

　　② 《台湾接管计划纲要》（1945 年 3 月），国民政府教育部档案［五（2）］，第 592 页。

　　③ 参见郝时远、陈建樾主编：《台湾民族问题：从"番"到"原住民"》，社会科学文献出版社 2012 年版，第 192 页。

定的意义上表明国民党对台湾少数民族的认识，经历了一个把台湾少数民族排斥在国家范畴认知体系以外，进而纳入民族国家之内多民族共存的理念由浅而深、由外而内的过程，并在其他少数民族政策的配合下，客观上收到了"扶植发展"的效果。但是，很显然，这一过程亦清楚不过地表明国民党对于台湾少数民族对其"法统"政权可能构成结构性威胁的隐忧，这也是国民党政权全面败退台湾并实施威权统治后，再次进行台湾少数民族政策修定和设计的"心理依据"及其"法理"。

国民党政权全面败退台湾的初期，整个岛屿弥漫着强烈的失败主义情绪，所谓"反攻复国"成为压倒一切的政治目标，所有可能构成对其政权威胁的思想言论、文化载体、社会诉求、社团结盟等有形无形的社会意识形态结构都无一幸免地被强行纳入戒严/"防范"体制，与此威权统治相关系，国民党当局于败退台湾初期颁布的一系列少数民族政策，[1] 其实质上则是由先前对原住民以"扶植之，使能自觉自治"的策略设计，逐渐"改写"为经由"山地平地化"，以实现"同化"原住民的政治目标。譬如：

> "按照山地各乡的地理、文化、经济条件分为甲乙丙三级，分别制定促进山地平地化计划"；"按各乡进步程度，分区分年逐渐取消山地特殊政策，其中包括：逐步解除山地特殊措施，如……山地国民学校采用平地国民学校课本，山地乡民组织按照平地组织办理，逐渐停止优待山胞之多项特殊措施，等等"。[2]

---

① 参见本人《话语的交错与"经验"的同构——以海峡两岸当代少数民族文学为中心》一文，见《广西民族大学学报》2012 年第 1 期。因与该文为同一课题的不同阶段性成果，该文已对国民党 20 世纪 50 年代初颁布的少数民族相关政策做了交代，为避免内容重复，此从略。

② 李亦园：《山地行政政策之研究与评估报告书》，南投. 台湾省政府民政厅 1983 年版，第 7 页。

甚至，1953 年"台湾省政府"颁布的《姓名条例施行细则》还明确规定原住民要使用汉姓汉名。

所谓"我把真相告诉你，不愿意吓到你/剥夺是他们唯一内行的事"。[①] 国民党威权时期所推行的少数民族政策，虽有因应现实发展的相应调整，但是，在原住民本身看来，"他们从未问我们喜不喜欢，或会不会接受，……若台湾的'多数民族'能给予'少数民族'相当的尊重，让台湾的'少数民族'能有充分表达并选择正名的权力，能顾全原住民尊严，合乎时代意义及顺应原住民意愿和期望，并能致力于族群平权社会的构建，使原住民这少数民族能获得实质的改善"。然而，恰恰相反。台湾卑南族著名学者孙大川就直言国民党所谓"'山地平地化'的政策，对原住民而言，实乃借山地社会、经济现代化之名，行民族同化之实。失去了自己的文化，丧失了民族认同的线索，原住民还有存在的可能吗?"[②]

二

从 1945 年台湾光复到国民党政权全面败退台湾，就文化形态范畴看，即便与全岛同处于一个大历史的"重组"时期，因由日据时期被迫接受日文教育以及传统社会形态和语言文化的差异，随着国民党 1949 年后威权统治的全面施行，原住民族较之其他族群所遭遇到的困境则更为多重与深重。

首先是强权政治与文化霸权共谋下对原住民传统文化秩序的瓦解。作为几千年大汉族文化的"他者"，加诸半个世纪的日本殖民统

---

① 夏美宽编:《要求名字的主人》，台南.人光出版社 1997 年版，第 5 页。

② 孙大川:《有关原住民母语问题之若干思考》，载《夹缝中的族群建构——台湾原住民的语言、文化与政治》，台北.联合文学出版社 2010 年版，第 11 页。

治，台湾原住民传统社会与文化一直处于饱受威胁的处境，而"国民党迁台后所推行的原住民政策，其最大的罪恶，即在临门一脚，以'人为'的手段，加速了台湾原住民的社会、文化之崩解"。① 对一个民族而言，在"有形"／"无形"的文化征象中，母语无疑是族属关系中的核心问题，是最明显的民族认同标记；甚至，一个族群的母语及其所传达的意涵，对于不同语言体系的其他民族，毫无疑问，是难以获得准确而完整的文化信息的。同样，母语的被强行禁止使用，以母语为载体的一个民族的口传文化，诸如神话、传说、故事、史诗、叙事长诗、歌谣等，则将濒临传承的危机而消亡。事实上正是这样，当20世纪80年代后多元文化逐渐成为台湾社会的价值基准，原住民也基本获得文化自主的可能，但是，诚如一个卑南族的"后生"所言："不能说母语是我内心最深的心结，是我永远的痛。我不是没有努力过，我曾用拼音法将卑南族的单字、语词贴满书房四壁，但是我就是学不会。难道我便因此丧失成为卑南人的权力吗？"② 台湾著名原住民文学史家浦忠成就认为：国民党只是在口头上"以济弱扶倾的'王道精神'宣示；让政策本身充满理想，……以至观察原住民族的社会文化，经历相当彻底的同化经历后，其瓦解溃散不仅显现民族地位边陲、政经弱势、资源匮乏上，更显现于自信心的低落、创造力的沦丧与生命力和低迷沉滞……"③ 显然，强权政治所推行的"山地平地化"计划，本质上是以一党之私构筑起符合其威权体制需要的"文化一体化"意识形态"安全"结构。正是：

　　……他不容我答应／制定了许多／记也记不清的／硬要我遵守

① 孙大川：《有关原住民母语问题之若干思考》，载《夹缝中的族群建构——台湾原住民的语言、文化与政治》，台北．联合文学出版社2010年版，第11页。

② 孙大川：《语言·权力和主体性的建构》，同上书，第44页。

③ 浦忠成：《台湾原住民族文学史纲》（下），台北．里仁书局2009年版，第658—659页。

的法规//划下保留地/不能打猎/不能讲母亲的话语//……什么民族、民权、民生的/说是为人们实施的制度/但我却/失去的愈来愈多/土地？野兽？自由？自尊！①

其次，在国民党威权统治的社会语境下，政治意识形态高度强化，全岛文化心理和思维机制无不被强行拖入"反攻复国"的政治序列；同样，原住民族的表达与叙事也无一幸免地被纳入整齐划一的"战斗文艺"运动中。概括起来大概有这么几种表现：

一、权力话语对原住民传统文化（歌谣）的暴力挪用或改写。譬如"nalowan（那鲁湾）"，是台湾花东地区阿美族、卑南族、排湾族传统歌谣中最常用的衬词，战后初期有着台湾卑南族第一位采集歌谣的人之美誉的巴恩·斗鲁（1901—1973），以罗马字拼写的族语填词，谱成传唱于花东地区各部落的吟叹曲。20 世纪 50 年代初，随国民党去台的著名教育家罗家伦（1897—1969）将此曲重新填词，并取名为《台湾好》。譬如：

> 台湾好，台湾好，台湾真是复兴岛/爱国英雄，英勇志士，都投到她的怀抱/我们爱温暖的和风，我们听雄壮的海涛/我们爱国的情结，比那阿里山高，阿里山高/我们忘不了，大陆上的同胞在死亡线上挣扎，在集中营里苦恼/他们在求救，他们在哀号/你听他们在求救，他们在哀号/求救，哀号/我们的血涌如潮，我们的心在狂跳/枪在肩刀出鞘，破敌城斩群妖/我们的兄弟姐妹，我们的父老/我们快要打回大陆来了/回来了，快要回来了。②

---

① 莫那能：《燃烧》，载莫那能诗集《美丽的稻穗》，台北. 人间出版社 2010 年版，第 56—57 页。

② 转引自浦忠成《台湾原住民族文学史纲》（下），台北. 里仁书局 2009 年版，第 101 页。

在这里，花东地区各原住民部落的家园想象"nalowan"被改写成为一个政党的政治想象符号。而以"巴恩·斗鲁"及"nalowan"为表征，作为台湾一个地区的原住民传统文化秩序以及秩序背后所隐含的主体性、特定族群的美学秩序、道德秩序、情感秩序，则完全被以"反攻复国"的"正当性"所粗暴地删除了；其间所发生的权力关系的变化，亦同样表明，当强权意志成为压倒一切的政治目标，那么，传统文化社会所有的存在都可能成为其随心所欲地偷袭、盗取、进而为我所用地加以组合的文化资源，乃至被赋予了鲜明的政治意识形态思维和强烈的政治性功能。

二、无所不及的威权意识形态下原住民创作主体性的迷失与扭曲。为配合败退台湾的国民党当局的最高政治"愿景"——"反攻复国"，台湾文化界全面总动员，全力推行以"反共文学"为核心的所谓"战斗文艺运动"，其措施甚至具体到"写什么""怎么写"，如：

> （1）战斗文艺就是向大陆共产党和苏俄帝国主义战斗，向足以抵消我们战斗力量的一切腐恶势力战斗，向失败主义灰色思想的堕落的心灵战斗。（2）小说中战斗人物的创造，必须从他奋斗的过程去了解他，进而用艺术的方法去刻画他，这样才能深刻而优美地表现一个战斗人物的完美品德。（3）写大陆上所经历过的痛苦，写在大陆和共产党的战斗生活，写在反共抗俄基地台湾的现实生活，都是最好的创作题材。①

如此一来，"就原住民主体意识之发展来看，此一时期乃是原住

---

① 参见王晋民《台湾当代文学史》，广西人民出版社、广西教育出版社1994年版，第33—34页。

民文化主体性，及其民族精神备受挑战、破坏的时期"，① 因为"国家权力塑造的一言堂仅能容许'发扬民族精神'与'反共抗俄'的表述，被等同边疆民族的原住民族除了跟随与呼应统治者外，实在无法发出自民族处境与知识良知而发酵的心声或表述"。②

譬如，被认为是台湾国民党威权时期少数民族作家文学的第一位作家，排湾族的陈英雄（族名：谷湾·打鹿勒，1941—）于 1961 年发表的短篇小说《觉醒》，写花莲阿美族部落的潘杰，年轻时因"交友不慎"曾参加过左翼团体，"虽然侥幸地躲过治安人员的耳目"，却一直生活在恐惧当中，后来经过"我"对他诚恳的接触和沟通，终于化解了他"痛苦的重担"。文中有这么些叙述：

> 十多年来，……他不敢让家里的人出去，也不敢让人家进来。心里总是蒙着一层阴影，深怕有一天会露出破绽而被捕。后来，看到自由祖国在台湾的各项建设，以及各项施政成果，他才慢慢地觉醒自己被"共匪"所利用。……今晨听了我谈起反共自觉运动的事情后，下了最大的决心，要向政府自首，卸下他那副痛苦的重担。……我很高兴，我替多难的祖国做了一件有意义的事，也帮助了一个朋友走上了一条光明的大道。③

在这里，作者意在唱赞执政者的"施政成果"，却在"不经意"间写出了台湾威权统治所造成的非正常的政治生态。而当威权意识形态成为一种无缝隙、无对话关系的强势的一元意识形态存在，作家在政治上安全与否，很大程度上取决于他的思想、价值观以及美学理想

---

① 孙大川：《行政空间与族群认同》，载《夹缝中的族群建构——台湾原住民的语言、文化与政治》，台北. 联合文学出版社 2010 年版，第110 页。

② 转引自浦忠成《台湾原住民族文学史纲》（下），台北. 里仁书局 2009 年版，第 748 页。

③ 陈英雄（排湾族）：《觉醒》，1961 年 6 月 1 日，台北《警民导报》，第 468 期。

与体制的吻合程度，抑或存在着作家消泯自我创作主体性的巨大危机。显然，陈英雄笔下阿美族潘杰"觉醒"过程的逻辑化，对应的正是作家所接受的当局意识形态的价值观和历史观；同样，当作者放弃了自主审视的目光，隐含的则不能不是创作主体性的失落或迷失。

值得咀嚼的是，20 世纪 80 年代中期原住民文学运动兴起，陈英雄这个被认为是"第一个"少数民族作家文学的作家，"因为他的作品存在一些对当局执政者颂赞之言，所以竟然被视为'反原住民'的文学作品"。① 这是后话。

三、主流叙事的排挤与压制。在一个少数族群全然处于被同化的强势文化独断专行的社会语境，作家自主审视的理性的坚守无疑是奢侈的，这其间的"压迫"力甚至也包括来自同一创作生态链却因依托强势话语而得以处于核心层的主流文坛。国民党威权时期为数极其有限的原住民作家中，阿美族的曾月娥（族名：苏密，1941—）是第一位获得台湾主流文学奖的原住民作家。她的作品多以本族群社会的族人习俗、日常生活、宗教信仰为题材。师范专科学校毕业的汉语科班训练，或许也因由其夫为海军官校政治系（汉人）主任的影响，曾月娥的汉语驾驭能力在同代原住民中应该是比较突出的。如她获奖作品《阿美族的生活习俗》中的片段：

> 山村向晚，日出而作，日落而息……车声中那么的悠长清脆，归家时，不停地歌着：喂咿！喂咿！伊归呀！喂咿！喂咿！伊归呀！……响彻了云霄，洋溢了山农们的秋收乐。……
> ……
> 先由中年组跳斗士舞、谢恩舞等，这一组跳的快速，雄侍有力，有排山倒海之势。跳完以后，青年组跳欢乐舞、和平舞，跳得最整齐，表现出力的美与组织的精确。接着少年组跳奋斗舞，

---

① 浦忠成：《台湾原住民族文学史纲》（下），台北．里仁书局 2009 年版，第 743 页。

舞步虽然跟前一组差不多，但是韵律的表现大有区别，他们跳得活泼、快乐而有活力，仍有乳臭未干之气。接下去有少女组跳波浪舞、情人舞、月光舞、仰神舞、怀春舞等。她们不但舞姿美妙、歌声也如乳燕初啼。

黄昏时分，夕阳西下，霞光万道，和碧海青山相互映辉。大家拉成一个大圈雀跃欢腾，忘了一年的辛劳，高唱着丰收快乐的心声。这样的载歌载舞和大自然应和着，歌声响彻了云霄，舞步震撼了山庄。此时此景。常令人有置身世外桃源，浑然忘我的感觉。①

在这里，作者不论是描写部落生活的闲适意满，还是表现族人丰年祭的欢乐情景，用笔都显得从容和传神，这不由得引来主流文坛的"赞叹"。大陆去台的著名作家孟瑶（1919—2000）在为曾月娥写的评审推荐文中就说道："作者是阿美族人，知道了这一点，使人吃惊她驾驭中文的能力竟这般高强，也吃惊大汉民族的宽和涵煦和'有教无类'。也想到礼运大同篇'大道之行也，天下为公'的事实印证。"② 我们不排除推荐者赞叹的真诚，但是，很显然，在这真诚的背后则是主流民族优越感的惯性表现，本质上则是主流民族的"认识论暴力"，这种暴力使他们以权威性的认识主体自居，而其他民族则成了被动的、被剥夺了话语权的乃至任由他们随意描述的认识对象。

同样值得咀嚼的是，在随后多元文化背景下的原住民文学讨论中，曾月娥的创作则又遭到了来自于持极端本土文化立场的学者的苛

---

① 曾月娥：《阿美族的生活习俗》，载耀亭选编《台湾社会百态》，四川文艺出版社 1988 年版，第 254、257 页。

② 孟瑶：《华夏文明包容下的山地生活——我读〈阿美族的生活习俗〉》，高上秦主编：《时报报道文学奖》，台北. 时报文化出版事业有限公司 1979 年版，第 418 页。

责，认为曾月娥"已遭 20 世纪 70 年代之前的党国教化体系收编、诠释机制驯服，进而以统治者的文化代理人身份凝视、规训族人……"① 这也是后话。

三

台湾威权时期的少数民族文学所陷落的困境无疑是多重的。根本上说，一方面，统治者以权倾一时的政治暴力，全面摧毁了原住民传统社会的文化结构，造成了原住民本应随着台湾地区现代化进程而获得历史发展的可能，却在事实上的完全扭曲；另一方面，由于原住民知识分子试图在现代化历史进程中完成主体建构的选择已经失去了"合法性"，剩下的可能，只能是或者安于"收编"，诚如陈映真所言，"不论在行动上和议论上，20 世纪 60 年代后面对全面解体、贫困化、疾病、文化颓滞的台湾原住民，一直没有强有力的反抗和批判……从来没有提高到民族解放这个水平，去反省探索、批判与实践。……而在思想上具有民族解放认识的作家更不多见"；② 或者自我"矮化"："污名化与同化的结果造成人格特质上呈现破裂的自我认同，有时被说成'你长得不像原住民'心中还沾沾自喜，引以为豪，被别人否定了还很高兴，成为许多原住民共同的成长经验，这样内心环境污名化的结果，也害羞讲自己的母语，怀疑自己的文化是不是落后、野蛮与堕落的，这种刻意扭曲的状态，学习意愿低落，适应不良的行为偏差，都恶性循环在原住民的社会内部。"③

---

① 魏贻君：《战后台湾原住民族文学形成的探察》，新北市．INK 印刻文学生活杂志出版有公司 2013 年版，第 194 页。

② 陈映真：《莫那能——台湾内部的殖民地诗人》，载莫那能《美丽的稻穗》，台北．人间出版社 2010 年版，第 183 页。

③ 陈秀惠：《向原住民族认同与学习》，台北．《律师杂志》2000 年 4 月，第 247 期，第 23—27 页。

原住民哪！／请你真实而坦荡的接受——／你是"原住民"的事实／庄严地告诉人们"我就是"／不用羞涩／不必惊恐／不须掩饰／请庄严地告诉人们"我就是"①

历史进入二十世纪末愈显广阔而复杂的全球化态势，世界范围内各种形形色色的"文化中心主义"受到了强劲的质疑，也给台湾地区少数民族知识精英自发组织起来寻求政治舞台和民族自主权带来了可能，最终则为原住民文学运动的"破茧而出"，在历史文化资源与现实批判／建构多个层面准备了根本的条件。这又是后话。

---

① 夏美宽编：《要求名字的主人》，台南. 人光出版社 1997 年版，第 17—18 页。

海峡两岸当代少数民族文学历史叙述的遇合与辨识

——以 20 世纪中叶至 80 年代前后的历史断面为考察中心

作为政治的、文化的、主流文学的等多重话语共谋下的"他者"，根本上说，当代少数民族文学从来就没有获得过完全属己的"历史阐释权"。虽然这一过程，少数民族文学①有过因由政治意识形态的松绑而得以在一定的意义上扩展了自我"命名"的文化空间；有过因由全球化语境下"文化中心主义"受到强劲质疑而在生存与发展的理论和现实上获得了可能。两岸皆此。

所谓"历史阐释权"，毫无疑问，无论限制在何种语境下讨论，或者是囿于现代学术分工的精细所带来的"门户之见"，都将是人见人殊的问题。何为历史？如果说，我们可以拟定"过去发生或经历的事情"能够成为种种"历史主义"之间的最大公约数，那么，就不少已被人们相引成俗的表述来看，如"一切历史都是当代史"（克罗齐）、"历史是任人打扮的小姑娘"（胡适），甚至，"没有事实，只有阐释"（尼采）等，显然，都指向一个隐匿的阐释者，都指向一个介入的主体；甚或，其所突显的无疑是意识形态的意涵及其权力运作行

————————

① 对"少数民族文学"这一概念，学术界虽已多有讨论，但目前看法仍不尽一致。笔者在本课题的其他阶段性成果中也开展了讨论，基本认为具有少数民族身份的作者的文学行为即"少数民族文学"。

为的结果。本文则旨在这一意义上就两岸 20 世纪中期至 80 年代前后
——两岸在 20 世纪 80 年代前后分别进入改革开放和多元化社会——
的少数民族文学"历史叙述"问题做一个考察。

一、断裂／分治与纠缠共生

1949 年后中国政治格局的巨大变动带来了两岸的分治。大陆在
民族国家建构的现代性方案层面上，从一开始就给予了少数民族文学
足够的重视。在 1949 年 7 月召开的中华全国文学艺术工作者代表大
会拟定的《中华全国文学艺术界联合会章程》中，少数民族文学艺
术问题就被直接写进了总纲，即第一章总纲第四条第四款："开展国
内各少数民族的文学艺术运动，使新民主主义的内容与各少数民族的
文学艺术形式相结合。各民族间互相交换经验，以促进新中国文学艺
术的多方面的发展。"① 随后在 1949 年 9 月 27 日全国政治协商会议第
一次全体会议通过的《共同纲领》中，更进一步明确指出："各少数
民族均有发展其语言、文字、保持或改革其风俗习惯及宗教信仰的自
由。中央人民政府应帮助各少数民族的人民大众发展其政治、经济、
文化、教育的建设事业。"② 国民党败退台湾后则立即在全岛施行政
治、文化、社会的全面戒严，而在为实现所谓"反攻复国"的最高政
治目标所发布的一系列政令中，针对少数民族问题③亦特别制定了

---

① 中华全国文学艺术工作者代表大会宣传处编辑：《中华全国文学艺
术界联合会章程》，载《中华全国文学艺术工作者代表大会纪念文集》，新华
书店出版发行，1950 年版，第 573 页。

② 1949 年 9 月 27 日全国政治协商会议第一届全体会议通过：《中国人
民政治协商会议共同纲领》，人民出版社 1952 年版，第 17 页。

③ 在台湾本岛，自 20 世纪 80 年代中期以后对少数民族一般统称为
"原住民"，本文出于讨论语境的协调性考虑，则多称少数民族，如有因讨论
问题需要，出现"少数民族"与"原住民"的混用，笔者不再一一指出。

"建设大纲"①。其间,虽然没有为少数民族文学艺术专门"量体裁衣",但是,一方面,在其以"山地平地化"为主轴的一系列少数民族文化政策中,罔顾民族差异,在全岛统一推行一体化教育体制,统一推行国语运动,甚至明确到了原住民要使用汉名汉姓②;另一方面,全面戒严伊始,国民党中央宣传部就主导了所谓的"反共抗俄"文化运动,政治权力以"合法"方式全面介入了全岛的文艺运动,原住民族囿于历史及其现实的处境本就不存在政治与文化上能够自主的生存空间,更遑论在此境遇下自我阐释的任何可能。

两岸少数民族文学话语的设计与发展在同一时期都被纳入了权力重组的政治范畴,但是,彼此所强调的政治意涵,很显然,存在着根本性的不同。从命名上看,前者"不仅为'少数民族文学'创立了国家层面的制度环境,而且对之进行了国家命名"③,确保了少数民族话语在现代民族国家建构中应有的政治地位;后者则在全岛公布实施的《姓名条例施行细则》中,特别对原住民强制推行更名政策。少数民族本名的被剥夺,无异于一个象征族群的符号也在根本上被否定了。再从的目的和意图上看,前者在于"各民族间互相交换经验,以促进新中国文学艺术的多方面的发展",这在政治层面上显示出了包容差异的积极意义;台湾当局的一系列少数民族文化政策,固然表现出希望加速原住民与台湾社会的融合进程的积极成分,但是,其全力主导的"促进山地平地化计划"的目的则在于"同化"原住民,

---

① 国民党当局分别于1951年、1953年和1963年依次颁布了《山地施政要点》《促进山地行政建设大纲》和《山地行政改进方案》等一系列少数民族政策,以最终实现"同化"原住民的政治目标。

② 国民党当局于1953年在台湾光复后试行的有关姓名条例的基础上,公布实施了《姓名条例施行细则》,以"到府办理"的方式,强迫归籍户政的台湾原住民族人全部使用汉姓汉名,并仅依照《康熙字典》等通用字典中所列有之文字为取字准则。

③ 李晓峰、刘大仙:《中华多民族文学史观及相关问题研究》,中国社会科学出版社2012年版,第161页。

乃至最终所造成的局面恐怕政策谋划者本身也始料未及。著名的卑南族学者孙大川就认为，"姓氏的让渡、母语能力的丧失、传统祭典的废弛、文化风俗的遗忘……台湾原住民族几乎失去了他们所有'民族认同'的线索和文化象征，'内我'完全崩解"。[①]

然而，即便如此，对于一个共同投射于有着漫长的统一政治、统一文化秩序、统一历史传统，并且迄今仍然纠缠共生的"民族共同体"，我们还是很难将其归结为单一的价值判断并简化为一种单一的表达或体验。

作为一个新时代的开始，1949 年中国政治格局的巨大变动当然不是一般意义上的"改朝换代"，而是彻底的改天换地，这是在于作为一个现代民族国家在政治制度、国家机器与社会意识形态等一系列根本问题上的全面变革与建制，在一定的意义上，当然也包括败退台湾的国民党政权在政治机制上做出的全面检讨与调整。值得指出来的是，面对中国内战遗留问题所造成的两岸政治对立[②]的情形，中国共产党顺应历史大势，提出"解放台湾"与国民党违逆历史潮流的所谓"反攻复国"，在维护国家主权和领土完整的根本利益上，应该说"就有了构筑政治互信的基石"[③]。借助这一宏大的政治表述，我们认为，20 世纪中期形成的两岸隔绝，彼此则"不谋而合"地将少数民族文学话语纳入权力重组的政治范畴，与其说它们标志着中国历史的某种断裂，不如说它们表征着一个文化连续的过程。一方面，历史上看，中国的国家意识观念和国家生成的历史过程"恰恰从传统中央

---

① 孙大川：《夹缝中的民族建构——泛原住民意识与台湾族群问题的互动》，载《夹缝中的民族建构——台湾原住民的语言、文化与政治》，台北，联合文学出版社 2010 年版，第 147—148 页。

② 胡锦涛：《携手推动两岸关系和平发展同心实现中华民族伟大复兴——在纪念〈告台湾同胞书〉发表 30 周年座谈会上的讲话》，北京，《两岸关系》，2009 年第 1 期。

③ 同上。

帝国中蜕变出来，近代民族国家仍然残存着传统中央帝国意识"①，从而决定了两岸彼此在家国观念上的一致性；另一方面，处于 20 世纪 50 年代世界冷战格局中的新生政权以及两岸分治的现实，如何完成统一的民族国家的现代建构（用台湾当局的话语则是如何完成所谓的"反攻复国"大业)？显然，话语实践层面所能提供的现实策略，只能是依托伴随着民族主义的国家主义论述，乃至于面对不同族群的文化差异及其历史的繁杂性被消解或挪用都可以完全忽略不计。因此，剥离了两岸少数民族话语不同的政治意涵及其权力运作意图的表层，我们以为，彼此在同一历史文化的深层肌理层面，则是以一种"命运共同体"的姿态形成了结构性的纠缠共生现实。换言之，在中华民族文化的大版图上，作为本就处于边缘与封闭地带的两岸少数民族（话语)，即便是遭逢历史大变革的特定际遇，并且因着（大陆方面)"各少数民族均有发展其语言、文字、保持或改革其风俗习惯及宗教信仰的自由"，或者（台湾方面）"基于三民主义之政治理想，……采取保护、扶持之方针，在政治上给予山胞平等地位，在教育、卫生、经济、建设等各方面予以积极辅导及扶助，务期山胞社会达到平地之水准"② 这类主流话语的"政治正确"，而获得了名分上的"在场"，其实质其结果，仍然难逃"大一统"意识形态均质化处理的"宿命"。

顺理成章地，两岸当代少数民族文学的文学史处境，成为了一个时期权力话语演绎的典型场域。

---

① 葛兆光：《重建有关"中国"的历史论述》，载《宅兹中国》，中华书局 2012 年版，第 29 页。

② 刘宁颜总纂；吴尧峰、丁明钟等编纂：《山地行政之政策与实施要点》，载《重修台湾省通志卷七政治志行政篇》，南投．台湾省文献委员会，1996 年版，第 925 页。

二、权力话语运作与文学史境遇

关于"文学史"作为一种现代知识谱系的价值理性虽然已广为讨论并各有阐释，但"不能不是替民族国家生产主导意识形态的重要基地"① 这一判断在很大的程度上已然成为了共识。因此，从这个意义上说，当代少数民族文学的文学史处境别无选择地在于权力话语的运作及其张力关系。

（一）大陆：边缘处境与主流意识形态话语模式的承担

在大陆，当代文学史与当代少数民族文学史的建构意识与编撰实践，基本上是在同一时间发生的。"1959 年，新中国建立十周年纪念，是'当代文学'这一范畴明确出现和当代文学史最早写作的重要契机"②；1958 年 7 月 17 日，在由中宣部召集的"全国民间文学工作者大会"上，形成了编写少数民族文学史的动议，以向新中国成立十周年献礼。在随后陆续出版于 20 世纪 60 年代初的文学史著述看，当代文学史方面，一般认为以下三部著述比较重要，即华中师范学院中国语言文学系编写的《中国当代文学史稿》（下称华中本）、山东大学中文系中国当代文学史编写组编写的《中国当代文学史（1949—1959）》（上下册，下称山东本）、中国科学院文学所《十年来的新中国文学》编写组编写的《十年来的新中国文学》（下称社科院本）。少数民族文学史方面，由于多民族的关系，文学史的编写情况相对繁复。首先是，在编写少数民族文学史形成动议后的不到两年的时间里，纳西、白、苗、壮、傣、彝、土家、蒙古、藏 9 个民族先后写出了本民族的文学史或文学简史初稿，其中白、纳西两个民族的

① 刘禾：《文本、批评与民族国家文学》，载王晓明主编《二十世纪中国文学史论（上卷）》，东方出版中心 2005 年版，第 471 页。

② 温儒敏等：《中国现当代文学学科概要》，北京大学出版社 2005 年版，第 143 页。

文学史初稿已分别于1959年12月和1960年2月由云南人民出版社出版；与此同时，布依、侗、哈尼、土、赫哲、畲6个民族也分别写出了本民族的文学概论或调查报告。紧接着，1961年3月，中国科学院文学研究所在北京专门召开少数民族文学史讨论会。会议重要成果之一是制订了"中国各少数民族文学史和文学概况编写出版计划""中国各民族文学作品整理、翻泽，编选和出版计划""《中国各少数民族文学资料汇编》编辑计划"三个重要的工作计划草案①，力图将少数民族文学话语纳入规范的学术轨道，或者说纳入主流意识形态的"重要基地"。

某种意义上，上述两类文学史是国家学术方案的"上位法"与"下位法"的关系，因此，讨论当代少数民族文学的历史叙述问题，我们无法只专注当代少数民族文学史本身。我们看到，被认为在20世纪60年代比较重要的三部当代文学史，著述者虽然分别来自不同的高校，甚或国家学术的最高机构②，但是它们对"'新中国文学'的时期划分、对历史线索的勾勒、对文学事实的筛选方式等方面，并无太大差别（事实上也不可能出现太大的差别）"。③ 这样，我们以华中本为例来看看作为"上位法"的当代文学史对少数民族文学的态度。该著述除绪论外凡三编十章，"试图以马克思列宁主义、毛泽东思想为指导，力求全面叙述当代文学运动的发展，着重分析各个时期

---

① 中国社会科学院少数民族文学研究所编印：《关于少数民族文学史写作的讨论》，《少数民族文学史讨论会旁听记》，载《中国少数民族文学史编写参考资料》，1984年3月内部编印，第17、25页。

② 华中师范学院中国语言文学系编著：《中国当代文学史稿》，科学出版社1962年9月版；山东大学中文系中国当代文学史编写组编：《中国当代文学史（1949—1959）》（上下册），山东人民出版社1960年版；中国科学院文学所《十年来的新中国文学》编写组：《十年来的新中国文学》，作家出版社1963年11月版。

③ 温儒敏等：《中国现当代文学学科概要》，北京大学出版社2005年版，第144页。

各种体裁的重要作品"。① 其中，绪论六节中专列一节叙述"多民族的文学"的发展状况；每编的"创作成就"一章中专设"兄弟民族文学"② 一节。在这里，无论是体例还是所占内容篇幅的比例，当然是表明了对少数民族文学存在的合法性的确认，亦似乎表明当代少数民族文学获得了进入"重要基地"的入场券。再看叙事层面的价值判断。绪论中"兄弟民族文学"一节认为，"十一年来，各兄弟民族的文学创作，无论是小说、诗歌或戏剧都出现了百花齐放、欣欣向荣的局面，初步地建立自己的社会主义的新文学。各兄弟民族作家的作品，出色地反映了各族人民的生活和斗争，特别是反映了解放以后在党领导下各族人民建设事业的光辉成就以及他们精神面貌的变化，热情地歌颂了党和国家的英明的民族政策。作品反映的生活面是广阔的，内容是丰富多彩的。在形式上，继承和发展了自己的文学传统，富有民族风格和地方特色，深为各族人民所热爱"。③ 这是对新中国成立后十一年来少数民族文学发展的概述，既有"政治正确"意义上的高度肯定，也有对兄弟民族文学从内容到形式上的热情赞扬，内的，当然便是主流意识形态话语实践的充分展开。

作为同是国家学术方案的一种样式，也完全可能集众多边缘族群的集体幻象于一身与"外部世界"形成张力，少数民族文学史则却

---

① 华中师范学院中国语言文学系编著：《中国当代文学史稿》，科学出版社 1962 年 9 月版。

② 邓敏文认为"中国少数民族文学"这一概念的提出，大约起始于1957 年以后。在此之前，一直是使用"兄弟民族文学"这个概念。见邓敏文著《中国多民族文学史论》，社会科学文献出版社 1995 年版，第 12 页。事实上，1949 年 7 月召开的第一次文代会通过的《中华全国文学艺术界联合会章程》中已经提出了"少数民族文学"这一概念。见中华全国文学艺术工作者代表大会宣传处编辑《中华全国文学艺术界联合会章程》，载《中华全国文学艺术工作者代表大会纪念文集》，新华书店出版发行 1950 年版，第573 页。

③ 华中师范学院中国语言文学系编著：《中国当代文学史稿》，科学出版社 1962 年 9 月版，第 34 页。

只能以某种意义上的"下位法"的身份来承担同样重要的主流意识形态的话语功能。中共中央宣传部在 1958 年 7 月中旬组织召开的"全国民间文学工作者大会"期间，特别就编写少数民族文学史或文学概况问题举行了座谈（史称第一次少数民族文学史编写座谈会，笔者注）；中国科学院文学研究所于 1960 年 8 月第三次全国文代会期间，召集了第二次少数民族文学史编写工作座谈会；随后至"文革"爆发前，全国性或地方组织的少数民族文学史编写会议不时召开①。同一话题的相关会议在短短的几年时间里密集召开，这被认为是"目前社会上迫切需要编写一部以马克思主义的观点阐述的包括各少数民族的中国文学发展史"，而且"全国解放以后历次运动中各民族产生的新作品，都要加以阐述。写'史'或写'概况'，要采取历史唯物主义的观点和阶级分析方法，要强调劳动人民的创作，强调各民族人民之间的团结和友谊"。② 如此一来，少数民族文学史编写热潮一时兴起并成果叠加也就不足为奇；同样，这些或纳西族，或白族，或苗族等不同民族的文学史叙述，由于遵循同一的编写目的和原则，呈现给我们的也就表现出了大体一致的共性。如额尔敦陶克陶就其负责主编的《蒙古族文学史》就做了这样的表述，"我们在编写'蒙古族文学简史'的过程中，越来越清楚地看到这种民族间历史与文学艺术的共同性是时代演进的必然结果，是一种大量存在的、越来越发展的客观事实。因此，我们在研究蒙古族文学独特的发展规律性和鲜明的民族特色的同时，也努力探讨了各兄弟民族特别是汉族对于蒙古族历代文学发展所产生的深刻影响，从而也就有力地证明了在社会主

---

① 参见中国社会科学院少数民族文学研究所内部编印的《中国少数民族文学史编写参考资料》，北京，1984 年 3 月。

② 参见中国社会科学院少数民族文学研究所编印的《中共中央宣传部关于少数民族文学史编写工作座谈会纪要》，载《中国少数民族文学史编写参考资料》，北京，1984 年 3 月，第 1—2 页。

义的今天，民族之间广泛开展文化交流的无比重要性"。①

我们认为，作为同是国家学术样态的上述两类看似不同"位阶"的文学史著述，本质上则是一个两面一体的文本。就我们所关怀的问题而言，所不同的是，通过前者，我们能够更有效地体验——当居于主导地位的意识形态成为一元化强势话语的唯一存在，那么，讨论关乎少数民族本质问题的所有意涵都只能是一种奢望；而后者，根本上说，即便可看作是代表特定族群主体的一种现代社会科学、现代人文学术，但试图完全摆脱特定时期的意识形态规定而表现出族性的，哪怕是"与生俱来"的意涵，也同样只能是一种奢望，而且，唯有主动地接受主流意识形态的话语模式并成为其特定的表达，"迅速地反映了各族人民建设社会主义的劳动热忱和革命干劲，表现了各族人民高瞻远瞩的共产主义理想和革命乐观主义精神，创造了具有革命现实主义加革命浪漫主义相结合特色的作品"②，才有可能获得跻身"重要基地"的资格，这也是它们得以"合法"存在的根本条件。

（二）台湾："文学史的空白"

比照同一时期台湾地区少数民族文学的文学史处境，某种意义上，恐怕勉为其难，也容易招来"削足适履"之嫌。因为"一九四九以后，由于特殊的历史处境和政治气氛，原住民被消音的命运，不但未见改善反有加剧的趋势这当然和国民党政府对'台湾史'的处理态度有关。直至六十年代，整个二十几年的岁月，原住民或成为政治样板，或成为观光对象，始终是一群被人遗忘的民族。他们只活跃于考古家和人类学家的论文报告里"。③ 而即便是台湾主流文学史建构

---

① 《关于〈蒙古族文学史〉编写中的几个问题（一）》，载《中国少数民族文学史编写参考资料》，第120页。

② 华中师范学院中国语言文学系编著：《中国当代文学史稿》，科学出版社1962年版，第34页。

③ 孙大川：《原住民文化历史与心灵世界的摹写》，载《山海世界——台湾原住民心灵世界的摹写》，台北.联合文学出版社2010年版，第124页。

意识的形成，学术界一般也认为大体上是始于 20 世纪 80 年代前后。这主要在于，一是"西风东渐"。20 世纪 80 年代美国学界重建文学史运动吹向了亚太地区，包括大陆 80 年代末的"重写文学史"思潮也都受到了启发。而台湾专治欧美文学的单德兴教授甚至晚至 1991 年 4 月 19 日在《自立早报》副刊发表的《洞见与不见——浅谈书写台湾文学史》一文，都被认为是台湾文学史书写的肇始。二是国民党威权统治格局全面瓦解的直接冲击。政治解严推动台湾社会趋向多元态势，文学史书写"先天性"地因此成为承载纷繁复杂的意识形态话语的重要场域。三是大陆学者台湾文学史著述的热潮及其成果①直接引发了岛内学者尤其是"本土意识"强烈的学者的焦虑和忧惧。陈芳明即如是说："我们感到焦虑的是，台湾这方面并没有急起。如果我们不开始考虑动手，那么有一天台湾文学的发言权，就要拱手让给大陆了。这种事情，并不是不可能发生。"②

如此说来，不论是"原住民被消音的命运"，还是"台湾这方面并没有急起"，我们面对的确是台湾地区一个时期的文学史话语的"空白"。

那么，如何看待台湾一个时期"文学史的空白"，或者说"空白的文学史"？哈佛大学王德威教授在一次接受访谈中曾这么说过："我觉得，1949 年所造成的国家分裂的情况是我们一个历史的共业，我们大家都在这个情境之下成长、阅读、写作、思考。无可讳言，即使从一个大历史的角度，台湾代表了 20 世纪中国历史经验中被抛掷

---

① 20 世纪 80 年代以来，大陆学者对台湾文学展开研究并形成台湾文学史编撰热，在短短的几年时间里，甚至也是在资料相对匮乏的情况下，先后出版了白少帆的《现代台湾文学史》（辽宁大学出版社 1987 年版）、公仲、汪义生的《台湾新文学史初编》（江西人民出版社 1989 年版）、刘登翰等人的《台湾文学史》（海峡文艺出版社 1991 年版）、王晋民的《台湾当代文学史》（广西人民出版社、广西教育出版社 1994 年版）等。

② 陈嘉农（陈芳明）：《是撰写台湾文学史的时候了》，高雄.《文学界》，1988 年，第 25 期。

出去的那一块的一个所在，所以它的文学表现其实应该是和中国大陆的表现息息相关的。从实际的文学史脉络来看，……必须要正面回顾国共的经验而不能抹掉它，在这些经验之下，台湾文学显然有它自为的方面。"① 笔者以为，这也恰恰"息息相关"我们所面对的问题。

首先是主流文学史如何"自为"。我们注意到，不少关于台湾1980年代以前文学史书写缺失问题的讨论，基本都忽略了中正书局出版于1975年由尹雪曼担任总编纂的《中华民国文艺史》②（以下简称《文艺史》）一书。王德威在访谈中还说到，"今天台湾政治台面上的一些斗争是一个荒唐的笑话，因为它完全否定国民党当时一些贡献"。③ 王德威所言是否可以用以解释特别是岛内本土学者忽略《文艺史》这一现象的个中缘由，这是另一个话题。但《文艺史》则是依据国民党当局在1971年2月9日召开的"中央文艺工作研讨会"上通过的《如何配合建国60年大庆展开文艺活动案》的相关条款，并最终还有多位国民党文官所参与撰写的。如此，其强权话语的地位当然无出其右。该书从国民党的政治立场出发，全面梳理了辛亥革命以降60年的"中华民国"文艺史，虽然意识形态色彩浓厚，史料也时有谬误，但却能够把大陆1949年后的文艺发展问题纳入附录给予观照，即该书附录（二）《大陆沦陷后的文艺概况》，从这个意义上看，应该说这部《文艺史》还是表现出了一定的历史视野。至于其政治立场、史料真伪、价值判断等方面的问题，暂按下不表。值得注

---

① 李凤亮：《华语语系文学研究的拓垦——王德威教授访谈录》，载《彼岸的现代性：美国华人批评家访谈录》，广西师范大学出版社2011年版，第83—84页。

② 由陈少廷编撰，于1977年5月由台北联经出版的《台湾新文学运动简史》，虽然也是在台湾20世纪80年代后文学史书写意识形成之前出版，但其未涉及台湾光复后以及国民党败退台湾后的当代文学运动，故不属于本文观察的"文学史"文本范畴。

③ 李凤亮：《华语语系文学研究的拓垦——王德威教授访谈录》，载《彼岸的现代性：美国华人批评家访谈录》，广西师范大学出版社2011年版，第83—84页。

意的是，这部为庆祝所谓"中华民国"建国 60 周年所撰述的文艺史巨著，都忘不了彼岸的所谓"大陆沦陷后的文艺概况"，却完全没有一言半语关于同在一个岛上的同一片蓝天下的少数族群的"文艺概况"。我们以为，在这里，不论是"关怀""沦陷"的大陆，还是"遗忘"岛内的原住民，其意图在根本上是完全一致的，正如台湾邹族文学史家浦忠成所言，"历史的建构经常牵涉统治者意图塑造的集体记忆与联系与思考取向，其参酌的依据通常在于最大族群内部主观形成的历史思维，并且斟酌史观的运用及具体诠释能否维护其历史及其地位，从而确立其'正统'的身份"。① 换言之，不论是关怀还是遗忘，则完全是由"生产主导意识形态的重要基地"所决定的。

进而是台湾原住民文学史能否"自为"。比照大陆当代主流文学史与少数民族文学史的著述大体发生于上世纪中期的同一时期，台湾的属己的原住民文学史著述则是迟至 21 世纪以后的事情，即浦忠成独立撰写，并出版于 2009 年的《台湾原住民族文学史纲》；同时，我们也注意到，这一时期围绕原住民文学史建构问题，岛内学界大体形成主张以族群和解、关怀土地为终极目标的"共构入史论"与强调主体地位、身份认同的"自筑入史论"两大论述脉络。② 然而，我们以为，无论何种原住民文学史观，其最基本的前提是文学文本及其文学"内外部"关系的历史逻辑。回到我们问题的"现场"，主流话语出于政治意识形态的考量有意无意地删除原住民的文学表现是一个问题，而原住民文学是否已经具备了可供建构文学史的基本条件更是一个问题。毫无疑问，一个甚至连姓名权都被剥夺的少数族群，且不说属己的文学史话语权，即便是文学的基本"发声"都全然是一个"污名"的存在。实事求是地说，少数族群由于所处地域、文化发展

---

① 浦忠成：《台湾原住民族文学史纲》（上），台北. 里仁书局 2009 年版，第 35 页。
② 参见魏贻君的《战后台湾原住民族文学形成的探索》，新北. INK 印刻文学 2013 年版。

层次、文化内部结构以及文学话语表达手段等多重向度的边缘性、封闭性，这不免在相当大的程度上造成了对其自身文化的发生、发展与传承的制约，这当然也一直是人类终极文明关怀的贯穿始终的命题。如此说来，在台湾威权境遇下能够出现原住民作家文学，哪怕其话语模式单一，身份意识模糊，都当弥足珍贵。从这个意义上说，后来所有的原住民文学论述都大书特书出现于 20 世纪 60 年代的原住民作家文学"第一人"，排湾族的陈英雄（族名：谷湾·打鹿勒，1941—）以及他 1961 年发表的短篇小说《觉醒》，也完全在情理之中。然而，陈英雄刻画人物及其结构故事的逻辑化，对应的完全是当局意识形态的价值观和历史观，甚至主体性也呈自我"阉割"状态①，这与代表主流文学史立场的《文艺史》对原住民文学所采取的历史虚无主义态度无异于形成了"共谋"，如前述，"以至于在考察着此一时期的原住民书写时，台湾主流书写中心与原住民书写呈现着相当一致的'空白'与'漠视'的状态"。② 这才是问题的症结。本质上说，这与上述蒙族文学史家额尔敦陶克陶所谓——努力探讨主流民族对少数民族的深刻影响，以有力地证明社会主义民族交流的无比重要性——这一类在主流意识形态独步文坛的处境下所能选择的话语策略，应该说也是一种"息息相关"。

三、"实际的文学史脉络"下的缺位与整合

作为民族国家想象的一种方式的少数民族文学话语，必然成为民族国家建构中不可或缺的意识形态方面的重要策应，这已然是毋庸置

---

① 参见本人同一课题的另一阶段性成果，《被"污名"的台湾地区少数民族文学——以 1949—1984 为考察场域》，载《广西民族师范学院学报》2014 年第 5 期。

② 瓦历斯·诺干：《台湾原住民文学的去殖民》，载孙大川主编《台湾原住民族汉语文学选集——评论卷（上）》，台北. INK 印刻出版股份有限公司 2003 年版，第 139 页。

疑的。但是，在海峡两岸政治隔绝的语境下给予回应，某种意义上不免来得"吊诡"，这也是我们无法绕过的问题。

前述王德威认为两岸文学关系"息息相关"，而台湾文学则有它"自为的方面"，他同时也在强调，"当时国民党政府仍然是一个相对意义下的专制权力机构，但是……奇怪它有很多的缝隙和漏洞。在这个意义上，我觉得当时所做的文学实验，不论是现实主义还是现代主义，都取得了很大的成就。……完全弥补了 20 世纪中国文学史的不足地方"。① 显然，这是在"一个大历史的角度"，是从"实际的文学史脉络来看"的，这也正是我们将两岸当代少数民族文学话语并置所应有的价值理性。

客观地说，国民党当局于 20 世纪 50 年代在台湾全面施行的"促进山地行政建设大纲"等少数民族政策并非全然乏善可陈，但其"同化山胞"的动机与目的互为一体，从一开始就表现出对少数族群文化结构与历史经验的多元样态的漠视，在看似追求平等的理念下实质是对原住民族自由与尊严的剥夺。最终"让他们不是选择绝对的驯化与服从，就是回避与消极面对。……大多数人都是噤若寒蝉"；② 进而，原住民文学（史）呈现为"空白"就是必然的结果。大陆 1949 年全国政治协商会议第一次全体会议通过的《共同纲领》明确规定了"各少数民族聚居的地区，应实行民族的区域自治"。③ "民族的区域自治"而非"同化"这一国家权力结构的纲领性目标，根本上说与各民族平等获得政治权力密切相关；同样，也与各民族平等获得教育、文化发展与传承的自主权力密切相关。而随后在全国大范围

---

① 李凤亮：《华语语系文学研究的拓垦——王德威教授访谈录》，载《彼岸的现代性：美国华人批评家访谈录》，广西师范大学出版社 2011 年版，第 85 页。

② 浦忠成：《台湾原住民族文学史纲》（上），台北．里仁书局 2009 年版，第 4 页。

③ 1949 年 9 月 27 日全国政治协商会议第一届全体会议通过：《中国人民政治协商会议共同纲领》，人民出版社 1952 年 7 月版，第 17 页。

内进行的民族识别与社会历史调查，以及所获得的突出成果，正是在话语实践层面上，对于如何平衡和协调现代民族国家（地区）的国家意识形态与少数民族的集体幻象，提供了根本性的保障。我们并不讳言，过程中，主流意识形态的均质化行为不断加剧了对少数民族文学史建构在主体性、民族性等属己方面表现上的介入和干扰。但是，截至 1960 年，至少有不少于 20 种的少数民族文学史或文学概况出版①，其中不乏纳西族、土族、赫哲族等人口较为稀少的民族文学史（概况）。少数民族文学史家邓敏文就说，"这是自开天辟地以来中国学者自己编写的第一批中国少数民族文学史著作，具有破天荒的意义"。② 这样的描述很是宏大却也恰如其分。因为在"一个大历史的角度"，以及"实际的文学史脉络来看"，这"第一批中国少数民族文学史著作"整合了海峡彼岸同一时期少数民族文学史的"缺位"，从而"完全弥补了 20 世纪中国文学史的不足地方"。

然而，如同"发现"台湾原住民文学史的"空白"，大陆同一时期少数民族文学史著述的"经验"，如前述，则在于如何在国家主流意识的前提下，将民族自我意识调整、趋同、整合为国家意识形态的有机组成部分；甚至，在随后越发激进地以阶级斗争为主线的政治风暴中则被"以革命的名义"而"改写"，先前所规划的三个重要工作计划草案（见前述）则完全被搁置，由此也被逼进了一段长达十年之久的"空白"的历史。不错，从文学史处境来观察两岸少数民族文学的历史叙述只能是问题的一个层面，但是，两岸看似不同的境遇所提示的问题无疑"息息相关"且是带根本性的，即主体性的建构与历史的阐释权。正如著名鄂温克族作家乌热尔图所言，"强烈的述说与自我阐释的渴望，使生活在人类早期社会的人们本能地意识到自

---

① 参见刘大仙《现代中国与少数民族文学》第一章第五节，中国社会科学出版社 2013 年版。

② 邓敏文：《中国多民族文学史论》，社会科学文献出版社 1995 年 9 月版，第 16 页。

我阐释的权利存在于他们之中，存在于他们全身心融入的部族意识里"。①

因此，海峡两岸少数民族文学的主体性建构与历史阐释权问题，有无可能在随后两岸所先后发生的社会历史变革与全球化趋势过程获得重构并形成遇合，无疑值得继续观察与辨识。我们也将另文专题讨论。

① 乌热尔图：《不可剥夺的自我阐释权》，载《读书》，1997 年第 2 期。

女性身份建构及其话语实践
——以台湾原住民女作家阿𡢃为观察中心

湾排湾族女作家利格拉乐·阿𡢃在一次接受采访时曾这么说过：我的女性意识和汉人社会的女性主义没有关联。……台湾社会在谈的女性主义只是中产阶级的女性主义。台湾女性主义不管在论述或观念上都是全套将西方引进，台湾没有建构出本土的女性主义，至少我没有看到。① 阿𡢃这一对台湾女性主义的"在场"观察和体验无疑带有鲜明的个人色彩，甚至某种抵牾。但是，对于在家国政治、族群政治及其性别政治多重话语共谋下的台湾地区原住民女性身份认同问题，即便是作为个案，阿𡢃以及其独特的女性身份建构经验，尤其是所突显出的对特定政治生态中的边缘族群的历史记忆及其女性现实处境的关怀，完全构成了一个充分的话语场，而这恰恰是"中产阶级的女性主义"的逻各斯话语在有意无意间所漠视了的。

这当然很吊诡。主流女性主义或曰经典女性主义的身份建构与权利抗争及其终极诉求，通常是以完全代表了所有不同结构的女性群体的姿态出现的，两岸皆此。但是，阿𡢃则认为她们代表的只是"中产阶级的女性主义"，而且明确拒绝把女性问题抽离出所属的原住民边缘族群，她甚至认为，"如果原住民消失了，就没有所谓原住民女性

问题"。① 在这里，我们看到，阿媛的原住民女性经验不仅是对台湾特定的家国政治、族群政治以及台湾"中产阶级的女性主义"的逻各斯话语的抗争与质疑，同时，更在于特别强调了作为台湾地区边缘族群的女性经验与之不断协商与对话的姿态。

一

利格拉乐·阿媛并非"纯粹"的原住民，她的身上流淌着原汉双族血液。阿媛的父亲是 1949 年随国民党败退来台的位阶低下的"老兵"，甚至还是台湾国民党威权时期的政治受难者；母亲则是台湾排湾族人②，是因着成为"老兵"婚姻掮客的"猎物"而由排湾族部落进入眷村③，成为了大陆来台老兵的妻子。阿媛便出生（1969 年）并成长于大陆来台老兵聚居的眷村，一个充满着战争经验、家国记忆，也弥漫着浓厚的民族主义氛围的外省人（汉人）的居住地；同时，也是一个因着"政治荣民"的光环而隔膜本土人，尤其是歧视

---

① 邱贵芬：《原住民女性的声音：访谈阿媛》，台北.《中外文学》，1997 年第 26 卷（2），第 130 页。

② 在台湾本岛，自 1980 年代中期以后对少数民族一般统称为"原住民"，截至目前，台湾地区共认定了 16 个族群，即阿美族、泰雅族、排湾族、布农族、卑南族、鲁凯族、邹族、赛夏族、雅美族、邵族、噶玛兰族、太鲁阁族、撒奇莱雅族、赛德克族、拉阿鲁哇族、卡那卡那富族。

③ 眷村通常是指 1949 年起至 20 世纪 60 年代，败退台湾的国民党当局，为了安排随其自中国大陆各省流落至台湾的国民党军人及其眷属所兴建的房舍。这些分散在台湾各地的"眷村"，又叫"××荣民新村"。所谓"荣民"——"荣誉国民"，根本上就是国民党当局给予这些随其而来的主要包括老兵在内的人员的政治空头支票。"荣民"当中不少人无论在大陆有无妻室，因国民党"反攻复国"神话破灭，都将面临孤身一人终老异乡的悲凉处境，于是催生了给国民党老兵买卖婚姻的行当，有向穷困家庭买"童养媳"的，也有被认为地位更为低下的原住民女性族人出于经济原因而愿意嫁入眷村的。

"山地人"① 的相对封闭的特定空间；当然，也是阿娼身份认同迷惑、扭曲、挣扎、抉择的渊薮。她之前曾经说过，"我的家世很复杂，不只是因为我是一半外省人，一半原住民，还包括我是白色恐怖受害者的后代，所以我的认同非常混乱"②，但是，"从小在眷村长大再加上母亲刻意的忽略，其实也加强了我之于外省二代的认同，这样的身份肯定一直到我高中时期都没有出过差错，尽管黝黑的皮肤和深烙的双眼皮也曾引起许多人困惑的眼神，但是标准的北京语总是在适当的时候阻碍了他们即将脱口而出的问题"。③

需要指出的是，虽然说，国民党威权时期所推行的少数民族政策，如"促进山地行政建设大纲"④ 等，具有为因应现实发展而制定或进行相应调整的一定的积极意义，但其最根本的目的则完全是"同化"原住民，为实现压倒一切的最高政治目标——"反攻复国"排除异己。被当局视作另类而产生了"异己恐惧"，排湾族的母亲便如此告诫女儿，"你不要告诉别人你是山地人，免得被人家歧视"。⑤而据阿娼说，她小学一至四年级都被要求站着上课，受尽整个学校的歧视。她后来才知道，这完全是因为父亲曾在 20 世纪 50 年代被当局

---

① 1945 年抗日战争全面胜利，台湾光复，国民党将台湾在"日据"时期一直被称为"高砂族"的台湾山地少数民族改称为"高山族"，后又通令改称为"山地同胞"，故称。

② 邱贵芬：《原住民女性的声音：访谈阿娼》，台北. 《中外文学》，1997 年第 26 卷（2），第 134 页。

③ 利格拉乐·阿娼：《楼上楼下——都会区中产阶级女性运动与原住民女性运动的矛盾》，载《穆莉淡·部落手札》，台北. 女书文化 2004 年 11 月版，第 47 页。

④ 1949 年国民党败退台湾，为了应对其严峻的政局不稳、经济凋敝的处境，在"反攻复国"压倒一切的政治目标下，国民党当局采取了多项重大的社会管治与改革的措施，其中也包括对所谓"山地同胞"的管治与改革，并分别于 1951 年、1953 年和 1963 年颁布了"山地施政要点""促进山地行政建设大纲"和"山地行政改进方案"等多个政策。

⑤ 邱贵芬：《原住民女性的声音：访谈阿娼》，台北. 《中外文学》，1997 年第 26 卷（2），第 134 页。

以"通匪"名义逮捕，还险被判了死刑。①

作为"山地人"的女儿，阿妈身上却流淌着大汉族的血脉，更有"外省二代的认同""标准的北京语"的身份印记，但同时又背负着国民党上世纪五六十年代白色恐怖时期受难者后代的政治"原罪"，加之台湾原住民运动爆发并因此获得自我"命名"权则迟至之后的80年代。因此，阿妈非但没能真正地分享到父系所属的"政治荣民"群体或曰主流社会所共有的权益，相反，则长期处于原汉混血而形成的身份错位与白色恐怖时期政治受难者后代处境艰难的生存夹缝中，饱受孤独与歧视。所有这些无疑都构成了阿妈后来认同原住民及其女性身份，并且坚持性别不能僭越阶级、族群的经验资源，尽管在这之前她从未怀疑过自己就是外省第二代。"就是因为这份恐惧与忧虑，让小女孩踏出了身份认同的第一步。"②

直至父亲离世，母亲也因从来就没有得到过主流社会的接纳而选择回归部落，并在后来随着夫婿③步入原住民运动圈，特别是，当她以原住民女性身份重新审视母亲及其所属的族群，回想曾经因为是"山地人"的女儿而备受欺凌并归咎于母亲的童年往事，阿妈产生了强烈的赎罪意愿与反思意识。她说："我整整遗忘了自己的母亲二十年，这是多么可怕的一件事实啊！当我慢慢地开始走上寻根之旅时，常常会惊讶地发现：原来，我的母亲是这么一个美丽又悲哀的女子。同时，我也为自己感到悲哀了起来，难道，我也将像母亲一般，遭到

---

① 邱贵芬：《原住民女性的声音：访谈阿妈》，台北. 《中外文学》，1997 年第 26 卷（2），第 134 页。

② 利格拉乐·阿妈：《楼上楼下——都会区中产阶级女性运动与原住民女性运动的矛盾》，载《穆莉淡·部落手札》，台北. 女书文化 2004 年 11 月版，第 48 页。

③ 阿妈于 1987 年与泰雅族人、著名原住民作家和社会活动家瓦历斯·诺干结婚，育有儿女。后离异。

被子女遗忘的相同命运吗?"① "约摸就是在这个时期吧,小女孩突然发现自己不仅是'原住民',同时也是原住民之中的'女性',这个发现的确让小女孩有些仓皇失措,因为这个发现小女孩第一次认知到自己不再是跟随着丈夫的脚步,而必须走出自己的方向和目标。我,便是从那个时候从小女孩脱身成为现在的阿妈。这是我成为原住民女性一路走来的心路历程。"②

二

其实,对于(汉族)——原住民——原住民女性的自我发现或曰主体建构的事例③,已经是一个尽人皆知,并被广泛用作解读原住民身份建构问题的典型,但却很少有从理论话语与经验范型互为关系的层面来给予思考和讨论。就此,我们以为,它至少给出了三方面的意义。

首先是,女性经验差异性的分析批评。实事求是地看,西方女性主义在横向传播与发生影响的过程中,经由与中国政治历史及其现实的对话,特别是囿于中国本土妇女问题的框限或相互激活,不仅在话语模式上发生了变异,更在中国的社会文化表征,尤其是在中国的学术土壤中产生了巨大的文化增值,乃至人们无法怀疑所谓女性主义文学成为 20 世纪后期以来的一门"显学"。两岸皆此。但是,显而易见的,可谓其来有自,20 世纪 80 年代两岸先后从西方舶来的女性主

---

① 利格拉乐·阿妈:《谁来穿我织的美丽衣裳》,台中. 晨星出版社 2002 年版,第 7 页。

② 利格拉乐·阿妈:《楼上楼下——都会区中产阶级女性运动与原住民女性运动的矛盾》,载《穆莉淡·部落手札》,台北. 女书文化 2004 年 11 月版,第 48—49 页。

③ 利格拉乐·阿妈:《楼上楼下——都会区中产阶级女性运动与原住民女性运动的矛盾》,载《穆莉淡·部落手札》,台北. 女书文化 2004 年 11 月版,第 48—49 页。

义，如其所被诟病的"是白人中产阶级女性的无病呻吟"①，从来不屑回答，也无力回答其"男女平权"一类的话语，如何面对特别是第三世界国家因由阶级、种族、民族及其地缘关系而形成的女性经验的差异性，因而，落地于世界上最大的第三世界国家、因由历史、阶级、民族、性别、现实更为纷繁庞杂、传统文化积淀更为深厚沉重，而造成此在的女性经验则更为多重和复杂的中国本土，特别是有过长达五十年之久的殖民历史的台湾地区，其"先天性"的"盲视"显然更是在所难免。

事实正是这样。阿娲曾以其"在场"而获得的触发给出了一个颇有意味的回应："几年前最为人所津津乐道的'只要性高潮，不要性骚扰'的街头活动，原本这是一个立意非常新颖的诉求，充分地向这个由父系掌控的社会大声喊出女性欲望的压抑和不满，当时成群的现代女性走上街头高喊'我要性高潮'的时候……有通体解放的畅快感受。……但是当这项议题回到原住民社会时，的的确确就变成了一个蛮好笑的笑话。记得一个好友在初次听到这个诉求，就曾经怒不可遏地说：'不要性骚扰，那是你们平地人才有资格喊的，如果你们看到同族的女性被人口贩子拐骗带走成为娼妓，或者是为了生计不得不出卖灵肉从事性交易工作时，你们还喊得出这些口号吗？说得难听一点，原住民大多数的女孩子可能连性骚扰的机会都没有，为了生存我们都已经直接被性侵害了。'"②

毫无疑问，女性主义并不是一个完整严密的思想体系，自 18 世纪拉开历史序幕③以来，虽以"男女平权""男女平等"为核心维系

---

① 柏棣：《平等与差异：西方后现代主义女性主义理论》，载鲍晓兰主编《西方女性主义研究评介》，三联书店 1995 年 5 月版，第 4 页。

② 利格拉乐·阿娲：《楼上楼下——都会区中产阶级女性运动与原住民女性运动的矛盾》，载《穆莉淡·部落手札》，台北．女书文化 2004 年 11 月版，第 53—54 页。

③ 一般认为 1791 年法国大革命的妇女领袖奥兰普·德古热发表《女权与女公民权宣言》，或称《女权宣言》为女性主义运动开始的标志。

了它的连贯性与一致性，但也流派纷呈，歧义频出。其后，尤以后殖民女性主义对经典女性主义的逻各斯话语的拒绝，使第三世界妇女在各种"话语场"中被"省略"的突出问题得以浮出。但是，一如上世纪 80 年代国门洞开，一时间从西方涌入的林林总总的文化思潮令人目不暇接而不免被生搬硬套，同是 20 世纪 80 年代以降先后涌入两岸的种种女性主义，固然以其"男女平权"一类的经典话语对于"重新说明整个人类曾以什么方式生存并如何生存"① 提供了强大而有效的话语资源。但是，也是因为多元混杂的女性主义来势迅急而难求甚解或不及甚解，大多也陷入了"中产阶级女性主义"的窠臼。具体到本文的问题，突出的表现在，比较两岸不论是宏观理论建构还是经典女性主义分析批评的不俗成绩，迄今为止，专注于不论是大陆和还是台湾地区"第三世界"少数民族女性经验的论述看似热闹，实则有效的著述却仍然极为薄弱。

斯皮瓦克就认为，"姑且考虑一下这种知识暴力所标志的封闭地区的边缘（人们也可以说是沉默的、被压制而不出声的中心），处于文盲的农民、部族、城市亚无产阶级的最低层的男男女女们。据福柯和德鲁兹所说（在第一世界，在社会化资本的标准化和统制下，尽管他们似乎没有认识到这一点），被压迫阶级一旦有机会（这里不能规避再现的问题），并通过同盟政治而趋于团结之时（这里起作用的是一个马克思主义的主题），就能够表达和了解他们的条件。我们现在必须面对下面的问题：在由社会化资本所导致的国际劳动分工的另一面，在补充先前经济文本的帝国主义法律和教育的知识暴力的封闭

---

① 孟悦、戴锦华：《浮出历史地表现代妇女文学研究》，中国人民大学出版社 2004 年版，第 4 页。

圈内外，属下能说话吗？"①而"在属下阶级主体被抹去的行动路线内，性别差异的踪迹被加倍地抹去了……在殖民生产的语境中，如果属下没有历史、不能说话，那么，作为女性的属下就被更深地掩盖了"。②这显然是问题的根本。很大意义上，对于两岸少数民族女性何以成为多重话语霸权共谋的对象而"语焉不详"，或者说，在看似颇为热闹的少数民族女性文学的分析批评中，如何阐释身处国家、民族、阶级、性别、宗教等在内的种种复杂的权力关系中，"不能说话"的少数民族女性弱势群体其"被更深地掩盖了"的处境？如何辨识女性主义理论与同是边缘女性族群，却由于不同阶层、不同族裔、不同文化养成等因素而存在文化、政治或经济利益的不同诉求的对话？显然，大多还是囿于一概而论的思维方式来合理化其中的复杂性，致使论述或者大而化之，或者苍白无力，甚或完全"忽略不计"。阿㛴就说过，"目前在台湾现有的女性主义论述中，大多是将国外的女性主义观点原封不动地移植到国内，甚少是以台湾本土的女性经验作为主要的研究对象，更遑论是针对原住民的女性所作的观察"。③乃至她直言不讳："我的女性意识和汉人社会的女性主义没有关联。"

其次，"在场"经验与话语的有限性。在一定的意义上，阿㛴的"自我发现"及其原住民女性主体建构的话语实践，并非完全是来自

---

① ［美］斯皮瓦克：《属下能说话吗？》，载陈永国等译《后殖民主义文化理论》，中国社会科学出版社 1999 年 4 月版，第 118 页。另："属下"一词直接源自葛兰西的《狱中札记》，在这本书中葛兰西用以指农村劳动力和无产阶级等。斯皮瓦克对此进行了扩展，用它来称呼社会地位更低下的社会群体。从她后来的一些论述可以归纳出这样的结论：她所谓的属下更多的是指没有自己话语权或不能表达自己的文化群体。在她看来属下如果能够说话，那么属下就不是属下了。此注参见于文秀《斯皮瓦克和她的后殖民女权主义批评》，见《求是学刊》2005 年第 4 期，第 89 页。

② 同上，第 125 页。

③ 利格拉乐·阿㛴：《失声的原住民妇运》，载《穆莉淡·部落手札》，台北．女书文化 2004 年 11 月版，第 72 页。

于"外在"的女性主义话语的"启蒙",同时也表现为来自于感同身受的观察、体验与反省。从这个意义上说,其原住民女性主体的认同路径,具有原生的、内发的萌动性而非完全意义上对西方女性主义的"冲击——反应"表现,因而在话语与实践的层面上提供了反思/建构原住民女性主体特质,超越理论与流派纷争的经验,从而发展出广阔的文化认同/批判的话语空间。应该说,这与上述问题是一个两面一体的关系。一方面,如何努力摆脱对西方话语模式的理论依附与因袭,强调批评方法与研究对象的互通和契合,使之能够相对有效地担当起少数民族女性主体建构以及文学研究的话语表达;另一方面,如何避免有意无意忽视或悬置了少数民族女性"在场"的体验因素在主体建构中的重要作用,强调边缘族群,特别是边缘族群女性的生存现实的关怀意识,检讨话语的文化立场及其对话的姿态。

诚然,无论是作为一种历史现象还是一种群体经验,包括少数民族女性在内的中国女性的命运与中国历史的命运生死攸关,错综复杂,这就决定了中国女性问题既无法自外于中国漫长的历史传统及其社会变迁,也决定了中国女性命运的多舛与屈辱。即便是经由五四新文化启蒙运动对中国女性的"发现",及至 20 世纪 80 年代纷纷杂杂的西方女性主义的涌入与冲击,使得"两千多年始终蛰伏于历史地心"的中国女性,不论是作为主体建构还是现实介入得以"浮出历史地表"都成为了可能,期间当然也包括大陆新中国政府制定的法律法规对中国女性地位与权益的保护,台湾地区规定的妇女权益相关条例。但是,这远不是中国女性问题,特别是少数民族女性问题解决的完结。必须注意到,中国女性问题得以构成五四新文化运动道德启蒙和伦理转型的一个重要表征,"从一开始就不是一种自发的以性别觉醒为前提的运动"①,——女人,作为被"发现"的新文化运动的

---

① 孟悦、戴锦华:《浮出历史地表现代妇女文学研究》,中国人民大学出版社 2004 年版,第 14 页。

一个重要符码，"并没有任何意义上的社会性的妇女解放'运动'"①。更何况，漫长的中国历史却是以因朝代更替而充满血雨腥风的权力纷争，大一统的思想体系，包括以维护父权统治为目的的三从四德等宗法制，则以其僵化保守的一面阻碍延缓了社会的进步与发展，统一的多民族政体则充斥着大汉族主义对弱小民族的歧视、排斥与压制……来呈现的。

因此，对于"不能说话"的少数民族女性群体的多重弱势与"问题"的多重性，必须承认，即便是所运用的话语策略或修辞手段能够有效地担当起个中问题的揭橥和表述，但所谓"术有专攻"，我们也不可能奢望随之面面俱到地穷尽所有"问题"之本质便是顺理成章，这也不现实。

问题的教训则在于，我们面对的处于中国多重复杂社会结构中的女性历史已经被按照经典女性主义的模式叙述结构化了，而很少注意到被叙述的对象，特别是少数民族女性是怎样的挑战或拒绝这些表述。"阿妈案例"显然是个"典型"。诚如其所言："我常常喜欢用楼上楼下的形容比喻都会区的中产阶级女性运动与原住民的女性运动。原住民的女性就像是住在一楼（受压迫）的居民，视野窄（学识不足），但是耐性强、韧度够；而二楼呢，住的是都会区的中产阶级女性运动者，有比较好的视野（看得较多、较远），虽然也被楼上的压制（指男性），但至少她不是最低层的一群。楼层不同、需求不同、诉求也当然不同，麻烦的是二楼的居民常自以为是地为二楼以下的人说话，比如说：台湾一千万的女性需要的是……同样的毛病三楼的住民也有，例如：全台湾的二千万人民需要的是……好一个楼上楼下的

① 孟悦、戴锦华：《浮出历史地表现代妇女文学研究》，中国人民大学出版社 2004 年版，第 14 页。

矛盾情结。"①

　　问题的教训还在于，"不可否认的现实是西方理论话语仍主宰了当今文学研究，甚至文本的写作也在充斥西方理论影响的痕迹"。②那么，"在这样的一个文化现实上，……不妨稍微务实地从正视状况起手"③，检讨我们话语的文化立场及其对话的姿态，是否可以成为一种有效的解构或探求"真相"的思想维度？美籍华裔学者周蕾具有类同阿妈作为少数族裔女性"在场"体验的经验，她也认为"对于大部分拥有族裔背景的人士而言，他们对自身被赋予的'他者性'产生意识的途径并不是借由理论而获致，而仅仅不过是意外产生的缘故"。④ 在这个意义上，她强调，"我们面对的任务并非是去提倡返回到纯然的族裔源头。族裔性同时成为无可避免的文化处境以及集体反抗认同的可能形构之生发场域。而我们的任务应是去论述族裔性运作的特殊方式。……我赋予自己一个双重的任务——同时批判西方理论思想的霸权地位以及中国文学领域中根深蒂固的诠释方式。这两种批评无可避免地相互关联"。⑤

　　如果说，周蕾对西方理论以及"中国文学领域中根深蒂固的诠释方式"秉持一种"既用且批"的原则来"论述族裔性运作的特殊方式"，具有学者出于形而上的建构理性；那么，阿妈则以其创作经验给我们实践了另一种"族裔性运作的特殊方式"，她说，"我的创作之所以在原住民文学中显得特别，不只是因为身为少数的女性，更

---

① 利格拉乐·阿妈：《楼上楼下——都会区中产阶级女性运动与原住民女性运动的矛盾》，载《穆莉淡·部落手札》，台北. 女书文化 2004 年 11 月版，第 56 页。

② 宋素凤：《多重主体策略的自我命名：女性主义文学理论研究》，山东大学出版社 2004 年版，第 10 页。

③ 同上。

④ ［美］周蕾：《妇女与中国现代性》，上海三联书店 2008 年 8 月版，第 9 页。

⑤ 同上书，第 1、3 页。

边缘诉求与跨域经验

陆卓宁｜选集｜

因为在创作里充分显露出这些关于身份的质疑、挑战、推翻与回避。……我所有的创作意念，均已经详细地在作品之中呈现，只要有心，不难发现答案就隐藏在每一篇作品的字里行间……"① 或者可以说，周蕾与阿妈以不同的话语实践路径，不谋而合地共享着多元女性主义的差异观，给我们提供了一个如何检讨话语的文化立场及其对话的姿态，"务实地从正视状况起手"的可资借鉴的文本。

最后，女性主义介入的策略与实践。毫无疑问，从经典女性主义一路走来，女性主义话语从来都不是一个稳定的或纯净的能指，尤其在全球化态势的多元文化语境下，也已经不可能存在一种单一的、具有统摄性质的话语和经验。斯皮瓦克的后殖民女性主义研究及其女性主义的差异政治固然打开了女性主义理论话语实践的新局面，使得不同文化立场、不同价值取向、不同经验的女性"问题"都可以在一个更广阔的平台进行沟通、对话、诘问和互渗。但是，它也在"倒逼"我们警惕给予"女性问题"一个恒定的、封闭的意义。诚如斯皮瓦克对于自己的女性主义立场也有着超越性的自觉反省，她说，"指出女性主义的边缘位置，并不意味着我们要去为自己赢得中心地位，而是表明在所有的解释中这种边缘的不可化约性，不是颠倒，而是转换边缘和中心的差别"。②

如此说来，作为一个有意义的个案，阿妈其原住民女性身份认同的实践，也恰如一个提供给主流女性主义反思的文本。其核心的关键就在于如何以策略性的主体位置，或曰"边缘主体性"来解构各种霸权话语，包括已然成为某种共识的女性主义经典话语；而主体性位置的获得，如上述，无疑来自策略性的"田野作业"，并在过程中发展出一种真正具有批判性的、反思性的和启示性的"经验"。譬如阿

① 利格拉乐·阿妈：《身份认同在原住民文学创作中的呈现——试以自我的文学创作历程为例》，载财团法人台湾原住民文教基金会编印《21世纪台湾原住民文学》，1999年版，第189页。

② 参见赵稀方：《后殖民理论》，北京大学出版社2009年版，第71页。

妈所说的，"我们从来都不觉得我们在原运里面，原运在界定原住民运动时，有一个很重要的要求：你必须参加街头活动。你没有参加街头活动，表示你没有进入'战斗圈''战斗位置'……而且运动不是只有政治的运动和街头运动，还有很多种形式，譬如说文字和传媒……每个人有每个人的位置……"尽管，"这里当然牵涉权力的问题，发言者的问题，运动里同样有派系，有权力斗争的问题。我们不能说我们在喊社会运动，在喊原运，就否定我们里面有权力斗争的问题。那是不可能的。运动内部同样有斗争，同样有性别歧视的问题，同样有阶级问题"。①

　　换言之，阿妈在多重社会权力关系结构中，以"每个人有每个人的位置"的主体性策略，完成了一次从"外省第二代"（汉族）——原住民——原住民女性的自我发现，并继续着原住民女性主体的批判与建构。这就回到我们问题的出发点。不错，一般意义上，女性主义理论千头万绪，但在根本上，作为一种话语或资源，其所要践行的就是批判不平等的性别权力关系和不利于女性生存与发展的性别秩序，从而建构和维护权力平等，两性和谐的社会秩序。但是，如同女性主义 100 多年的发展历史，在这里，也可以代之以阿妈的经验——证实了特定的家国政治、族群政治及其阶级利益的繁复与驳杂并构成了对"作为女性的属下"的共谋，证实了其"一个楼上楼下的矛盾情结"一样，女性主义绝非一个抽象的，抑或是完全有资格代表"女人"的普世价值观，尤其是处于全球化态势下从未平稳过的国家、民族、族群、宗教、性别的纠缠与冲突的当下。如此，阿妈少数民族女性身份建构及其话语实践的经验无疑给出了多重且深刻的启示。

---

　　① 邱贵芬：《原住民女性的声音：访谈阿妈》，台北. 《中外文学》1997 年第 26 卷（2），第 144 页。

第三辑　越界与认同

泰华文学的发展及其文化取向

——以曾心《给泰华文学把脉》为一种范型

斯坦利·苏和德拉德·苏的《华裔美国人的性格和精神健康》一文认为华裔的文化身份构成，受中国传统文化的价值观、美国文化价值观和种族主义三大因素之间相互制约和冲突的影响而最终形成"边缘人""华裔美国人"和"传统的中国人"三种认同观的观点，[①]笔者以为，这也大体适用于描述其他在两种或多种文化并存背景下的精神模式、价值观念、情感和追求本真生活的华文文学的价值阐释和审美判断，如泰华文学。

一

泰华作家和评论家曾心被称为泰华文坛的"主将"，他在小说、散文、诗歌等方面创作甚丰，并且尤以文学评论成为其"十八般武艺中的一个强项"（泰华文学领军人物司马攻语[②]）。近年他将其从1990年以来发表的且多数是文学评论的59篇文章结集出版。诚如其文集的命名，"给泰华文学把脉"，作者的立意与忧思跃然纸上。而

---

① 参见李贵苍：《文化的重量：解读当代华裔美国文学》，人民文学出版社 2006 年版，第 41—42 页。

② 司马攻：《厚重——序〈给泰华文学把脉〉》，载《给泰华文学把脉》，厦门大学出版社 2005 年版，（序）第 1 页。

由于"在泰华文学中,文学评论是个很薄弱的环节,写评论的人少,文章也少见,能出文学评论专集的,更是凤毛麟角,寥若晨星"。①曾心既为泰华文坛批评的主将,那么,《给泰华文学把脉》无疑便具有了泰华文坛风向标的意义;同样,透过曾心的视线,我们自然也不难把捉到泰华文坛的脉象。

《给泰华文学把脉》既涉笔泰华文学发展的脉络、泰华诗文的风景、泰华文坛的纷繁,又用情于对泰华文学先贤故旧的忆念,坦见于对他人或自己文稿的序跋,以一种从容沉稳的姿态,对泰华文学的历史流变及其现实发展进行了一次颇为广泛而深入的"望、闻、问、切"。如果说,文学评论一个重要的现实价值和文化功能就在于梳理和指点当下的文学创作和走向,推进文学的发展,甚至引导和提升社会的精神品质和审美素质,那么,作者当有其所秉持的价值理性和文化立场。我们注意到,《给泰华文学把脉》其核心价值理念是贯穿始终的。

对于泰华文学的发展与文化取向,曾心或者直言或者认同:"泰华文学受到中国轰轰烈烈的'五四'新文化运动的波及与影响"②;"但不管新移民、老移民,甚至是他们的后裔,在他们的文化、文学磨合后,并不是完全'无根'的。在他们作品中还会或明或暗,或深或浅,隐埋着一条不随时光推移而消失的'根';'中国人无论被西风吹到天涯海角,那片华山夏水还是永远留在心中,人往往是文化的人,对于新移民来说,纵然是失落文化身份,也总逃不脱中国性执念。中国情结已作为一种集体无意识不停地唤起飘零游子心灵深处的家园记忆和乡土情感'。这是因为文化是血液里面的东西,任何输血的办法都改变不了它的血质与血型"。③

---

① 李润新:《评曾心的〈给泰华文学把脉〉》,载《给泰华文学把脉》,厦门大学出版社 2005 年版,第 1 页。

② 曾心:《从著作书目看泰华文学发展脉络》,同上书,第 4 页。

③ 曾心:《移民意识在泰华文学的取向》,同上书,第 43 页。

而随着"泰华文学进入九十年代，由于政治转向开明，经济快速发展，泰中友好加强，创作环境宽松自由，原来改行从商，或封笔多年的老中作家，纷纷'上岸'与'出山'。……手中那管笔，还能较自如地以笔写心，以笔写大世界"。① 于是，这近一二十年来活跃于泰华文坛的作家几乎都进入了曾心的"诊域"：司马攻、梦莉、陈博文、姚宗伟、征夫、黎毅、林蝶衣、岭南人、老羊、白令海、庄牧、刘扬、佟英、黄重先、马凡……透过作者的牵引，我们触摸到了泰华文学的寸口脉搏，但无论"洪脉""细脉"，流贯其间的，根本上说无不是"美善统一"这一中国传统的审美价值观。

　　"美"与"善"分别属于艺术和道德这两个不同的范畴，经由孔子统一在礼乐之中，始终强调艺术要与"善"统一，要受"善"的检验；始终强调艺术对人格的修养，有助于人心的向善，进而有助于对社会的教化，这就开创了艺术为人生、为道德教化，甚至为社会政治服务的先河，乃至对后来我国文艺理论体系及其审美思维都产生了极其巨大和深远的影响。曾心上世纪40年代出生在泰国，但却是在20世纪60至80年代初这个特定的历史时期，也是其人生思想价值体系建立的重要时期，在祖国大陆接受教育、工作和生活的。经历了祖国大陆进入一个整体性的民族反思和价值重构的初期，他回到了泰国，业已形成的思想价值体系也在与异文化的碰撞和交融中不断获得省思与扬弃，但就审美理念而言，却始终坚持在中华传统价值体系"美善统一"这一"元点"。

　　譬如，他从司马攻"脸上常带笑容，创作积极而从容，对待朋友要多多宽容"的"三容"变奏曲中，② 读出了作为泰华文学领军人的司马攻有着有容乃大这一典型的中国传统文士的胸襟和大善；读泰华

---

① 曾心：《给泰华文学把脉》，载《给泰华文学把脉》，厦门大学出版社2005年3月版，第15页。

② 曾心：《"三容"变奏曲》，同上书，第56页。

著名作家梦莉，"不禁为她对中国'一片赤子之心'而赞叹不已"！①
读出了"她的整个内心世界——对中国传统文化的醉心"② 的大美。
论泰华小说，对反映社会历史现实，阐扬伦理道德，表现出"极强的
社会悲剧意蕴"的创作则给予了充分的社会历史价值的确认和感佩。
如对黎毅的"苦命小说"、陈博文的"金笔小说"、刘扬的"从平凡
的农村和农场生活中，创造出不平凡的作品"、苏醒笔下"商场中的
华侨、华裔的挣扎、浮沉的求生史与艰苦的创业史"等而"拍案叫
绝"；直至对于征夫"选择了历史遗留有待于解决的现实题材""选
择了农村黑势力坑害贫苦人民的肉和灵的题材"，认为"令人叹服地
反映了这段特殊的历史，使'禁区'的东西，变成有教育意义和历
史价值的作品"，并直言"在这点上，叫我在他面前不得不竖起大拇
指"！③ 由泰华诗坛，曾心还自觉地关注祖国大陆诗歌的发展。对于
市场经济意识下祖国诗坛的边缘处境，表现出了"铁肩道义"的情
怀。他说"中国自古是有《诗经》、楚辞、唐诗、宋词……中国是个
诗国，炎黄子孙的血液里是有诗的基因的"，④ 那么，"问题在哪里
呢？我想，主要在于现代新诗远离群众，拒绝多数群众的观赏，只满
足少数人孤芳自赏。……胸中缺乏那种对祖国和民族乃至全人类的责
任感"。由此，他深情呼唤"我相信，当群众拥抱诗之时，就是诗走
向群众，走向群众心灵之日。那时，诗的火山就真正爆发啦"！⑤ 至
于品赏诗文，曾心对于中华传统诗学更是稔熟于心，信手拈来。他推
崇"诗品出于人品"，讲求"炼字、炼句、炼意"，强调"文贵乎

---

① 曾心：《散文名篇"真迹"》，同上书，第213页。

② 曾心：《散文名篇"真迹"》，载《给泰华文学把脉》，厦门大学出版
社2005年版，第215页。

③ 此处涉及内容均见曾心该书的第四辑，所引均为曾心原话。——笔
者注。

④ 曾心：《借他的阳光照诗坛的冷处——从"艾青的太阳陨落"谈
起》，载《给泰华文学把脉》，厦门大学出版社2005年版，第109页。

⑤ 曾心：《诗，要走向群众》，同上书，第140页。

情"。而情节的引人入胜、人物的栩栩如生、结构的环环相扣这些中国传统小说的章法更是他解读小说的基本要素。跟随曾心对"泰华文学把脉"一路过来，显然，刘勰的《文心雕龙》、司空图的《诗品》、刘熙载的《艺概》、王国维的《人间词话》等，这些中国传统诗学的重要著作完全构成了他审美价值谱系的重要基石。

由此及彼，根本上说，泰华文学深刻地蕴藉着中国传统文化价值体系及其审美意识的历史积淀；"诗，可以兴，可以观，可以群，可以怨""文章经国之大业，不朽之盛事"，仍然为泰华文学所恪守，并在整体上无不成为其价值理性的共同表征。如此，泰华文学在根本上作为"传统的中国人"的文化认同的历史征象便成为了一个饶有意味的文化事实。

二

历史地看，20 世纪上半叶，尤其是 1932 年 6 月泰国发生政变，泰国变为君主立宪的国家而开创了由泰国军人干政的先河之后，泰国政府开始切实实施抑制华文教育以及排挤华侨的政策。但这在造成泰国华侨政治处境更为艰难的同时也强烈地激发了华侨的民族认同感，"叶落归根"意识仍然强势地成为他们社会生存的生命原动力。1955 年 4 月万隆会议上周恩来总理大力倡导和平共处五项原则，国家实施和鼓励华侨加入居住国国籍，这一有利于保护海外华人华侨利益的明智之举，带来了华人华侨在居住国政治身份和社会身份的变化，也推动了华人华侨对居住国的国家认同感的加强。进入 20 世纪 80 年代，随着中泰睦邻友好关系的健康发展，第三、第四代华人华侨与泰族人在血缘、民俗、宗教、文化等方面日益融合，国家认同也已基本明确，进而认肯于由"叶落归根"转而"落地生根"的生命迁徙。

然而，从根本上说，认同是不同的政治话语系统对话、斗争和妥协的结果，政治意义层面的国家和社会身份认同的解决并不表明同时也是文化认同的根本解决。具体到泰华文学，曾心所以坚持认为

"文化是血液里面的东西，任何输血的办法都改变不了它的血质与血型"，这里，至少应该包含有两层既有关联但又有着明显区别的文化心理和价值取向的意义。

一方面，或许，随着由于接受国家认同（加入泰国籍成为泰国公民）而在实际上获得了作为公民的社会权力的法律保障，并在经济层面的意义上进入了或者富庶，或者自得的中上层社会——泰华文学的作家主体事实上也大都由此构成，但是，他们却永远不可能在根本上完全进入社会的主流；同理，与居住国多重文化的交融随着代际的不断繁衍和社会历史的不断延展，从祖根文化传统那里继承的文化因子也会逐渐流失和减弱，这是不可抗拒的同化力量的必然结果，但是这也无法在根本上改变这一群体仍然是居住国的少数族群的历史文化事实。这些所有的尴尬处境往往会或隐或显地激起他们越过政治意义上国家认同的层面而进入对祖根传统文化的忆念。对他们而言，当生存被文化错置或重置之时，人生难免无所适从，而此时，留存在生命深处的文化传承或可能让他们的生存获得一定程度的方向感和些许确定性。这应该也具有海外移民文化心理的普遍意义。

另一方面，也是泰华文学文化认同区别于其他国家移民的文化认同的突出所在。诚如曾心所言，"由于我从小喝过湄南河之水，年轻时又喝过'龙国'之水，加上血液里流动着炎黄子孙的基因。因此，我虽身在泰国，是泰国的公民，热爱这里的一草一木，一山一水，一丘一壑，腔里那颗跳动的心，时时系着这块热带温润的黑土地上，但中国的锦绣山河，温馨的友情，浓烈的亲情、乡情，也不时像个'恋人'，'偷'去我一瓣的心"。① 可以说，这只无限温润的话语无不是泰华文学文化认同集体无意识的事实外化。诚如《给泰华文学把脉》作为泰华文学文化认同的一种范型，其对中国传统文化价值体系及其审美意识这一价值理性和文化立场的坚持，无不表明其主体意识始终

---

① 曾心：《〈大自然的儿子〉自序》，载《给泰华文学把脉》，厦门大学出版社 2005 年版，第 258 页。

深刻地蕴藉着根深蒂固的"中国结"。在他们看来,中华文化是世界优秀文化的重要表现,具有不可替代的丰富的人文思想和价值传统。他们即便热爱泰国这片已经可以称之为自己的国家的黑土地,但是他们不可能忘却和离弃一种源远流长的伟大文明,而出于某种功利的目的去追求被另一种文化的完全同化。因此,他们甚至可以坦然地面对异文化下的文化失衡或种族的不平等,更通过文学叙事在意识形态文化和无意识文化心理上呈示出来。从这个意义上说,他们是一批居住在泰国这个"自己的国家",却是以中国传统文化价值观作为行为准则的特定意义上的"传统的中国人"。

三

然而,对于泰华文学的创作现状,泰华文坛本身则弥漫着普遍的忧虑。司马攻就曾坦言:泰华文坛"多是人间六十翁","他们苦苦地拉着一条历史的绳,绳的一头是时势的现实。'老黄忠'苦拉着一头是古老的文化。全心全意苦心拉着,恐怕把绳头一放,七十年来的'泰华文学'就要中断了"。① 曾心也直言不讳:"泰华作家队伍中尚未形成能够接班的年轻作家群。新移民虽有一些,……但是他们的作品多数就写这些个人复杂的精神世界,较少有泰国本土的特色。""要是对泰国社会和各阶层人物没有深入了解,就无法写出具有泰国文学特色的作品","由于历史政局的因素,华教整整'中断'了一代人,造成目前未有本土年轻作家群来接班"。② 显然,这些表面看来是关乎泰华作家队伍、创作传承、作品题材等文学现状的忧虑,从根本上说,不能不是作为少数族裔的主体间性及其身份认同与文化坚守的精神困扰。

---

① 曾心:《泰华文学的交接期》,载《给泰华文学把脉》,厦门大学出版社2005年版,第10页。
② 同上,第11页。

国族身份与文化认同的悖谬，势必带来居住国主流话语接纳态度的程度几何，也势必影响到作家主体意识的建构，以及文化心理积淀的祛魅等多重精神缠绕。而在文化错位与话语权未能获得充分实现的状态下生存，是否存在"理想的华裔认同观"的建构的可能性？① 后殖民主义理论家霍米·巴巴拒绝本源性的民族文化认同，而选择矛盾、混杂、协调和双重身份的观念所以产生深远的影响，无异于表明在全球化异民族意识与文化碰撞呈混杂和胶着状态、中心与边缘不再泾渭分明的态势下，所谓理想的华裔认同观也只能是一个语焉不详的"伪问题"。

直言之，以少数族裔的身份参与到居住国的文化发言，无论居住国主流话语接纳与否，这已经在事实上使本身的文化发言——泰华文学构成了泰国文学的一个组成部分。因此，就创作主体而言，无论你血统里流淌着怎么样的与生俱来的祖根文化的血液，无论你如何敬畏和热恋自己的民族，但是，如何因应全球化态势并在认同与坚守间构筑起"跨越边界"的现代意识和叙事维度，这应该是当今泰华文坛对于泰华文坛创作队伍的传承问题所应有的集体省思，也是泰华文学发展的现实状态所给出的历史命题。唯其如此，或许能够促进对泰华文坛"多是人间六十翁"的现状的改变，促使生长于异文化交流频繁的后现代的泰华第三、第四代，随着华教的恢复和活跃，而成为"本土年轻作家群来接班"，并经由他们承继和担当起祖根文化与"自己的国家"的文化交流与发展的现代使命。这应该是可望亦可即的"文化想象"。

同样，由"落叶归根"进而认肯于"落地生根"的生命迁徙，从某种意义上讲，它解决的恐怕只是现实生存的基本问题，而并不意味其主体已经完全寻找到了"灵魂的栖息地"。不错，在荣格看来，人的文化基因的惯性与力量，或者说绝对统治力，有时是强大到无法

---

① 李贵苍：《文化的重量：解读当代华裔美国文学》，人民文学出版社2006年版，第43页。

想象的。但是，如果以为这就可以成为一种深信不疑的理由，而安然于自顾自地演绎着一个单一的历史空间、一个单一的族群的"故事"，且这样的"故事"也只是在一个单一的族群里自顾自地自行消费；乃至如同有的人以为的，被边缘化的少数族裔，继承自己的文化传统，坚持自己的文化习俗反而是更好的选择，因为只有那样才会使人类的多样性得以形成并获得保持。①且不说，在当今全球化语境下的任何一个民族，即便是以绝对的主流状态生活在"自己的国家"而企图想保全自己完全纯粹的民族文化思维与社会文化心理的可能性有多大，更不用说生活在异文化下的少数族裔对祖根文化的纯粹性的保全。只能说，我们无从想象，这种所谓的为了"多样性"而付出的"坚守"，除了继续被迫充当扮演"他者"的角色而仍然"被看"之外还可能对"人类的多样性"提供多少价值？在话语中心者看来，少数族裔的奇异、神秘，甚或虽然已经成为物质的富有者但却仍然处于话语边缘的尴尬和焦虑，这些都只是验证其强大神话的工具而已，"他者"视角的确定，实质上是一种霸权文化的产物，是对话语中心者理性文化的补充。著名后殖民主义批评家萨义德曾说："我是个巴勒斯坦的阿拉伯人，也是美国人，这所赋予我的双重角度即使称不上诡异，但至少是古怪的。此外，我当然是个学院人士。这些身份中没有一个是隔绝的；每一身份都影响、作用于其他身份。……因此，我必须协调暗含于我自己生平中的各种张力和矛盾。然而值得注意的是，这种身份认同的设定并不是为了排除异己（'异'于自'己'的他者），而是为了更宽广的人道关怀。"②这无疑彰显出了异文化下少数族裔如何"坚守与认同"的价值立场，萨义德应对"残酷"的当下世界文化世相而充满体验的"现身说法"或者说"策略"，对于泰

---

①　李贵苍：《文化的重量：解读当代华裔美国文学》，人民文学出版社2006年版，第49页。

②　萨义德：《知识分子论》，单德兴译，陆建德校，生活·读书·新知三联书店2002年版，第2页。

华文坛的主体及其理性建构当然具有很强的启示性。而且，文学作为人的本质力量的对象化，它无疑要在根本上透视人类的共同性，这与坚守族性文化传统并无矛盾。与其把主流话语视为一种"异己"，或者一种挑衅和威胁，莫如看作是多元文化态势所提供的又一个机遇。某种意义上，这未尝不是文化错置下少数族裔的一种"宿命"。

当然，对于曾心对泰华创作"对泰国社会和各阶层人物没有深入了解"的批评，对有更多的"本土年轻作家群来接班"的希冀，我们更愿意相信，这表明泰华文坛已经开始自觉不自觉地意识到，在世界多元文化语境下作为居住国的少数族裔对"传统的中国人"的反省及其价值理性重构的必要性，从而实现跨文化建构的根本意义；对于泰华文坛对后继乏人的普遍忧虑，我们也愿意认为，这恰恰表明其主体也已经在自觉不自觉地"协调暗含于我自己生平中的各种张力和矛盾"，努力在实现对"传统的中国人"的扬弃的过程中，以跨文化的姿态通达"更宽广的人道关怀"的"彼岸"。而且，这既具有海外华文文学"生存策略"的普遍意义，也同样应该是泰华文坛获得进一步发展和提升的可望亦可即的"文化想象"。

身份意识与海外华文文学的 "生存"

——北美华文作家张翎创作的一点启示

"身份意识"是目前学界言说最为频繁且或许也因此而不再享有"前沿"意味的一个语词，但毫无疑问，对于当下海外华文文学领域的诸多问题，它依然是一个重要而有效的切入口。

随着全球化程度越显广阔、深入和复杂，全球范围的社会关系和政治关系及其文化碰撞也越发剧烈，直接指向全球化已经不再是一个单纯的经济、政治或社会学的问题，文化理性及其文化身份的认同显然成为更重要的表征，乃至造成了全球话语空间的"浓缩"和话语霸权血拼的残酷。换言之，"在相对孤立、繁荣和稳定的环境里，通常不会产生文化身份的问题。身份要成为问题，需要有个动荡和危机的时期，既有的方式受到威胁"；"只要不同文化的碰撞中存在着冲突和不对称，文化身份的问题就会出现"。① 出于"文化自我的界定总包含着对'他者'的价值、特性、生活方式的区分"，② 这一过程中，不同的民族国家、不同的政治文化集团，不同族群，不同主体，都必然会主动或被动地调动和可能调动、挖掘和可能挖掘出属己的社会历史和思想文化的资源乃至想象，用以完善主体的建构或再建构，以保障和"他者"对话的完全可能。如此说来，"身份意识"在整个

---

① ［英］乔治·拉伦（Jorge·Larrain）《意识形态与文化身份：现代性和第三世界的在场》，戴从容译，上海教育出版社 2005 年版，第 194 页。

② 同上。

的文学场域里，对于本来就一直处于"尴尬状态"或边缘状态的中国本土之外的华文文学尤显突出似乎就成为了顺理成章。但是，如果说，全球化对于不同民族国家，特别是后殖民语境下的"他者"都带来不同程度的文化身份的危机和焦虑的话，对于海外华文文学似乎又略有不同。因为，恰恰是在全球范围一片文化身份追问的"现代"喧嚣中，海外华文文学却获得了某种意义上的文化"突围"。

简单说来，正是后现代语境所造成的东西方意识与文化碰撞呈混杂和胶着状态，中心与边缘似乎不再泾渭分明。于是，我们已经很难想象，在中国本土还能上演像历史上五四时期、新时期初期在东西方文化碰撞之后几乎全民价值迷乱的那种"盛况"；同样，我们也已经很难想象，国人走出国门还可能发生严重的价值理性的扭曲、主体失落、自我迷失的精神状态。我们从以台湾作家为创作主体的20世纪五六十年代的"留学生文学"与以大陆作家为创作主体的世纪之交的"新移民文学"的比较中，便可看出东西方文化冲击在不同的历史语境对同是华文作家所带来的情感体验的强与弱、文化身份体认的强与弱。进言之，我们在"新移民文学"中看到的当然还是描述留学生或海外"游子"的生存状态，探讨人的生存位置，思索人生处境的困惑，但这些留学生或海外"游子"所展现出的精神状态显然已不再可能是早年的"无根的一代"的彷徨与苦闷。诚如"新移民文学"的主要代表作家张翎的创作，固然也还是在描述"留学生"或"新移民"的"乡土记忆"或"寻根"，但作家的精神指归显然已不再是一般意义上的异文化下的陌生感或疏离感，而是"较深地触及了东西方文化之间的契合点。通过大跨度的时间和地域的故事情节组合，在有限的篇幅之内，蕴含了广阔的社会文化背景和终极的人文关怀"。① 随着全球化进程的加快，后现代主义消解中心、消解权威、倡导多元文化交融的潮流的泛滥，海外华文文学似乎得以从长时期的

① 张翎荣获"首届袁惠松（加拿大）文学奖"评委意见。见2005年5月12日《文艺报》。

强势话语霸权下而被给定的"边缘族群"身份中逐渐实现了某种意义上的文化突围，乃至于也似乎从"被看"、被审视、被任意扭曲的状态中被发现，从而获得了一定的话语权，和强势民族一起分享了可能分享的政治的、文化的利益。我们最近不时从各种传媒获悉不少海外华文作家或者进入居住国的话语机构，或者收获居住国的各类文学奖项，甚至有居住国主流机构专门为华文文学设立奖项。这在一定的意义上无疑都可视为"边缘族群"在居住国的"被给定"的文化身份挟全球化大潮向主流社会成功挺进的文化表征。

然而，撇开这一"表征"的本身带有多少建构或想象的成分不说，我们并不认为，海外华文文学一旦实现了对边缘的"突围"，由"被看"而"被发现"便是解决了文化身份的困扰，便是海外华文文学的终极目标。

在全球化语境中孕育成长起来的后殖民理论，是一种与跨国经济息息相关的带有解构帝国殖民意识形态以及有关种族主义、女权主义、后现代主义的分析理论，它对于文化帝国对第三世界文化霸权的实质的揭露、对于边缘话语如何去面对中心权力话语的文化"策略"的探讨，无疑有助于我们对现实语境及其海外华文文学的"生存"的再认识。直言之，在愈显广阔而复杂的全球化态势下，警惕对于海外华文文学又一轮新的"被误读"是问题的一个根本。因为，"在西方话语中心者看来，东方的贫弱只是验证西方强大神话的工具。与西方对立的东方文化视角的确定，是一种霸权文化的产物，是对西方理性文化的补充"。[①]"他者"文化中充满原始色彩的神秘，少数族裔奇异的民俗，甚或"他者"的生活窘况等，这些都正是他们所没有、并因此而深感兴趣，乃至于撩拨起西方文化霸权对"东方"的觊觎直至征服的"野心"。值得注意的是，作为西方文化视野下的"他者"在很多情况下对此并没有表现出应有的"警觉"，反之刻意地为

---

① 王岳川：《二十世纪西方哲性诗学》，北京大学出版社2000年版，第502页。

自己制造东方文化的美妙或诡谲,以满足西方话语对东方的"想象"。近年动辄便耗资数亿元并企望获得第一世界文化机构"青睐"的电影巨制,固然在一定意义上表现出对人性、对历史文化的某种现代阐释。但无一例外的,所有的这些担负有如此强烈"使命"色彩的电影巨制,充斥始终的无一不是西方话语下"虚构东方"的种种符号。这也足以表明,"弱势族群"的"他者"形象不仅被强势话语制造出来,而且也可能被"弱势族群"自身所认同,这当然具有深刻的危险性。推而广之,对于生活在中国本土之外的海外华文文学,其主体文化身份的构成,当然应该是自身这一特定民族的人文意识和自身这一特定民族的文化内涵,而如果完全消解了作为特定民族的文化身份,以是否被强势民族强势文化所接纳所认同为目的,其文学的价值理性还是值得怀疑的,而这则具有更大的危险性。从根本上说,这种主动或被动的文化身份的自我解构,同样也是在无意中从另一个方面成为了强势话语文化理性的补充,从而又陷入了新一轮的"被误读"处境。

近年"新移民文学"作家张翎及其创作声望日隆,这道亮丽的风景所带来的意义是颇为丰富的。就张翎的整体创作,如《望月》《尘世》《交错的彼岸》《邮购新娘》等长篇以及其他中短篇小说所表现出的核心意蕴而言,似乎依旧是移民作家始终挥斥不去的"乡土记忆"、根性追思,这也几乎成为了移民作家根本无法彻底规避的文化"宿命"。诚如费解·诶格纽所言:"'过去'总是和我们在一起,它是我们现在的特有因素;它在我们的声音中回响,它在我们沉默的上空翱翔,阐明着为什么我们成为我们自己,为什么住在现在我们把它叫作'我们的家'的原因。"① 但是,就张翎在给自己精心搭建的

① 费解·诶格纽:"IntroductiontoDiaspora, Memory, andIdentity" Diaspora, Memory, andIdentity: ASearch forHome. Toronto: UniversityofTorontoPress, 2005. P. 3. 转引自徐学清《论张翎小说》,载《华文文学》,2005年第4期。

心灵平台——此岸与彼岸、过去与现在、故国与他乡的"交错"中，作者给我们推出的显然不再是一个单一色彩的、始终在中西文化间"寻寻觅觅"却不得所终的几近定格了的留学生形象，显然也不再是一个对于本土和他乡是"走进"还是排斥都难以抉择的也几近定格了的"游子形象"。生硬地说来，我倒愿意称其笔下的惠宁（《交错的彼岸》）、江涓涓（《邮购新娘》）……犹如一个个"文化使者"，引领着我们去期待东西方文化由对抗而对话后可能呈示的前景。如《交错的彼岸》，作者把此岸与彼岸的巨大跨度浓缩在历史的交错点上，着力演绎东西方两大家族在一个特定的文化空间的历史交错和现实纠葛，特别是中国南方布庄大王金氏家族由于战事与政治的"外力"所致而沧桑落败。作者设置的叙述者马姬似乎具有某种象征意味，其批判的目光与反思的姿态始终交错于此岸与彼岸、过去与现在，从而勾连起东西方文化的"对话"与驳诘。比较那些甚至以主体失落为代价一味地"裸露""他者"符号以获取西方权力话语的"嘉奖"的"他者"自诩，作者的主体意识及其文化立场是极为清醒的。作者丰富的跨文化生存的经验使她在情感和理智上都获得了足够的距离来深入地审视两种文化的差异，来思索异文化在全球化语境下实现"对话"的可能。同样，作者丰富的跨文化生存的历练也使她逐步地完成了主体文化身份的"涅槃"。当然，作者的这一"仪式"是在不经意间进行的，诚如其在谈及自己的创作风格追求时这么说过："你试图用一种较为古旧的语言来叙述一些其实很现代的故事，用最地道的中国小说手法来描述一些非常西方的故事。你的阴谋是想用一张古色古香的中国彩纸，来包装一瓶新酿的洋酒。你希望借此营造一种距离感，不让自己陷入时尚的烂泥淖中。"① 作者的不经意也就在这里，"古旧"与"现代""中国与西方""中国彩纸"与"洋酒"的交错便是在这番颇为柔软的语意，连同其小说世界展示出来

---

① 张翎：《一个人的许多声音——杂忆〈邮购新郎〉的创作过程》，载《江南》2006 第三期。

的特有的娴雅而又富有穿透力的情感张力，不难让我们捕捉到了作者坚实而又亲和的文化身份坚守的魅力。

　　"张翎"的启示还在于"不谋而合"地提示出"身份问题"应该是一个历史的建构。在后殖民理论看来，"人们或许可以描画一个身份的某一历史阶段，但如果认为这些阶段以直线逻辑的连续形式，简单地从一个阶段过渡到另一个阶段，或者认为这些阶段里建立起来的文化身份一直固定不变，或者认为某个特殊的人或民族可以夸口说身份已经确定下来，这都是不能想象的。文化身份总是在可能的实践、关系及现有的符号和观念中被塑造和重新塑造着"。① 张翎给自己小说命名"交错"，当然是叙事使然，而且只是其众多创作中的一部，但我更愿意相信，作者又是在一个不经意间完成了对自己的文化姿态的"命名"。全球化语境下文化现象纷繁复杂，其纷繁复杂恰恰表现在东西方文化的"交错"、现代与传统的交错、掠夺与抵抗的交错、乃至文化身份的交错……张翎的创作几乎没有一部是在自顾自地演绎着一个单一的历史空间、一个单一的族群的"故事"，"交错"地带的丰富多彩成就了张翎的文化自觉，成就了张翎的现代姿态。直言之，无论你血统里流淌着怎么样的与生俱来的民族血液，无论你如何敬畏和热恋自己的民族，作为作家，既然思考与写作作为你的生命形式，从文化的意义上讲，你就无可"逃避"地首先是一个现代人，而才可能是其他的什么身份。特别是对于已经置身"交错"地带的海外华文文学作家。我们很难想象，在当下各种异质文化剧烈碰撞的全球化态势中，我们还能用一种刻意的方式来保全某种单一的文化特征，或某种单一的文化身份。这里，当然就隐藏着一个既是"建构"的但又是"宿命"的问题。这就是，你只能是也必须是——以既是民族的又是人类的作家身份去面对现代社会中本民族的文化传承和人类终极的各种问题和处境。

---

　　① ［英］乔治·拉伦（Jorge·Larrain）：《意识形态与文化身份：现代性和第三世界的在场》，戴从容译，上海教育出版社2005年版，第221页。

因此，对于海外华文文学的"生存"，坚守文化身份、民族身份的考量，在当下后现代、后殖民语境中当然仍不失为一种对抗排斥、破坏或同化的有效手段；但是，作为现代意义上的人文知识分子，对于人类生存的终极性思考无疑应该成为他的最高境界，这两者之间的平衡也许是难以实现的，但其所具有的挑战性无疑是最具意义的，而"张翎"的意义已经在初步地显示了它的可能。

欧洲华文女性文学的发生及其精神嬗递

——百年海外华文文学研究的一种视域

相比较，欧洲华文女性文学研究话语相对单一，大多表现为对女性作家的个案研究，而断代关注、整体观察，以及欧华女性文学于百年海外华文文学历史关系几乎空缺。这显然是一个值得关注的问题。一方面，欧洲一地集中了诸多历史文化同源异流且相互冲突的民族国家，共时性地承载了西方文明历史的策源，乃至催生了所谓的西方世界，从而对东方和中国影响至深；另一方面，中国文学的现代转型，欧洲文明无疑充当了现代性的范本，早年伴随着我国现代转型过程的"取向西学"运动便大多以欧洲诸国作为首选目的地，从而直接影响了海外华文文学的发生。因此，如何在多向度价值取向互洽的视野中给予欧洲华文女性文学整体或断代的观察与论述，不论是从欧华文学的区域意义看，还是从百年海外华文文学的发展历史着眼，都有其学理逻辑的学术本体的特别意义。

鉴于篇幅，本文着重讨论所谓欧洲华文女性文学的发生。需要说明的是，一则，就皮亚杰的发生认识论看来，"从研究起源引出来的重要教训是：从来就没有什么绝对的开端"[1]，这里的"发生"当然也是一个过程、一种建构。二则，由于清末民初国人往往将欧洲和美国、加拿大等先进诸国合称为西夷、西海、泰西、西洋等，而将欧洲

---

① 皮亚杰：《发生认识论原理》，王宪钿等译，胡世襄等校，商务印书馆 1985 年版，第 17 页。

从这些集合名词中分离出来应该是 20 世纪 30 年代以后的事①，因此本文论述过程难免时有混用。三则，本文所讨论的欧华女性文学，主要是指创作主体作为女性的事实存在，而非完全是一种审美体系、一种想象的投影、一种理论工具。针对欧洲华文文学所处地域的重要性及其女性创作比较突出，但所受到的关注度以及研究话语的单一，"了解女作家们的自我意识如何在文学中从一个特殊的位置和跨度来表达自己，发展变化以及可能走向何处，而不是想窥探一种天生的性别姿态"。②

一、"西学东渐" / "中学西传"：欧华女性文学
发生的条件及其主体构成

我们在海外华文文学语境下讨论欧华女性文学，其边界当然是模糊的，也常常是流动的；同样，试图对欧洲以及欧洲与中国的关系，做出一个地理学、历史学意义上的定说也同样吃力不讨好。简单说来，进入 19 世纪，特别是鸦片战争以后，中国封建帝国的美梦被欧洲列强的坚船利炮打破，中欧文化的大规模交流与冲突由此开始。面对欧洲文明的强势来袭，中国知识者从开始的对其科技的引进及政教的吸纳，把欧洲文化看作是"富强"之术，逐渐深入对中国现代民族国家及其文化与文学自身发展道路的探索。

这一过程，留（游）学海外，作为中西文化交流史上的重要文化现象，对于正在寻求社会现代转型的精神利器的旧中国知识者，可

---

① 五四时期也有提到欧洲，但往往将西方和欧洲混为一谈。随着继五四之后进一步开放和大量留学，以及对欧洲历史、文化、文学等系统性的接触和译介，进入 20 世纪 30 年代，中国人逐渐认识到欧洲与西方的关系。称呼的改变不仅仅是一个地理认识深入的问题，更多是思想观念上的改变，形象认识上的改变。

② ［挪威］陶丽·莫依著，林建法、赵拓译：《性与文本的政治——女权主义文学理论》，时代文艺出版社 1992 年版，第 2 页。

谓于分崩离析的精神文化危机中找到了极具生机和活力的思想资源,所谓"求学如求药","尽取泰西之学,一一施于我国"①;同样,"自欧化东渐,近数年来,吾国有志之女子求学外洋者日多一日,是亦女权膨胀之一大原动力也"②,然而,把这看作是"中学西传"的过程也未尝不可。梁启超于 1919—1920 年游历西欧期间写下的《欧游心影录》,不但把亲身感受到的一战后欧洲社会内部的分化和对立以及物质繁荣背后的生存危机做了生动的描述,而当听闻西人说"等你们把中国文明输进来救拔我们"后,更直接地表达了自己的心理历程和"发现"。他说:"我初听见这种话,还当他是有心奚落我,后来到处听惯了,才知道他们许多先觉之士,着实怀抱无限忧危,总觉得他们那些物质文明,是制造社会险象的种子,倒不如这世外桃源的中国,还有办法。这就是欧洲多数人心理的一斑了。"③ 在这里,我们不讨论梁启超先生《欧游心影录》所表现出来的对中西方传统文明的反思与批判,以及"欧游"对他文化立场转换所产生的影响;我们也认为,这些文字与后来由于某种外部力量的强制或以追求自我价值为目的,选择散居到世界各地而形构的海外华文文学还是存在着根本的不同。但是,就"西学东渐"并"中学西传",以及如《欧游心影录》等一类的文本所呈现出来的兼及"本土"和"海外",进而彼此互为镜像,互为对话的意义而言,这些"要素"无疑为海外华文文学的发生准备了必要条件,也暗合了欧华女性文学滥觞的前提,即欧华女性文学发生的主体构成。

---

① 中国近现代出版史编纂组:《中国近代现代出版史学术讨论会文集》,中国书籍出版社 1990 年版,第 101 页。

② 徐天啸:《神州女子新史(正续编)》,神州图书局 1913 年版,第 57 页。

③ 梁启超:《梁启超游记:欧游心影录·新大陆游记》,东方出版社 2012 年 2 月,第 19—21 页。

据相关史料的爬梳①，百多年前"吾国有志之女子求学外洋"的潮流，大体上由四类人员构成。一、"公使夫人"。这类女性作为晚清、民国公使和外交官的妻妾陪同丈夫出国，从而得以远赴欧美。这类特殊的出国女性大多受自身学识、身份、观念等原因所限，"对于中国妇女认识外部世界，没有起到应有的积极作用"。② 二、教会女子。"我国最早出洋留学的女子既不是官费派遣，也不是自费留学，既不是名门闺秀，也非富家小姐，而是由传教士携带、资助的贫寒人家的女子。"③ 有学者甚至认为："事实上中国女子留学的先驱者是教会女子。"④ 三、游学女性。这类人员的构成相对复杂，但一般在国内已经接受过良好的基础教育，初步受到过西方文明的启蒙，同时也具备良好的家庭条件，因此或者"因私"出行或者受执政当局派遣。她们往往不以固定学校及选定的专业为前提，而是以考察、旁听或短期进修的方式开展研习。四、女留学生。这其中除专门攻读学位的女性之外，虽然也有不完全以攻读学位为目的的，但相对能够比较稳定地修学某一专业或课程。比较上述三种类型，作为中国最早接受过西方文明熏陶和教育洗礼的现代女性，这是人数最多，也是对中国近现代社会的发展起到过巨大推动作用的重要群体。中国现代文学史上不少优秀的女作家如冰心、陈衡哲、林徽因、袁昌英、陈学昭、苏雪林、冯沅君、吕碧城、白薇、罗淑、陆晶清、凌叔华等都是出自这一群体。

重要的是，一个容易被忽略的事实，在上述优秀女作家当中，除冰心（留美）、陈衡哲（留美）、白薇（留日）外，全部都曾留

---

① 参见孙石月：《中国近代女子留学史》，中国和平出版社1995年版、刘峰：《清末民初女性西游与文学》（苏州大学博士论文，2012年，中国知网硕博士论文数据库）等文献。

② 孙石月：《中国近代女子留学史》，中国和平出版社1995年版，第30页。

③ 同上，第43页。

④ 同上。

（游）学欧洲，这也再次印证了前述早期留学海外多以欧洲诸国为首选地乃至影响海外华文文学发生之说。当然，聚焦她们在海外求学期间的书写或者回国后的海外叙事，虽然在严格的意义上还难以纳入海外华文文学的范畴，但是，某种意义上，这些书写则在一个"跨域模式"的话语层面上与其他海外华文书写共同汇成了海外华文文学精神传统的源头活水。

二、女性自我价值/家国想象：海外华文文学精神内核之源

钱理群曾认为，比较辛亥革命时期妇女问题从属于政治，五四时期的妇女问题则是服从了"人"的解放这一时代的总主题的。因为所谓妇女独立价值的发现与觉醒，必须使女子有了"为人"或"为女"的两重自觉。但同时他也认为，由于中国自由商品经济始终未能得到充分发展，经济上的个人独立也就从未得到真正确认。因此，"对于五四时期个体自由意识的觉醒所达到的深度，它的实际作用与影响，确实不能做过高的估价"。① 笔者以为，经济独立固然是人格独立的基础，但是，在中国"家国同构"的历史与"中华民族"② 这个一体两面的特定语境中，作为新文化启蒙运动的重要"发现"——"人"的独立与"妇女问题"——无疑仍然有其除了经济问题之外不能"规避"的历史"法则"。换言之，"在广大的第三世

---

① 钱理群：《试论五四时期"人"的觉醒》，载《文学评论》1989 年第 3 期。

② "民族"被认为是辛亥革命时期开始锻造的。孙中山在其《三民主义·民族主义》一文中论及民族的起源时认为："所以能结合成种种相同民族的道理，自然不能不归功于血统、生活、语言、宗教和风俗习惯这五种力。这五种力是天然进化而成的，不是用武力征服得来的，所以用这五种力和武力比较，便可以分别民族和国家。"在这里，孙中山既强调了"民族"是为了树立同帝国主义相对抗的"国族"的意涵；亦表露出了在内外情势逼迫下，建立"中华民族"一体化的意识。

界国家，妇女解放运动则大都与民族解放运动、独立建国相伴生"。①

从这个意义上说，在两千多年的封建社会中"有生命而无历史"②的中国女性，借力20世纪东西方文化交流和新旧思潮变革浮出了历史地表；进而，在力争摆脱历尽数千年的身份盲点的抗争中走出了国门，走向了世界，一方面，其丰富的社会历史意义甚或政治伦理解读，无论做出怎样的价值判断都有其完全合理的可能；另一方面，也是更重要的，当她们主动被动地"拥抱世界"成为了一场汹涌澎湃的运动时，这就不再可能仅仅是个人的选择，构成其行为诠释学结构的固然不能排除"自我""独立"这些现代理性的价值取向，但其最后的落脚点只能是"民族兴亡""国家尊卑"这类具有社会功利意味的国家集体主义意识。诚如20世纪初由江苏"爱自由者金一"创编的《女界钟》问世，极力宣扬女子救国主张，积极倡导"欲接引欧洲文明新鲜之空气，以补益吾身"；③诚如负笈法国的苏雪林④在其小说《棘心》自序所言，"本书的主旨在介绍一个生当中国政局蜕变时代……的女性知识青年（留法女生——笔者注），借她故事的进展，反映出那个时代的家庭、社会、国家及国际各方面动荡变化的情形；也反映出那个时代知识分子的烦恼、苦闷、企求、愿望的状况；更反映出那个时代知识分子对于……救国家救世界途径的选择，是采取了怎样不同的方式"。⑤其笔下的女主人公醒秋甚至曾自以为，"到法国的宗旨，说为了想将自己造成一个有用的人才，以为

---

① 戴锦华：《两难之间或突围可能？》，陈顺馨、戴锦华选编《妇女、民族与女性主义·导言二》，中央编译出版社2004年版，第32页。

② 孟悦、戴锦华：《浮出历史地表》，中国人民大学出版社2004年版，第25页。

③ 金天翮著，陈雁编校：《女界钟》，上海古籍出版社2003年版，第1页。

④ 苏雪林（1899—1999），祖籍安徽。1922—1925年留学法国里昂中法学院，先习绘画艺术，后学西方文学。

⑤ 《苏雪林文集》（第一卷），安徽文艺出版社1996年版，第5页。

改造中国文化起见"。①

同样，当西夷、欧洲不再是镜中花而成为了脚下一片实实在在的土地，这些"吾国有志之女子"的空间概念及其观察世界的视野也发生了改变。陈学昭②在其著名长篇《工作着是美丽的》当中，让法兰西"第一次送到珊裳（女主人公——笔者注）眼睛里的生动而奇特的东西，便是在那些巨大的公共建筑物上刻着这样的三个法文字："自由！平等！博爱"，"法兰西人好似那么谦恭而富有亲切的礼貌，至少对于一个以人对人愈冷愈有美德的国家如像中国的女人看来是如此"③。珊裳的观感，显然不仅只是一种简单的"好奇——冲击——反应"的表现。在一种根深蒂固且以为天经地义的伦理纲常及其生活境遇之外，竟然存在着另一种截然不同的价值理念及其生存方式？这一镜像的背后，弱国子民的身份焦虑与传统文化危机感的交集、对异国强势文化的敏感及其"开化"的女权意识的向往、在比照和反观自身的过程中如何重新定位"自我"，甚或对现代民族国家的想象与关怀……无疑都在完全可能的意义上投射出多重而复杂的意涵；至少，在跨文化语境下的生存体验中，原有"中央华夏帝国"的幻象已经发生坍塌而初步表现出了重新观察与认知世界的现代意识。正如恩格斯所说："传统的中世纪思想方式的千里藩篱，同旧日的狭隘的故乡藩篱一起崩溃了，在人的外界视线和内心视线前面，都展开了无限广大的视界。"④

如果说中国现代文学史上这些杰出的女作家的"跨域经验"，既刻下了中国现代女性参与中国传统文化现代转型过程中艰难寻索的最初的印记，也透露出了中国现代女性在中西方文化碰撞下自我价值的

---

① 《苏雪林文集》（第一卷），安徽文艺出版社1996年版，第66页。

② 陈学昭（1906—1991），浙江海宁人。1927—1928，1929—1935两度留学法国，获法国克莱蒙大学文学博士学位。

③ 《陈学昭文集》（第二卷），浙江文艺出版社1998年版，第33页。

④ 恩格斯：《家庭、私有制和国家的起源》，《马克思恩格斯选集》第四卷，人民出版社1972年版，第77页。

"浮现"；那么，它同时所传达出的，在异质文化碰撞下国族/女性自我、主体/他者关系的想象、张扬及其建构意识的萌发，在海外华文文学的发生及其精神嬗递的意义链上，则以精神内核之源的意义构成了不可割裂的根本一环。

三、永远的乡愁/文化认同：海外华文文学"元命题"

毫无疑问，如果说乡愁是人类所共有的文化心理现象，其实质就是对家园——终极家园的寻找；那么在中国文化精神谱系之中，它则最具有感染力和穿透力的品质。人们在始自"昔我往矣，杨柳依依；今我来思，雨雪霏霏"这一浩渺绵延的乡愁长河中，谱就了多少惊心动魄的精神救赎之典。而时至"出走"海外的当下，身处完全异质的西方文化的强势冲击，回望已然荒芜和破碎的"家园"，更是强烈地承受到从未体验过却又无所不在的乡愁的噬啮。一如苏雪林1922年初到法国的《夜失眠晓起揽镜失容怆然有作》："离愁日日浓如酒，酿到新秋味更醇。镜里朱颜不常好，客边岁月易催人。沧桑阅世都成感，哀乐年来渐觉真。万里烟波身独寄，海天东望涕沾巾"；①陈学昭有着浓重的巴黎情结，曾自认"我已俨然成为巴黎人之一份了"②，然而，故国"江南"才是她永远的牵挂："我在这三万余里外遥听着涛声，在夜雨中，'春潮带雨晚来急'，我遥听着，让这几番的春雨，几番春雨中带来的涛声，清醒我沉入于这病态里的身心呵。我所忆的江南呵，那里有着我不死的生命，我走遍了世界所找不到的。"③

是的，她们"独在异乡为异客"的此在状态，从早期留学生"求学外洋"是为着"救国家救世界"一类的使命而是不以移居国外

---

① 苏雪林：《灯前诗草》，台北．正中书局1982年版，第75页。
② 《陈学昭文集》（第五卷），浙江文艺出版社1998年版，第222页。
③ 同上，第263页。

为目的的意愿看，即便是写尽了"独寄"的"离愁"与"客边岁月"，却也在"不如归去"①的内心呼唤中得以自慰；即便以为已是"巴黎人之一份"，却也未将归属感赋予巴黎。在这里，她们把乡愁和思念或者典化于母国的诗词歌赋，或者具象化于故乡的风物人情，从传统意味的乡土情结上看，这应该还只是一种相对单一或世俗伦理层面的情感运思，某种"集体无意识"的产物。但是，我们则无法否认，留学本身的这种"跨域"行为，业已规定了这一代知识分子的社会角色及其精神形态，传统/现代、东方/西方的交集与融合，已经符号化为他们某种文化性格的表征，特别是其间那种因为地域和生存环境的巨大变迁而获得的空间体验，那种因为置身于异质文化的相互撞击而形成的特殊文化经验，经由精神遗传，必然影响着此后跨域迁徙的人们对其生存空间的知觉形态。也正是在这一层意义上，"海外华文文学"与其发生了关系，先前留学女性强烈而绵长的乡愁，又融入并化合了当下寻根、失根、悲苦的主题和品质，作为一种隐喻，无疑已形构为海外华文文学的"元命题"。

同样，传统文化的坚固与历史惯性和西方现代文明的巨大冲击与压迫的对冲，一直角力于这一代学人从生命体验到主体建构的全过程，在这种情形下，乡愁变成了永远无法完成的文化清理，更造成了她们文化认同上的艰难转身。

苏雪林《棘心》中的留法女生杜醒秋，纵使接受了西方文明的熏陶，法国文学，尤其是法国浪漫主义文学更给予了她"心灵世界的觉醒"的强烈感召，但还是以难以理喻的理智态度，强行扼杀了自己对其他男性的感情，屈从于由亲权和礼教所编织的罗网，在归国后违心嫁给了自己逃拒的未婚夫，从而陷入于自认为的"那个蜕变时代的人不免都带着点悲剧性"②的命运窠臼。陈学昭《南风的

---

① 苏雪林：《浮生九四——雪林回忆录》，台北．三民书局1993年版，第74页。

② 《苏雪林文集》（第一卷），安徽文艺出版社1996年版，第22页。

梦》中的女主人公陈克明也是留学法国，比起杜醒秋，看起来更像是一个大胆挑战传统的时代女性。她自己也声称，"宁可做一个跌倒在十字路口的饿殍，受人们，受大众的无情的冷酷讥笑及践踏，也不要匍匐在某一个男权的威势与玩弄下而吃一口安稳饭"。① 然而，她最终也还是无法摆脱由于身处异域且又陷入爱情、学业和生存的多重困境而不得不带着失望和痛苦回国，所有的追求犹如一场"南风的梦"。凌叔华②的《吃茶》③ 中，留洋归来的王斌显然就是个符号化的人物。虽然 20 世纪初的中国已经西风东渐，但是，王斌对于女性礼貌、殷勤、体贴、周到的"西方文明"行为表现，待字闺中的芳影先前自以为获得王斌对其"女士优先"的礼遇便是对她"有意"的爱情想象，以及在接到"张梅先女士与王斌先生"结婚请柬后的失态和懊丧，处处都凸显出东西方文化的巨大差异及其彼此的严重"误读"。在中西方两种不同文化密码夹缝之中的"芳影"们应该如何"处置"自己？

这些各色人等，或曰处于"食洋""化"与"不化"之间的女性，在新旧时代的转捩点上，面对中西文化及其传统与现代的"迎或拒"，已然表现出了两种相互矛盾的价值认知方式。一方面，由于具有优于同代女性甚至男性的问学条件，能够"求学外洋"，或者有"资格"进入留洋人士的"上流社会"，从而获得了自我独立人格的充分自信，乃至对成为时代新女性的热切想象；另一方面，在格格不入的异质文化语境以及传统男权话语系统的合力包围中，她们又常常

---

① 《陈学昭文集》（第一卷），浙江文艺出版社 1998 年版，第 220 页。
② 凌叔华（1900—1990），广东番禺人。1947 年随丈夫移居英国，后曾在巴黎学习法文及研究印象派绘画多年。丈夫陈源（1896—1970），江苏无锡人，文学家、翻译家。1912 年留学英国读中学，先后在爱丁堡大学、伦敦大学攻读政治经济学，1922 年获博士学位。
③ 《吃茶》最早收入凌叔华 1928 年出版的第一部小说集《花之寺》，后被收入多个小说集。如《花之寺、女人、小哥俩》（凌叔华三个小说集的合集），人民文学出版社 1986 年版。

迷失了对自我价值的追求与肯定，最终或者顺遂了传统的强大惯性又回到了出发的原点，或者以自认为获得的所学专长及能力来抵消和逃避存在的困境。对于这些自始至终都表现为犹疑纠结的矛盾体，苏雪林借其《棘心》里的留学生人物做出了最契合的注脚，"我恐怕永远是一个怀疑者吧，我将永远为烦恼所困吧"，"我始终是一个人生旅途上的漂泊者"。①

固然，与后来进入冷战时期和后殖民语境的流散现象与流散写作，对乡愁表达与文化认同的诉求交织着寻根、种族、身份、阶级、性别、宗教等多重价值维度的根本不同，对早年留学女性这些"怀疑者"和"漂泊者"而言，客居异乡只是她们追求人生目标的一种暂时的生存状态，是实现价值目标——如学业有成——的必然过程，其出发点与目的地最终是统一的，不论最终学有所成或学无所得。从这个意义上说，她们充其量只是"别人家"的"逗留者"②。但是，正是她们的"怀疑"与"漂泊"状态，则"率先"给出了海外华文文学对多元文化语境下原乡/异乡、离散/回归、认同/拒斥关系，虽恒久不绝地追问却又永难破解的暗示。而且，特别值得关注的是，她们的主动"求学外洋"与后来者的放逐与被放逐这一"前赴后继"的乡土及其认同想象，其精神位置与情感羁绊聚散的场所/空间，无疑都共同投射于"中国"这一符号上。如此一来，传统文化精神资源不论是处于社会激烈转型、人文价值脱序，或者是历史重构、民族复兴的任何时期，也不论其是否能够足以有效地承载和支持她们的情感着陆和身份重建，有一点则毋庸置疑，在这里，她们彼此不期而遇地完成了"怀疑者"和"漂泊者"与"放逐者"和"流散者"追思认同仪式的交接。于是，无论其彼此的生存被文化重置或错置于何时何地，也无论其同根相承却异质变奏的主体建构态势是急是缓，烙印

---

① 《苏雪林文集》（第一卷），安徽文艺出版社1996年版，第166页。
② 李贵苍：《文化的重量：解读当代华裔美国文学》，人民文学出版社2006年版，第9页。

于她们与生俱来的文化胎记和精神血统，无疑则构成了她们生命深处永远的文化传承，或曰海外华文文学某种意味上的"文化宿命"。

四、"经验"／"想象"：欧华女性文学精神及其扬弃

早期"西学东渐"并"中学西传"的历史文化现象与海外华文文学的渊源，或者说百年海外华文文学，包括海外华文女性文学的发生，无疑必须要借助更广泛深入地梳理华人海外移民史、中国留学生史、中外文化交流史，以及中国女性"浮出历史地表"的样态等多重史学谱系，才有可能获得更充分的透视和阐明，这当然也是笔者力所不逮的。但是，哪怕我们仅以欧华女性文学的发生（作为一种建构，当然也是一种未完成的"发生"）作为"历史现场"来给予观察，显然，它所给出的"答案"亦不仅在于欧华女性文学发生本身。从本文的论域着眼，我们着重考察以下三方面。

第一，普遍性和差异性的融通与华文文学区域研究。海外华文文学所日益凸显的世界性、多元性、包容性以及跨域性等特征，在一定的意义上说，既是其内部主体建构与意识形态诉求过程、同时也是与特定区域或曰文化板块的对话、交织过程所获得的，其"彼此交错""复合渗透"的形态则以"和而不同"为表征。譬如欧华文学区域，它当然也表现为与来自母国的根性文化及其世界华文文学其他区域文化间双边或多边的交错与互渗，但是它与欧洲这一"在地文化"的交错与对话无疑构成其中最为重要的存在。尤其是，中国现代民族主义的兴起投射于欧洲列强的拖曳、胁迫和影响，"酿成"中国知识分子的全面拥抱欧洲，一时间，在西方文艺复兴以来纷繁芜杂的文学思潮及其相关哲学思想先后涌入中国的同时，大量的公派和因私留学欧洲也盛况空前。如此说来，中国文学不论是现代转型之时还是"出走"之初的想象，作为"镜像"的欧洲，都构成了极富张力的一元。

但是，从近年海外华文文学的研究看，"欧洲"这一关联其发生与发展的突出符号显然未能获得足够的重视。我们以为，区域文学研

究与批评话语体系关系密切，近年海外华文文学研究所依托的后殖民主义和跨文化批评等话语，固然彰显了不同文化的异质性和独特性；然而，必须看到，海外华文文学其双边或多边文化互渗的范型，并不表现为一种"等边"的关系而必然是"不规整"的存在。

还是以欧华文学区域为观察点。就恩格斯"没有希腊文化和罗马帝国所奠定的基础，就没有现代的欧洲"①之言看来，这无疑是一个基本"史实"：欧洲各现代民族国家之间存在着意识文化、宗教信仰、历史演进的同源性，如法国学者莫兰所说，"欧洲文化是犹太—基督教—希腊—罗马四种文化的综合，这四种文化旋涡中又诞生了人本主义，理性主义和科学技术这些可以嵌入外部文化并对其发生影响和改变的文明现象"。②而这一形而上的"通律"或"共性"及其所形成的"合力"，正是构成了影响欧华文学区域文化特征及其与其他区域文化形成差异的根本因素所在。但是，我们往往在依托后殖民主义等相关话语体系开展海外华文文学的批评实践中，看似在着力开掘不同文化的异质性和独特性，却由于"历史现场"及其演进过程的缺位，如欧华区域文学研究在某种程度上的"缺位"，实则弱化了海外华文文学某一文化区域的"普遍性"、地缘人文，以及区域华文文学特征，最终陷入于"后学"理论汇流的宏大话语模式的约束之中。不错，海外华文文学其本身就是一个"混杂空间"③，这一"混杂空间"即容纳同一又容纳差异，在"你中有我""我中有你"的双边或多边文化碰撞过程中，各文化区域间的边界往往是流动而模糊的，正因为如此，在区域批评的话语实践中确立普遍性、差异性与融通性的多元性思维显然有其根本的必要。我们也正是因此而获得了对于欧华

---

① 恩格斯：《反杜林论》，《马克思恩格斯选集》（第三卷），人民出版社 1972 年版，第 220 页。

② ［法］埃德加·莫兰：《反思欧洲》，康征等译，三联书店 2005 年版，第 31 页。

③ 借用霍米·巴巴的"混杂"和"第三空间"概念。

及其女性文学精神特质的基本把握。

第二，欧华女性文学精神特质的聚合与嬗递。在古老中国迈入现代世界的时间转折点上，留（游）学欧洲的女性以集束式的方式，既为历史刻录下了欧洲"文明"的深刻印记，亦在不仅仅是纯粹时间意义上的聚拢，为中国文学的现代转型及其海外"出走"，并关联海外华文文学发生与发展嬗变提供了具有内在精神及审美关联的想象性"样本"。

如前述，当留（游）学欧洲的女性亲历西方文明而强烈感受到另一种于牢牢禁锢自己的传统文化之外的异质文明的冲击，有如化蛹成蝶，经笔下文字所流露出的思乡情愫，已摆脱了古代闺阁辞赋的思妇之怨、弃妇之哀；所传达出的家国意识，虽杂糅着犹疑与怅惘，却也渗透出了参与"救国利民"的意愿和重塑"自我"的现代意识；值得指出的是，还由于身处"宗教与理性、信仰与怀疑、神话与批判、经验主义与理性主义、人道精神与科学文化"[1] 激烈冲突的特定的欧洲文明区域，她们在以与同代"求学外洋"女性所共通的精神律动回应时代语境的同时，却也散发出了属己的精神气质。比较留学美国的陈衡哲、冰心，留学日本的白薇等人多倾向对"问题（小说）"的揭示和社会变革，表现出相对鲜明的"庙堂"与"广场"意识，她们则多坚持从欧洲习来的启蒙理想和学术精神。其中最典型的莫过于苏雪林，尽管她自认为是"天性"使然。苏雪林留法回来后曾说，"天性本近于学术研究，从此更有志为学了"。[2] 对此我们或者可以理解为作者此言意在自慰和抵消婚姻不幸这一人生最大的缺憾，但其最终则是"把自己最后一滴精力都绞沥出来，以宝贵的生命去

---

① 梅启波：《作为他者的欧洲：欧洲文学在 20 世纪 30 年代中国的传播》，华中师范大学出版社 2008 年版，第 7 页。

② 苏雪林：《浮生九四——雪林回忆录》，台北. 三民书局，1993 年版，第 99 页。

兑换艺术的完美"。①

　　不错，我们在以某一种话语或意涵去诠释特定结构——如早年留学欧洲女性群体——的意义和价值的同时，亦不可避免地造成另一种遮蔽，即某一特定精神症候内部完全可能存在的各"一己之思""一己之情"的差异。如陈学昭，穷尽一生追求"工作着是美丽的"，却在政治信仰与自我意识的纠葛和突围中挣扎着终其一生。直言之，现代文学史上这批留（游）学欧洲的女作家群体无疑可供进行各是其说的多元阐释，而并不呈现为一种共谋的固定的价值结构。

　　但是，有意味的是，比照随后20世纪50、60年代北美留学生文学在身处西方霸权轴心的美国与故园"国已不国"的巨大落差和文化冲突中，写尽了沦肌浃髓的"无根"之痛和"家国之殇"，而同是在民族罹难、家国分裂背景下放逐于欧洲一隅的留学生，则以一种迥异于北美留学文学凸显对抗和精神失重的文化姿态，在忧国感怀的悲怆中体味文化互渗的力量。留学欧洲的著名作家赵淑侠②的《我们的歌》于1970年问世，所以被认为是"标志着旧的留学生文学的终结，也标志着新的留学生文学的形成"，③　正如同作者本人所给予的回应，"因为我的小说中主人翁的苦闷，不是漂泊，无根，或是因为经济困难，失恋失婚，念不出学位等以前的留学生文学讨论的题材。我的那些主人翁的苦闷，很多是因为身在异国报效无门，加上知识分子的良知对时代的责任感，而产生的压力和沉重"。④

　　"题材"的变化，或者说，选择一种题材甚或体裁，以叙事的方式进入某种表达的世界，根本上说反映的是作者与表现对象之间某种

---

　　① 沈晖编选：《绿天雪林》，人民文学出版社2001年版，第250页。
　　② 赵淑侠（1931—），1960年赴欧，毕业于瑞士应用美术学院。先任美术设计师，后专职写作。
　　③ 陈贤茂主编：《海外华文文学史》第四卷，鹭江出版社1999年版，第548页。
　　④ 赵淑侠：《从欧洲华文文学到海外华文文学》，《海南师范大学学报》（社会科学版），2007年第4期。

观念和情感的联系。比较大抵上同处于一个时期的北美留学生女性创作，欧华女性书写虽然不论是规模还是叙事的丰富性，还未能形成整体上的审美冲击力，但因投射于欧洲这一特定的文化区域，我们还是在赵淑侠、吕大明、池元莲、郭凤西、麦胜梅、杨翠屏等一批女作家"各美其美"的创作中，感受到她们"与表现对象之间某种观念和情感的联系"的特定性，既传承了早期留欧女性"欲接引欧洲文明新鲜之空气，以补益吾身"的主体建构诉求，亦在冷战时期东西方意识形态对抗激烈的语境下坚守对民族国家的认同，传递出对中西方文化互容互谅的省思和批判的人文情怀。赵淑侠除《我们的歌》之外，其他《当我们年轻时》《塞纳河畔》《赛金花》等创作，固然不免表现出漂泊、怅惘、何处是家园的感伤，但其落脚点则在于她一直以来所坚守的理念，即"我始终相信，在任何时空里，纯良的人性、爱与宽容，都是人与人或与文之间最好的沟通媒介"；[①] 信奉"艺术家命中注定只能受雇于美神"[②] 的吕大明，便如是说，"我常说，在欧洲久住的作家，笔下的作品总有些欧洲风"。[③]

所谓欧洲风，赵淑侠给出了一个最恰切的注释，她认为，"在文学创作的领域中，我们这些用华文笔耕的作家，总括说有两个特点：第一个特点是，我们都有完整的中华文化背景；另一个特点是，我们长居欧洲，多多少少都受到欧洲文化的熏陶，以致我们的思想和生活面，既不同于中国本土作家，也不同于真正的欧洲作家，它可以说是糅合了中国儒家思想和西方基督教文明的一种特殊品质。这其中当然可能产生一些负面作用，譬如说徘徊在两种迥异的文化间，所引起的矛盾和冲突。但相对的，基于这种迥异，使两种文化互容互谅，接长

---

① 赵淑侠：《人的故事·自序》，花城出版社1987年9月版，第2页。

② 吕大明：《世纪爱情四帖文学婚恋与两性》，宁夏人民出版社2012年版，附录。

③ 转引自高关中：《写在旅居欧洲时》，台北．独立作家出版社2014年版，第69页。

补短，去芜存菁，产生一种新的精神的可能性更大。这种新的精神，正是我们这些居住在欧洲的华文作家的写作灵感和题材的源泉"。①

赵淑侠话语间所表现出的哲思与现代文化意识，无疑是对早前留学欧洲的先行者们长于思辨的理性精神及其人文主义的扬弃。如此一来，进入后冷战时期的欧洲华文女性写作，既聚合了"中国儒家思想和西方基督教文明"的浓厚积淀，亦在全球化语境中，特别是海外华文文学重镇——北美华文女性文学的"主潮"为身份认同、性别省思、历史重构的态势下，"自发"思索中西文化对话与建设、女性情怀与人文理性重构的可能，便是一种顺势而为。

第三，欧华女性文学"各美其美"与"美美与共"及其精神扬弃。上世纪末迅猛发展起来的经济全球化潮流亦深刻影响并改写了世界华文文学的版图。一方面，在现代科技与现代文明最发达的北美地区成为新移民"择善而从"的主要目的地的同时，海外其他地区欧洲、澳大利亚、东南亚东北亚等，也渐次成为谋求改变的新移民的"涅槃之域"，这无疑对拓展和激化海外华文文学的创作主体以及创作活力提供了充分条件。因此，进入21世纪，海外华文文学整体上呈现出一个积极的上升期。另一方面，以来自中国大陆为主，也包括台港澳地区的新移民作家的异军突起，在形成了海外华文文学百年历史上第二个重要时期的同时，更在深层次上改变了原有海外华文文学作家多以台湾留学生为主的单一性结构。因此，新移民作家所展现出来的精神状态已然不再可能是20世纪60年代台湾留学生"无根的一代"的漂泊感和无助感，他们更多的是将民族、历史、文化、认同的思考置于全球化的背景之下，致使其文学叙事呈现出了多重关系。值得观察的是，偏于一隅的欧洲华文文学在呼应新移民文学这一"主旋律"的同时，则仍然表现出地缘精神文化特质及其对传统的嬗递，尤其是欧华女作家的创作。

---

① 赵淑侠作品国际研讨会组委会：《赵淑侠作品国际研讨会论文集·赵淑侠〈开幕致辞〉》，作家出版社1996年版，第13—14页。

新世纪前后的欧华女作家，在欧洲一体化进程中相继成立的作家组织，如英国华文作家协会、欧洲华文作家协会、荷比卢华人写作协会、中欧跨文化交流协会等当中形成了集结，这当然在一定程度上改变了欧华文学给人以"零散化"的印象，林湄、谭绿萍、虹影、黎翠华、丘彦明、郑宝娟、林奇梅、张琴、颜敏如、陈玉慧、刘瑛、穆紫荆、山飒、朱颂瑜、黄雨欣、谢凌洁、方丽娜、呢喃、林凯瑜等一批作家的出现，也在创作实践上展现出了欧华女性创作在当下的活跃气象。当然，"各美其美"不免仍然是她们的基本表征。

突出者无疑是1991年为爱而远走英伦，亦是为爱而在2009年栖居北京的诡魅虹影。伴随其"狂放不羁爱自由"的生命旅程，《英国情人》（《K》），极尽女性对生命感无奈和冲动的宣泄；《饥饿的女儿》在对历史弃儿剖髓摧肝的复原中，满是痛彻心髓的生命刻痕；《好儿女花》在非典型的母女情和婚恋生活中，让坠落与奔腾的反复变奏托起了战栗的希望。……不论是屈居重庆贫民窟的六六，还是隐居英国伦敦的红狐，或是落巢母国都城的候鸟，力图在多元时空的穿梭中弥合分裂的主体人格，为驳杂的自我身份找到精神家园，应该是虹影在非理性呐喊中的"理性选择"。在这里，作者尖刻而犀利的创作基调看似游离了欧洲保守而优雅的人文品格，但是，很显然，作者强烈而鲜明独特的个性气质所附着的是一种从容、自由、开放的精神底色。对于这一融汇了不同文明的"混杂文化空间"（文学创作），诚如虹影曾经说过的，"由于我在西方住了十年，以前在中国度过的日子正是我的成长期，对东西方的文化冲突和理解，我觉得自己可能比其他的中国作家要了解得多，有这个义务或责任来写一本东西方可以相互沟通的书，或者在文化冲突不可调和的情况下，试图找到一个途径解决"。[1] 虹影何以"另类"？作者试图通过自己的叙事行为而使"两种文化互容互谅"，从这个意义上说，与欧华女性文学的文化品格无疑是一脉相承的。

---

① 虹影：《谁怕虹影》，作家出版社2004年版，第131页。

那么，不论是丘彦明在荷兰一派恬适超然的静谧田园中徐徐展开东方式的"采菊东篱下，悠然见南山"的"悠悠浮生"；还是刘玉惠（德国）以"征婚启事"的前卫映衬起"海神家族"的沧桑，在追问女性自我存在的价值和国家认同的过程中，表现出了长于批判与善于思辨的理性精神；抑或是刘瑛（德国）以"生活在别处"的姿态，心系中欧两个古老文明的优长与融通；甚或是年轻的朱颂瑜，中瑞（士）一家亲的至情至爱、珠山云水辉映下阿尔卑斯山麓村落的温馨苍翠、中欧传统文化精髓的古韵今风，都念兹在兹地流溢在其不多的精美文字当中；……在这里，我们通常熟见的跨域书写中认同、身份、性别、权力的话语往往"散落"在对构建多元文化共生的世界的不谋而合之中。如此，较之虹影般的"个案"，欧华新移民女性创作经由"各美其美"而获得"美美与共"的叙事路径，之于欧华女性文学的精神脉络就来得更为清晰可见了。

如前述，欧洲各现代民族国家之间存在着意识文化、宗教信仰、历史演进的同源性；而且，曾经的基督教文明一统欧洲的局面，特别是在中世纪，也导致了文化思想的单一化、理念化；且经年累月的，以它保守的一面，对这一区域的文化气质造成了某种封存，也必然在潜移默化中影响着世代相承的文学心理品格。然而，我们必须看到，正是近代民族主义思想的兴起以及所带来的民族文化的多样性，构成了推动近现代欧洲经济迅速发展的文化因素。因此，欧洲文化认同，或者说，我们在当下考察欧华女性创作地缘文化及其精神特征的同一性，是以民族文化的多样性作为前提的，所谓"各美其美"。亨廷顿认为冷战结束后，文化和文化认同成为世界的结合、分裂和冲突的模式①，现实中欧洲一体化的进程也确实概莫能外，同样面临全球化语境下地缘政治博弈、民族利益纷争、一级世界话语独霸……势态所造成的全球秩序失衡的"新常态"。如此一来，一部如何走出当下精神

---

① 参见美国学者塞缪尔·亨廷顿：《文明的冲突与世界秩序的重建》，新华出版社 2002 年版。

王国萎缩、道德伦理脱序、环境冲突尖锐、强权文化独大……的人类困境的"天问"之作——《天望》出现在世纪之交的欧洲（荷兰），就来得特别有意味。一方面，就作者林湄在作品中所表现出的强烈的现代批判意识，所张扬的关怀与救赎的人文情怀，于欧洲文化的启蒙理性和宗教哲思的传统，于赵淑侠所提示的"糅合了中国儒家思想和西方基督教文明"的欧华女性文学精神肌理的关系便是有迹可循的；另一方面，与以严歌苓、张翎、李彦、陈谦、吕红等为代表的北美新移民女性文学比照，后者突显的是应对全球化语境下的种族冲突、性别政治、认同危机，特别是离散意识下的民族历史解构叙事，林湄则意在"力图站在时代的高处跨越地域、跨越文化来审视当今人类社会"的困境，并传导出"在现代人类社会，人的生存选择必然是多元性的，而每个人之所以能给自己的生命创造价值，就在于他永不言败的精神力量"①。其叙事的宏大格局，这就不仅在地缘意义层面上显现出欧洲区域文化的征象，更是给欧洲华文女性文学精神注入了一种新质，构成了一种扬弃。换言之，《天望》如果不是来自特定的欧华文化区域，某种意义上，则是不可想象的；同理，《天望》也是欧华女性创作在当下的势在必行。

　　当然，作为"散居"却又表现为"同构"的海外华文文学，其各区域文化的"边界是为跨越而设置的"，同理，欧华女性文学从"发生"出发，在其精神特质不断嬗变与聚合的过程中，所遭遇的区域文化的不确定性、模糊性和矛盾性也应该是一种常态；因此，作为观察百年海外华文文学的一种视域，其不断生发的问题仍值得持续观察。

---

① 陈美兰：《"抬起头来，为大地创造意义"——长篇小说〈天望〉的一种解读》，《华文文学》，2005 年第 6 期。

个人隐喻与民族寓言

——陈河《布偶》的族性叙事

一

民族"是一种想象的政治共同体"①，它以成员的自我归属为基本，建构为集体的认知而面向想象，由此，在相当程度上显现其社会文化心理上的同一性。显然，民族想象无疑是人类意识步入现代社会中的一次深刻的变化，是现代社会的主观定义。小说叙事作为想象性叙事，在叙述主题、人物设置、语言结构、艺术风格等方面的演变与坚守中"重现"了民族这一"想象的共同体"，揭示了它在历史向前与向后中相对稳定的部分，即民族性，从而呈现了它作为民族的文学，或曰"民族寓言"的根本表征。

北美华文作家的华族族性是与生俱来的，而且不会随其移民身份的即便是深度嬗变而可能发生丝毫的变动，这根源于"血统和文化的认同"，或者说本民族与他民族在群体认同上"因文化和血统的不同而导致一种明显的差异感"。② 这种差异即是族性的内涵，跨国的

---

① ［美］本尼迪克特·安德森：《想象的共同体——民族主义的起源与散布》，吴叡人译，上海世纪出版集团 2012 年版，第 8 页。

② ［英］斯蒂夫·劳顿：《族性》，劳焕强等译，中央民族大学出版社 2009 年版，第 105 页。

体验促使其对此有了新的认识，并将之转化成文学经验。换言之，北美新移民作家以跨国体验为书写的主要对象，这一对象的隐形建构则是作家投放在民族国家外部"空间"经验所形成的一个隐喻。他们作品中所体现的精神特质和身份意识，作为根源于非西方民族处境的一个历史寓言，成为参与、介入了对当代人类生活一般的"混乱"和"危机"处境的哲理注解①，并且，这一"注解"也随着"时间"的延伸和拓展在不断地延伸和拓展，成为当下华族——中国人在这个激变的由西方主导的世界历史过程中的处境的隐喻，甚至成为了当代人类某种普遍处境的隐喻。

二

北美新移民的海外游走生涯变换成一幅幅"想象"的文字图景，其文字的背后，深深印下了"致命的远行"者的足迹——异质文化冲突的迷失、无业的苦闷、乡愁的凝重、离别的惨痛。这种跨越国界的生存体验积淀为海外华文作家"想象"的源头活水，与全球化态势下的现代向往及其刺激所形成的反思与疗救是媾和在一起的，因此，在他们的"想象"中依稀可见对个体理想主义的感伤和凭吊，且无不渗透着中国传统文化的沉重负荷。它们"象征着某种集体意识的第三世界的个体，却在与第一世界的相遇中又融进了那里的生存"，让我们看到了寓言式的"第三世界的文化危机"。② 诚如詹明信在论及第三世界文学时所言："所有第三世界的本文均带有寓言性和特殊性……第三世界的文本，甚至那些看起来好像是关于个人和力比多趋力的文本，总是以民族寓言的形式来投射一种政治：关于个人命

---

① 钱超英：《"诗人"之"死"——一个时代的隐喻》，中国社会科学出版社2000年版，第223页。

② 张颐武：《在边缘处探索——第三世界文化与当代中国文学》，时代文艺出版社1993年版，第150—151页。

运的故事包含着第三世界的大众文化和社会受到冲击的寓言。"①

北美华文作家陈河2011年的长篇《布偶》曾是陈河的一部短篇，写于其出国之前的20世纪八九十年代。主要记述裴医生和他的裴家花园。2008年8月的北京奥运会期间，陈河在北京拜访同是温州籍的作家林斤澜，这位文学前辈问了陈河一句话：你是不是在温州城西街的教堂里做过执事？这正是陈河旧作《布偶》里呈现过的"故事"的痕迹。一部十几年前的作品，竟还会有人记起，这让陈河有了重新"想象""布偶"的冲动。他说，"当初写它时，还是当兵刚回来，只是站在华侨群体的外面打量他们。事隔二十年，在外漂泊二十年，再看这个题材，感觉不一样了"。② 显然，这个不一样的感觉源自一个"象征着某种集体意识的第三世界的个体，却在与第一世界的相遇中又融进了那里的生存"，时间感和空间感致使其拓展了"裴医生和他的裴家花园"的"秘史"。于是，这个偏于一隅的20世纪60年代中国大地浩劫中的那座哥特式建筑结构的天主教堂里的纺织厂，以及"狂欢"于其中的一群有着特定身份印记的"华侨"及其诡谲的命运遭际，潜藏着的不能不是一部"民族的寓言"。

三

《布偶》的隐喻性"无处不在"。裴达峰不是纺织厂的厂长，只是纺织厂的一名医生，但他却是整个华侨纺织厂的精神领袖，"所有的人都在心里把裴医生看成是一个大人物，是个神一样的人物。他在厂里投下了巨大的影子，遮蔽住了所有人，人们习惯了这个庇护"。③

---

① 詹明信：《晚期资本主义的文化逻辑》，生活·读书·新知三联书店1997年版，第523页。

② 孙小宁：《陈河三书》。《北京日报》，引自http://cul. china. com. cn/book/2011－11/15/content_ 4623395_ 3. htm。

③ 陈河：《布偶》，十月文艺出版社2011年版，第233页。

所以当他出面破坏官员子弟莫丘与柯依丽的爱情、"非法"替柯依丽接生，无异于代表着纺织厂华侨这一集体的共识；作为个体的他，精明、敏锐而能干，在混乱不堪的社会时局中巧妙地维护和声张"华侨"这一特定群体的利益和诉求。"那个时候的政治形势已把他们头颈上的绳索拴紧了，他们只是在苟延残喘。这个时候裴达峰知道了这些正在老去的人其实代表了一个个盘根错节的家族……他们都有着一条同样的国外的根。"① 不错，在一个人性扭曲、社会话语混乱的处境中生存，他们有时也不得不做出某种妥协，如接纳莫丘在厂里做钳工，就是基于莫丘的父亲是侨办的官员。但随着莫丘与柯依丽互有情愫，他们的恋情则遭遇了全厂同仁高度默契的抵制与阻挠，一种神秘的力量把这对年轻人步步逼上绝路。这无不暗示了莫丘"他与这种精神无缘"，② 他与柯依丽的爱情终究是个悲剧。同样，被全厂视为"神一样的人物"的裴达峰医生终究也是个悲剧人生。布偶是裴达峰德国生母唯一留给他的礼物，却成为他永远的精神创伤，甚或成为他难以忘怀自己一生充满耻辱的见证物。当他在帮柯依丽接生前将布偶拿出来挂到了墙上，便已预示着宿命悲剧的延续。《布偶》中，每一"个体"的畸形的人生悲剧，无不都折射出特定时期意识形态话语对"个体"肉身和灵魂的渗透和控制，隐喻着的是一段特定时期的"中国秘史"。

借用詹姆逊的话，陈河"基于自己的处境，第三世界的文化和物质条件不具备西方文化中的心理主义和主观投射。正是这点能够说明第三世界文化中的寓言性质，讲述关于一个人和个人经验的故事时最终包含了对整个集体本身的经验的艰难叙述。我们应该理解、认识这种不熟悉的寓言视野的重要性"。③ 虽然与五四以来的中国知识分

---

① 陈河：《布偶》，十月文艺出版社 2011 年版，第 102 页。
② 同上，第 139 页。
③ 詹姆逊：《晚期资本主义的文化逻辑》，生活·读书·新知三联书店 1997 年版，第 532 页。

子竭力消解个人话语而凸显民族意识大相径庭，陈河在看似着力凸显个人性话语的背后，呈现的仍然是民族特性的"想象"。因此"我们可以有把握地说，华人移民在西方社会的处境，其实就是他们的第三世界故乡的国际处境（受制于西方世界）投影在他的抵达国内部的一个微缩结构"。① 这既对应于个体、民族、文化身份的现实处境，也暗含着个体生命的隐喻与民族的寓言。

---

① 钱超英：《"流散文学"：本土与海外》，《文艺报》，2005 年 12 月 8 日。

近年海外华文女性文学研究的观察与思考

　　进入 21 世纪，海外华文文学创作表现极其活跃，尤其是海外华文女作家的创作，整体上呈现出一个积极的上升期，而作为海外华文女作家群体本身，也表现出极为自诩的兴奋状态，这自然极大地吸引了国内学界的眼光，顺理成章地，对海外华文女性文学的研究更是应声而出；也日渐受到国内高校相关专业硕、博士学位论文选题的广泛关注。由其所呈现出来的研究态势、问题域的纷繁及其阐释所引发，我们以为，女性创作主体的嬗变与海外华文文学历史、女性叙事批评与海外华文文学研究范式、女性文学的审美阐释与海外华文文学的诗学建构等，无疑构成当下海外华文女性文学研究的突出问题。本文拟分别展开讨论。

一、女性创作主体的嬗变与海外华文文学历史

　　比较本土女性文学研究于 20 世纪 80 年代艰难"浮出历史地表"，并在很长时间内仍然为自身的"正名"而无法回避来自主流话语与男权政治结盟质疑的情形，某种意义上，对海外华文女性文学的关注，从一开始似乎就是海外华文文学研究的题中应有之义，特别是进入新世纪以来，凡讨论海外华文文学必谈及海外华文女性作家的创作。以 2000 年以来中国期刊网提供的相关研究成果，包括大量的硕、博士论文看，一是，在题名中直接标示关涉海外华文女性文学研究，或直接表明为海外某一华文女作家创作之研究的，在数量上就呈现出

逐年上升的趋势；二是，在大量的海外华文文学研究的篇章中，虽然观察的是海外华文文学创作的整体状况，但几乎没有不涉及其女性作家的创作的。

我们以为，这一研究情形并不难理解。首先，正是一大批游走在地球经纬线上的海外华文女作家擎起了海外华文文学创作之大纛，仅以 20 世纪 80 年代后大陆背景的海外华文女作家计，我们就可以列出严歌苓、虹影、张翎、林湄、查建英、周励、王瑞芸，陈瑞琳、陈谦、李彦、融融、施雨、吕红、刘慧琴、华纯、蒋濮、胡仄佳、毕熙燕等一长串响亮的名字；其次，女作家本就在感受并把捉自己生命律动的特质上有着与生俱来的先天优势，而如果具备了丰富的跨文化生存的经验、足够的时空距离，并以此用来审视异质文化的差异，思索和探索超越种族、地域和文化的人类共性，这对海外华文女作家而言，她们在情感和理智上也就同样来得更为丰富、细腻和独特，这恐怕也可以解释近年严歌苓、虹影、张翎、林湄、陈谦等人的创作比之其他海外华文男性作家在国内所以更受关注的原因；再次，也是最为重要的，经过自 20 世纪 80 年代以来国内学界对西方女性主义理论的译介、扬弃和研究的不断扩展和深入，对女性主义分析批评本土实践的不断"历练"、积累和调整，女性文学研究已经完全构成了当下人文学术不可或缺的重要组成，这就为学界进入海外华文女性文学研究提供了相对成熟的理论基础和丰富的批评经验。

我们还注意到，近年海外华文女性文学研究其研究者队伍，大多是自 20 世纪 80 年代后随着"新移民文学"的发生便开始从事该领域研究的学者，或者是受过完备学术训练而在近年相继进入海外华文文学研究领域的青年学人。因此，这些研究大多表现出鲜明的现代批评意识、深入的问题开掘，或者独到的学术发现，我们仅从一些论文的话题上便不难看出其思考与"问题"的向度。譬如，从论域的范畴看，既有对海外华文女性文学发展历史断面的整合研究，如《近三十年中国大陆背景女作家的跨文化写作》①；也有对作家个案的研析，如《严歌苓小说：多元文化视域下的人性思考》②《论虹影小说的本土经验与国际视野》③；亦有对海外华文女性文学区域发展及其比较的关注，如《边缘境遇下的女性书写——论日本华人女性文学的身份认同》④《文化语境下的女性书写——当代大陆/马华女性小说比较研究》⑤。从研究的问题意识与理论维度看，既有着重于"问题"开掘的专题研究，也有从海外华文文学的跨文化特质出发，突出其后现代后殖民视域的文化阐释及其诗学建构的自觉，如《论北美华文女作家创作中"离散"内涵的演变》⑥《从自我殖民到后殖民解构——论新移民文学的女性叙事》⑦，等等，不一而足。整体观察近年来这些海外华文女性文学研究的成果，应该说，正是因为近年海外华文女性文学研究别开一层的话语，从而在错综复杂的全球多元文化线索中呈现出了中国当代文学及其海外华文文学的现代性意义。

然而，如何在海外华文文学的历史发展中去观察其女性创作作为海外华文文学不可分割的重要构成的演进态势，如何在海外华文文学发展的历史动态中去把握其女性创作主体"中国经验"的精神特质与嬗变形态，从而为构建海外华文文学的学科构架及其理论范式提供实践与理论资源？显然，在这些研究中，却还少有将其作为一个重要话题予以深入关注与思考。

笔者注意到，早于 20 世纪 90 年代末，饶芃子与陈丽红两位学者

---

① 周颖菁，武汉大学博士学位论文，2010 年 4 月。
② 黄梅，青岛大学硕士学位论文，2012 年 6 月。
③ 谢冬梅，重庆师范大学硕士学位论文，2011 年 4 月。
④ 李思黙，东北师范大学硕士学位论文，2011 年 5 月。
⑤ 杨启平，南京师范大学博士学位论文，2008 年 5 月。
⑥ 乔以钢、刘堃，《南京师范大学文学院学报》2007 年第 1 期。
⑦ 吴奕锜、陈涵平，《华南师范大学学报》2009 年第 1 期。

在讨论"海外华文女作家及其文本的理论透视"① 中已初步关涉到这一问题。该讨论着重于海外华文女性作家及其文本的研究，但因将其置于自五四以来海外汉语写作发生了近百年的历史背景下来展开，这就很好地回答了海外华文女性书写何以虽具有多重性、流动性以及边缘性的文化身份，但却始终蕴藉着"中国""民族"的烙印这一特质的问题。而毫无疑问，"中国经验"从根本上构成了世界范围内的移民文学中汉语文学的"标志"。该讨论或可看作是海外华文女性文学发展历史思考的"雏形"，但是，就 2000 年以来的相关讨论，海外华文女性文学的历史意识及其精神特质思考还是引而未发。我们以为，这一话题的提出不仅具有对于一个新兴学科架构的必要性，亦具有对于审视中国文学精神及其跨文化"对话"的重要性。

在海外华文文学发展的百年历史中，比之在单一文化系统下所发生与发展起来的中国本土女性文学实践，海外华文文学的女性书写基本上也是由"知识者"自五四以来，尤以 20 世纪五六十年代和 80 年代最为突出的近百年的"离散"经验而形成的。如果以冰心、陈衡哲、林徽因、苏雪林等中国现代史上这些杰出的女作家海外求学时期的书写为海外华文女性文学的滥觞，既已透露出中国现代女性在中西文化碰撞下自我价值的"浮现"，也刻下了中国现代女性参与中国传统文化现代性转型过程中艰难寻索的最初的印记；20 世纪中叶中国政治历史格局的大转捩，成为了中国"知识者"从肉体到精神放逐与被放逐的深重期，其间由大陆去台而再"流落"海外的以女性创作为重要构成的留学生文学，不啻以个体生命背负民族罹难、家国分裂、精神失重这一历史的、民族的沦肌浃髓的巨大伤痛，由此构成了海外华文女性文学的一个审美高度及其精神传统；进入 80 年代，大陆改革开放引发了中国"知识者"谋求从肉体到精神都获得"涅槃"的渴望，也受西方中心主义在 20 世纪末逐渐受到质疑及多元化语境

---

① 饶芃子、陈丽红：《海外华文女作家及其文本的理论透视》，《文学评论》，1997 年第 6 期。

的影响，大陆背景的"新移民文学"女性书写异军突起，虽然她们所展现出来的精神状态已然不再可能是上述台湾留学生"无根的一代"的漂泊感与无助感，但是"民族""故土""女性"依然是她们始终关注的焦点。所不同的是，大陆新移民女性书写开始将"民族""女性""文化"的思考置于全球化的背景之下，致使其文学叙事呈现出了多重关系：故土的历史记忆、异质文化语境下个体的生存境遇与自我确证、海外华人的生命迁徙与终极思考，以及在传统与现代、个体与民族、自我确证与性别意识的对话中的主体维护等。比较前者，她们在记忆、展示、反抗及其女性主体意识的建构中，某种意义上，诗化的"中国意识"和文化特征来得更为凸显。

不错，冷战背景与全球化语境的不同社会历史生态，使得近百年海外华文女性文学发展过程中最为突出的上述两拨女性创作，在本土文化和异质文化及其性别自觉多方面在理性与感情的认知上形成了距离，但是，她们所共同拥有的同一的血统和文化基因，相似的异域境遇，相同的身处双重或多重边缘的地位，无疑都成为她们主体精神传承与价值理性的根本基础。

因此，开展海外华文女性文学研究，就其某一历史断面、某一文化板块或某一个案的女性叙事进行阐发和研析，固然可以抽象出汉语文学的海外传播和发展的某些规律与特质，这对于一个因政治的、文化的原因而发生"裂变"的民族的文学的整合当然不无意义。但是，如果以忽略近百年的中国知识者的"离散"经验，特别是20世纪中叶以后中国政治格局剧变对民族历史、社会文化取向、世界文化格局及其彼此的历史关联所带来的深刻影响等诸多方面的因素为代价，仅满足于对看似相对独立的海外华文文学的某一问题面向的阐析，不免会使海外华文女性文学这一始终拒绝一种固定的、孤立的、特殊的妇女本质，乃至近百年的海外华文女性文学其"民族""家国"诉求几近一种"集体无意识"的主体精神现象与传承，陷入无源之水、无本之木的尴尬处境，更难以经受来自全球态势下错综复杂的多元文化的质疑。换言之，海外华文女性文学研究进入谋求学科建制与发展的当下，倘若试图通过以跨文化的全球性的女性主义批评的视域展开海外华文女性文学的生命本体、精神气质及其生态变迁的阐发，那么，近代以来的百年海外华文文学历史意识作为一个必由的维度，已经到了一个"水到渠成"的话语契机并应该引起重视，反之不能不是一个严重的缺憾。

二、女性叙事批评与海外华文文学研究范式

某种意义上，近年本土海外华文女性文学研究多集中于某一历史断面，而特别是集中于20世纪80年代后大陆背景的女性创作，似乎也有其可以成立的理由，或者说是由其创作与研究主体彼此多重的"共时"关系所决定的。不言而喻，以进入40年代末以后作为一个历史节点和话语背景，这期间，研究主体与研究对象曾经同处于一个时代的政治历史空间，这就决定了他（她）们的文化品格和意识形态感知方式有着不可抗拒的"政治血统"关系，致使彼此所衍生的思维方式、生命体验和情感共鸣等形态，具有一种深沉的亲和与默契；进而，除去文学本体的审美阐释，研究对象的异质文化生存境遇及其必然发生的价值调整与重构，显然也能够从另一向度成为研究主体本身重新透视自我、反思本土文化与政治的"镜像"，从而为其自我人格重塑与思想安顿的价值选择获得多重依据与参照。因此，从这个意义上看，近年大陆本土海外华文女性文学研究的不断深入和丰富，拓展了当下女性主义话语的学术空间，为如何在跨文化的全球性的视域下审视中国现代女性及至海外华文女性的生命历程及其中国文化的现代性进程，提供了鲜活的话语资源，开辟了新的理论路向。我们大体可以从以下几方面来观察。

首先是以作家个案为"问题"场域，深入开掘海外华文女性作家异质文化语境下的叙事形态及其精神脉络，呈现其共通的"中国情结"。这类研究，一是几乎关注了当今所有活跃的海外华文女作家，如虹影、张翎、林湄、陈谦、於梨华、聂华苓、陈若曦、周励、

查建英、朵拉、尤金、蒋濮、毕熙燕等，其中尤以对严歌苓的研究最为突出，粗略统计，对严歌苓研究的成果甚至是对所有海外华文女作家个案研究总和的数倍。二是"问题"域可谓极为丰繁，仅以对严歌苓研究而言，几乎"穷尽"了所有的方法和视角，如历史书写、身份书写、人性书写，主题研究、性别研究、形象研究，以及严歌苓的悲悯情怀、严歌苓的精神家园、严歌苓的终极思考……不一而足。可以预见，以严歌苓为重要代表的海外华文女性创作整体上正处于一个活跃的上升期，其个案研究无疑继续成为追索和开掘海外华文女性文学价值理性的话语场。三是，也是最为突显的，"众语喧哗"的海外华文女性个案研究在根本上共同呈示出大体一致的思想路径，即海外华文女作家的创作实质上无异于异域"中国言说"。如《"自塑形象"——严歌苓小说的异域中国言说》① 一文认为，"中国形象，是严歌苓建构的主体形象"，其笔下被安置于中西文化总体比较框架中的每一类形象都潜伏着作者异质文化间碰撞与互相观照的良苦用心，在看似"红色中国"与"海外中国"这本身无法互证互通的两类形象中更加清晰和深入地透入了中国本质。《论虹影小说的本土经验与国际视野》② 一文认为，虹影的小说以深切的本土体验和宽广的国际视野互渗融合，以其乡土记忆、城市边缘人的苦难书写、下层女性欲望书写等，给中国当代文学提供了新鲜的经验。《有容乃大和而不同——论张翎创作中的"文学世界性"》③ 一文提出，张翎在凸显那些具有真、善、美普世意味价值观的追求中，在流溢着自身民族文化品格的魅力中，以具有"文学世界性"的中国叙事展示了海外华文文学及其"参与"世界文学对话的新走向，等等。显然，在这些研究看来，海外华文女作家的异域书写往往构成了审视民族历史、架构当下中国文化（文学）格局、融入世界、呼应全球化态势的"文化

---

① 曹素霞，苏州大学硕士学位论文，2005 年 4 月。

② 谢冬梅，重庆师范大学硕士学位论文，2011 年 4 月。

③ 蒋文娟，广西民族大学硕士学位论文，2011 年 6 月。

示意图"。

其次是将海外华文女性文学的区域发展置于跨文化视野中进行整合观察，以世界文化版图中某一区域的华文女性创作的诉求、特质与规律为旨归。这类研究在一定的意义上突破了囿于单一的作家个案研究有可能带来的"问题"发现的有限性。其中尤以对北美区域的华文女性创作关注最为突出。如《论欧美新移民女作家书写的"自我东方主义"现象》[1] 一文，以后殖民视角和性别视角切入欧美华人女作家的"新移民创作"，指出具有"中国"与"女性"双重边缘身份的华文女性叙事因掺杂着经西方思想内化后的价值观，于无意间"中国"（尤其是已成过去时的历史中国）成为她们自身参照的"他者"，甚至俨然成为了"他者"的代言人。该文作者既看到华文女性没有因为"逃离"而产生了那种撇清历史的自由感，反而负上了与祖国千丝万缕的联系，有一种移民后的失重感；也明确地指出她们对于东方女性的论述，竟也存在一种"他者"的视野，并用以作为确认自身的镜像，这和"东方主义"话语的初衷已别无二致。文章表现出了鲜明的反思色彩及其批判性的思辨。

相对而言，海外华文女性文学区域发展研究没有作家个案研究来得活跃和丰富，但是，海外华文女性区域创作往往也同样构成了研究主体反观自我和民族的"镜像"。所不同的是，从这类研究中我们看到，海外华文女性区域创作虽然同样涵化着中国传统文化的品质及其"中国想象"，却因为在世界文化版图中分属于不同的文化板块，其彼此的"跨文化性"则反映出与不同区域或曰文化板块的文化交织而形成不同文化内涵的特点。譬如，自冷战结束以来，全球范围内身份认同政治的渐次崛起，西方中心主义逐渐受到质疑，作为一个既是现代性现象，又具有强烈的后现代特征的"身份认同"问题，自然成为少数族裔面对强权政治和主流文化的"理论工具"，这当然也成为了透视海外华文女性文学的重要论域。值得肯定的是，同是讨论海

---

[1] 黄静怡，厦门大学硕士学位论文，2011 年 5 月。

外华文女性文学的身份认同问题，这类研究则注意到，基于与不同的"异"文化主体之间"对话"策略的不同，则存在着其身份认同内涵上的某些文化差异。如《女性身份的书写与重构——试论当代海外华人女作家的身份书写》①，将采用母语与非母语写作的华人女性文学作为共同观察的对象，强调的是全球化背景下东西方文化碰撞过程中，华人女性身份内涵的变异性与流动性。《边缘境遇下的女性书写——论日本华人女性文学的身份认同》② 一文，注意到中日之间在人种、历史、文化、文字，甚至战争等方面的"纠缠"形态，特别是日本源于地缘政治所形成的既扩张又保守，既尊重外来文化又自大自强的民族性格，由此凸显日本华人女性在一个"熟悉的陌生国度"里，对异质文化既拥抱又排斥，自我意识既自尊又"屈辱"，乃至在情感与理智的挣扎中寻求精神出路的艰难。《双重边缘的女性书写——论20世纪90年代新马华文女性文学的身份认同》③ 一文认为，新马华人身上流淌着中华民族的血液，但作为新马地区三大族群之一的华族，则普遍形成了"落地生根"心理积淀，因此新马华人女性身份认同则因族裔性、地域性和本土性相交织而更显复杂，也更具特色，等等。这类话题的研究通过对不同区域的华文女性身份认同的讨论，在错综复杂的全球多元文化语境中不期而遇地共同呈现出了海外华文女性文学"和而不同"的精神特质。

再次是兼及多重理论视域的女性主义批评，通过对海外华文女性创作及其发展的审美解读或文化阐释，致力于海外华文女性文学的整体研究。这类研究因其着力点在于海外华文女性文学的精神传统与理性定位，因此思路相对比较开阔，也往往能凭借独特的视角、新颖的立论，在别开一层的阐析中衍化出独到的"发现"。如《女性文

---

① 黄华，《中华女子学院学报》，2005年第2期。
② 李思熙，东北师范大学硕士学位论文，2011年5月。
③ 吴晓芬，广西民族大学硕士学位论文，2008年6月。

学——浮出历史地表的另一含义》① 一文，以 20 世纪 90 年代前后的中国大陆、台港、海外女作家创作作为观察对象，认为女性文学"浮出历史地表"的含义不仅是指对传统性别秩序的抗衡，以取得跟男性平等的话语权力，还在于通过以"杀夫"② 一类的惊世骇俗的"暴力美学"，惊心动魄地"指向自身和自己的亲人"及其对"自身的绝望"，释放出久被拘囿、遮蔽的艺术潜质。作者认为她们这些对自身人性极致体验的清醒自审和不懈的开掘，更构成了女性文学发展的真正基础，也多少反映出女作家对性别人性的认识，并以此出发去寻找跟世界对话的路径。该文以批评者犀利的理论触点，在传统文化与当下多元文化的对话中"破解"了中国女性传统精神的潜能。《从自我殖民到后殖民解构——论新移民文学的女性叙事》③ 一文，运用后殖民主义批评理论，将新移民文学的女性书写提示为一种文化的和意识形态的话语形态来给予观照，认为移徙异域的女性因其性别的"缩命"而更加边缘、更加敏感、更加易碎的特殊情境，"更渴望获得并展示自身的话语权力，由此留下更多地为抗争多重压迫所做的挣扎和努力的踪迹"。作者以海外华人女性命运的沉浮为话语入口，透视在文化错置或重置下的海外华文女性文学及其海外华文文学的特殊品格。而《论儒文化辐射下的世界华文女性创作》④ 一文则摒弃时下通用的现代或后现代批评方法，从传统文化的视角介入，一方面着力于将世界华文女性创作作为一个整体，挖掘其相对于西方女性文学和男性创作的独特性；另一方面从内部剖析各文化板块华文女性创作在长期分流状态下形成的各自特殊的形态，但"发现"深厚的儒家文化的影响力一直在深刻地联系着世界华文女性创作，由此勾勒出海外华

---

① 黄万华，《学习与探索》，2002 年第 4 期。

② 指台湾李昂的《杀夫》，严歌苓《谁家有女初养成》的"杀夫"等等一类的创作。

③ 吴奕锜、陈涵平，《华南师范大学学报》，2009 年第 1 期。

④ 张岚，《贵州社会科学》，2006 年第 4 期。

文女性创作同根相承和异质变奏的流脉。其他如《近三十年中国大陆背景女作家的跨文化写作》①《东西方文化差异的女性体验与书写——论"新移民"女作家的创作》②《台湾及海外华文女性文学中的知性世界》③ 等，这类研究从多重学术视野出发，不谋而合地致力于探照海外华文女性文学发展的精神品质与整体形象，极大地丰富和拓展了海外华文文学研究的话语空间。

由此看来，应该说，进入 2000 年以来海外华文女性文学研究其属己的范式，相对而言已逐渐清晰，早年局限于一元主宰二元对立的思维定式，对海外华文文学批评同样沿用单一的"社会—历史"分析模式的现象已基本得以破除，如上述几类不同结构的研究范式以及所采用的从研究对象出发的文化符码，将女性华人文化群落及其文学创作既散居于世界各地，又同属华文"文学共同体"的文学地理有效地进行了"整理"，这对海外华文文学的学科建构无疑提供了丰富的学术支持。

但是，对于一个既区别于单一中国文化语境的汉语叙事又同属汉语"文学共同体"的异域华文文学现象，是否还有进一步构建更"属己"的研究范式的必要和可能？推而广之，海外华文文学研究是否也存在同样的问题？换言之，我们以托马斯·库恩在其《科学革命的结构》④ 一书中，将从事某一科学的研究群体所共同遵从的世界观和行为方式称之为"范式"的理念观之，作为追索海外华文（女性）文学审美价值理性的特定的学术群体，在研究中应遵循相应的学术信念、原则体系和实践路线，无疑在基本认同上还有着进一步理清和拓展的必要思考。

---

① 周颖菁，武汉大学博士学位论文，2010 年 4 月。
② 陈思，湖南师范大学硕士学位论文，2007 年 4 月。
③ 李正琴、陈学祖，《华文文学》，2009 年第 3 期。
④ ［美］托马斯·库恩著，金吾伦，胡新和译，北京大学出版社 2004 年版。

如前述，如何看待近年对严歌苓研究的成果几乎是对所有海外华文女作家个案研究总和的数倍？如何看待区域研究尤以对北美华文女性创作的关注最为突出，并因此造成了区域华文女性文学研究的某种失衡等问题？当然，作家生命体验及其想象越是丰富，它所能提供的审美的文化的话语空间就越广阔，如严歌苓的创作；而实事求是地看，人们追慕和趋向现代科技与现代文明最发达的欧美地区也实属"从善如流"，并因此带来欧美华文女性文学创作及其研究的活跃也有其完全可以成立的理由。但是，我们以为，这些都还不足以构成学界研究择其一点，不及其余的充分条件。譬如，佳作不断的北美女作家陈谦，因其近年的长篇小说《爱在无爱的硅谷》及中篇小说《望断南飞雁》《特蕾莎的流氓犯》《覆水》《残雪》《何以言爱》等多部创作的问世，可以说，已经完全跻身海外华文女作家的重要位置。但是，以目前我们所能看到的关于陈谦的研究，与陈谦创作中所表现出来的，以鲜明的跨文化意识对历史、人性以及异文化下女性主体精神错位现象的审视和批判已达到的深广度、已具备的审美高度相比则完全不成比例；澳华文学、东南亚华文文学、东北亚华文文学等区域，固然存在作家队伍相对单薄等困境，但这些区域的华文文学创作近年还是表现出了相应的活跃局面，也在根本意义上改写了世界华文文学的版图，但这些现象却都未能引起世界华文（女性）文学研究的足够重视和应有的思考。

其实，海外华文（女性）文学作为一种独特的最具世界性的跨文化文学现象，它所能给出的关涉中华文明、世界历史文化以及人类终级思考的命题无疑是无限广阔和丰繁的，也应有其所属的独特的文化符码体系，诸如如何在跨域跨文化的新视野中，突破原乡/异乡、离散/怀旧、文化身份/国族认同、性别、宗教、种族叙事/主流话语、族群/属地文化等的精神缠绕，直至在中国/世界，东方/西方的关系中建立一种认同、交融、超越的新的精神归属等多重的现代性问题。但是，我们从研究范式角度看近年来海外华文女性文学研究，其明显存在研究路径的趋同、区域研究与比较的失衡、性别批评与所属板块文化关系的"隔膜"，甚至"华裔文学"与"华文文学"基本概念混淆等突出问题。而很显然，这些问题的形成，在很大程度上不能不是囿于研究范式的某种"缺位"，即如忽略了海外华文（女性）文学这一精神文化现象具有跨域跨文化以及"和而不同"的特质，从而造成承载学术思考的研究范式重复与单一；不能根据特定的论域做出思想路径的调整以区别于本土文学的研究；研究范式创新的缺失，甚至套用一般意义上本土文学研究的基本理念和方法等。就此，依据海外华文（女性）文学日益凸显的属己的精神文化内涵与特质来不断调整和创新研究范式，显然需要引起足够的重视与思考。

三、女性文学的审美阐释与海外华文文学的诗学建构

"女性文学的审美阐释与海外华文文学的诗学建构"问题的提出，与上述问题存在着直接的学理逻辑，实际上也已经是一个"老生常谈"的话题了。

比较而言，近年海外华文女性文学研究确也表现出了审美阐释与诗学建构的相对自觉。大体上看来有这么几方面的表现：

一、适应全球化态势和多元文化语境，突出探讨身份认同与海外华文女性文学的关系，为回应海外华文文学诗学建构提供了理论与实践的重要积累。整体观察近十来年的海外华文女性文学研究的每一文本，几乎都把身份认同问题作为必要问题或核心问题来展开讨论；或者，借由身份认同问题进入特定的研究对象以"钩沉"其精神文化特质，如上述相关论述所涉略。因此，身份认同问题甚至被认为是21世纪以来海外华文文学研究相对深入和成功的理论利器①。

二、批评方法与研究对象的互通和契合，相对有效地担当起了海

---

① 朱崇科，《从问题意识中提升的诗学建构——评〈寻找身份——全球视野中的新移民文学研究〉》，载《暨南学报（哲学社会科学版）》，2013年第2期。

外华文女性文学研究的话语表达，为其诗学建构提供了实践支持。如《北美新移民女作家作品的叙述声音建构》①，运用美国学者苏珊·S.兰瑟女性主义叙事学的"声音"理论，以新移民作家中有代表性的女作家为研究对象，分别从作者型叙述声音、个人型叙述声音以及集体型叙述声音三方面，探讨她们为寻求一个更适合自己的叙事策略而发出了具有性别特征的独特"声音"。该文由于较好地运用了适宜的理论方法，在研析海外华文女性文学的性格化"声音"与主导文化对话的过程中，也完成了对这些代表性女作家个人化叙事风格的呈现。《论北美华文女作家创作中"离散"内涵的演变》② 一文，以20世纪北美华文两代女作家的创作为研究对象，通过阐析在这些创作文本中所呈现出来的"离散"经验的具体内涵及其演变，深入地探讨了华人移民女性的性别身份与族裔身份的双重"身份问题"。该文为丰富学界近年来关于"离散"概念的思考，以及女性主义话语在"离散"论述中所可能具有的理论能动性的讨论，不失为一次有意义的话语实验。《印尼华人女作家的写作选择与叙述风格》③ 一文，则通过历史、政治、文化和女性意识相交织的视野来观察印尼华人女作家的独特书写，认为印华女性文学就是印华女作家的边缘身份、儒家文化精神和印尼社会传统观念之沉积，以及她们的生存境遇交织作用下的想象的产物。笔者以为，该文这一契合印华女性文学特质的"结论"的推导，"不经意"地回应了印华女性文学及其东南亚华文女性文学的区域文化特质与北美华文女性文学以及其他区域华文女性文学的区域文化特质"和而不同"的关系。这应该是得益于适宜的理论方法的有效运用。

三、以文本解读为主要方式，致力于海外华文女性文学的审美阐释。如《以细腻的笔触轻抚爱情留下的伤痕——印度尼西亚华人女

---

① 王烨，《学术园地》，2009 年第 3 期（下半月）。
② 乔以钢、刘堃，《南京师范大学文学院学报》，2007 年第 1 期。
③ 吴新桐，暨南大学硕士学位论文，2003 年 4 月。

性文学初探》① 一文，主要探讨的是印尼华人女作家关于爱情、婚姻题材的作品。作者并没有着力于非如此不可的"方法论"意识，而是从意象、细腻笔触、情感等这些构成文本的美学元素来开展对讨论的每一部作品的体味和"轻抚"，由此还原了文学"想象"的初衷。特别值得指出的是，《名作欣赏》2008 年第 3 期以"世界女性文学专刊"的形式，专门约请了陈思和、王列耀等十多位学者以一人一篇的形式，对海外华文女作家的经典之作进行"赏典"。这些赏析之文大多规避了纯粹的理论或构建某种宏大阐释话语的企图，而是也融入了自己的生命体验和会心，从语言、意象、细节、情感、起承转合的细微处去把捉、去感悟海外华女作家的一篇篇经典之作的生命本质的生发和张扬。可以说，这里的每一篇"赏典"之文本身也成为了"美文"。当然，不讳言，其他对海外华文女性文学文本的审美阐释大多穿插在"宏大视野"下的夹缝之中，因此，这类致力于文本审美阐释的研究，相对来说还比较薄弱，但也聊胜于无。

事实上，海外华文文学的诗学建构问题自生成以来，在学界广泛的思考、讨论和争鸣中已基本达成共识。其间，饶芃子、刘登翰、杨匡汉等一批海外华文文学学科的重要奠基者都做出了突出建树②，刘小新、朱文斌、钱超英、朱崇科等一批中生代学者也贡献了不少思考与独到之见③。而就近年海外华文（女性）文学的研究来看，作为一

---

① 吴新桐，《华文文学》，2002 年第 4 期。

② 限于篇幅以及这些学者著术甚丰，此处不一一列出，分别参见饶芃子《比较文学与海外华文文学》（复旦大学出版社，2011）、刘登翰《华文文学：跨域的建构》（福建人民出版社，2007）、杨匡汉《海外华文文学知识谱系的诗学考辨》（中国社会科学出版社，2012）等著作。

③ 分别参见刘小新《大同诗学想象与地方知识的建构》（《东南学术》2004 第 3 期）、朱文斌《海外华文文学研究方法转换论》（《绍兴文理学院学报》2005 年第 5 期）、钱超英《流散文学与身份研究——论兼论海外华人华文文学阐释空间的拓展》（《中国比较文学》2006 年第 2 期）、朱崇科《从问题意识中提升的诗学建构》（《暨南学报》，哲学社会科学版，2013 年第 2 期）等文。

门具有跨文化特质的新兴而独立的学科，其基本的话语资源、理论体系与实践路线，在一定的意义上，已获得有效整合、调适与架构，这本身也就是其诗学意识形成与诗学建构的过程。"特别是中国传统文论的'元范畴'在各地区、国家文学创作中的、'演变过程与方式''融合与分离方式''死亡与再生方式'，同时也重视异域汉语写作中中外'文学相关性''文化相关性'和'话语模式'等问题，还涉及诗学范围的'边缘性''本土性''世界性'，以及正在进行的'后现代性'的渗透与尚未终结的'现代性等问题'"①，都在一定程度上获得了有效的开掘。进而，一方面，在全球化快速趋向的当下，理论的"发现"与创新，学术流派的纷争与共生，学科间的交叉与融合，事实上已经成为了一种常态，而经过思想解放与"新启蒙"运动而发生了思想裂变与重新聚合的中国知识者，某种意义上已基本具备了应对和吞吐现代人文学术的涌现、变异与移置的能力；另一方面，现代人文学术体系的诗学建构作为一种形而上的哲思行为，本质上应该是一个开放的、永无完结的过程，刻意地去"找寻"和架构，企图一劳永逸的终结显然不现实也并不可能。因此，笔者以为，海外华文文学的诗学建构，基于近十年以来海外华文女性文学研究所表现出来的问题，需要着重思考如下的两方面。

一是，如何继续在充实与提升海外华文文学诗学建构的同时，着力思考与解决话语的大而无当与理论悬空的问题。这一问题的解决当然有着现实层面的困扰。一方面，传统的单一的批评方法，某种意义上难以更好地承担海外华文文学的跨文化与"离散"特质的学术表达；另一方面，资料、文学文本的获取相对其他学科也更多地受到时间和空间的阻隔。但是，这并不能成为我们沉迷于那种形式主义的"学术性诉求"的理由。因此，强调我们现实生存问题的关怀意识，努力摆脱对西方模式的理论依附与因袭，着力开掘与汇通本土古今话语资源，直至理论素养与融会贯通能力的会心，这都确实需要我们做

---

　　① 饶芃子：《流散与回望》，暨南大学出版社 2007 年版，第 4 页。

出有效的思考和实践。二是，尊重文学研究所独有的生命体验与理性思维并重的审美阐释模式，提倡回到"文本现场"，在感性/理性、想象/抽象、体验/思辨等多重人文经验系统的相互融汇与激活的过程中，着力提升文本解读能力。其实我们并不缺乏这方面的积淀与训练，只是在矫枉过正的现代、后现代批评氛围中被钝化了，乃至少有能够在借用西方现代批评理论的同时仍然能够沿用中国传统诗学的运思方式，从而往往在面对"美文"时现出某种程度上失语的尴尬，或如前述，对海外华文女性文学文本的审美阐释大多只能穿插在"宏大视野"下的夹缝之中。

　　不错，这些问题的提出带有人文学科研究现状的普遍性，但是，我们不能不看到，海外华文文学学科因其跨文化特质，在一定的意义上其所蕴含的人文终极思考的命题更为多重与复杂。那么，作为以海外华文（女性）文学研究为业的特定的学术群体，应该以怎样的审美表达方式将个人的、也是历史的观察、思考和创造力带入学术研究中来，以一己之思参与全球视野下的文化价值重构？因此，这些问题的提出与思考也就有着更为突出的必要性和重要性。

附录

激情的写作　理性的坚守
——陆卓宁文学评论的风格
陈国恩

文学研究是一种学问，需要研究者诉诸理性，对研究的对象洞幽烛微，发现其内在的奥秘。文学研究又是一项审美的探险，需要研究者与研究对象进行情感交流和心灵的沟通，在审美再创造中别有会心，方能用独特的美的体验丰富理性的发现，使研究的成果更好地体现出文学的特点。在文学研究中，如何使理性与感性互相渗透、互相激发，彼此提升，获得高质量的研究成果，一向是我所关注的焦点，也是我努力的方向。遗憾的是天资愚钝，虽勤奋而难以弥补资质上的欠缺，所以向无重要的建树，只有心向往之。

近来偶尔读到陆卓宁的一组文学评论文章，发现她在追求激情与理性相统一的研究风格方面颇有特色，让阅读者既获得理性的启示又感受到阅读的快感。这使我更加坚信我原来所向往的目标是有意义的。

读陆卓宁的文章，能感觉得到她常有静夜沉思的时候：罩在水样的灯光里，体会人生的丰富，思考生命的本真。但她很少浅斟低唱，而是喜欢从研究的对象联想开去，钩深致远，进行社会的、文化的、哲思的批判，让一种丰富的情感体验和明晰的理性维度相互激活，从而使研究成果既有学理的深意又有文学美的质感。《不同生存形态中的同一文化意旨》，是她评论台湾女作家李昂最负盛名的两部作品《杀夫》和《暗夜》的，发表较早，已经显示了她的这一特点。文章透过李昂这两篇作品所描写的杀气腾腾的地狱般的生活场景和一个物欲横流的社会的性泛滥、尔虞我诈来剖析人性的缺陷。其中对夫权文化的猛烈攻击，似乎有一种女权主义的批评倾向，但她最终又回归了社会的文化的批判立场，强调社会人退化为动物人是在一定的社会历史环境发生的，认为这"既体现出作者对人生的深刻理解，同时也包含着丰富的社会性内容以及批判倾向"。我认为，这也正是陆卓宁自己的倾向：她与作者有了一种感性与理性相统一的强烈共鸣。

最能显示陆卓宁评论个性，且受到学术界较为广泛关注的，是她的一组研究海峡两岸当代文学发展流变问题的文章。这四篇文章在1999年一年的时间里连续发表，先后全部被《全国高校文科学报文摘》摘录，应该说是在这一研究领域中一个重要的收获。一般研究台港文学，总是侧重于强调两者与大陆母体文学相同文化背景中的不同特点。这种研究模式是有效的，它有助于揭示文学传播与发展的规律。但陆卓宁采用了逆向思维的方法，别具慧眼地指出了海峡两岸当代文学发展的殊途同归的性质。她认为随着1949年中国政治格局的大变动，海峡两岸在意识形态和经济体制等方面虽然完全进入了敌对和隔绝状态，文学也因此表现出了不同的价值取向，但是不同的文学表征却难以掩盖发展流变过程中的根本一致性。

她把这种一致性首先描述为海峡两岸的文学共同经历了"从偏狭到拓展"的发展历程。大陆1949年以后的文学，从50年代后期开始受到"左"倾政治路线越来越严重的干扰，到"文革"，文学走进了偏狭的死胡同。直至新时期，文学才重新拓展存在空间，逐渐表现出艺术的自觉性，开始以自信的姿态与世界文学进行对话，构建多元共生的90年代繁复的文学状貌。陆卓宁认为这恰好与台湾文学的基本走向是相一致的，也就是说，台湾文学在此期间也经历了相似的历程。她把这一历程概括为："以政治功利为目的的'反共文学''战斗文艺'→企图作为突围的'现代派文学'→以张扬民族意识为主旨的'乡土文学'→以认同和回归为意涵的文学多元格局。"透过意识形态的根本对立，海峡两岸的文学在处理政治与文学的关系方面的确走过了一条大致相同的道路。强调两者的殊途同归，令人耳目一新，而且富有启示意义。

那么，海峡两岸文学殊途同归的内在依据又是什么呢？陆卓宁并没有满足于结论的勾勒，而是由此深入探究。认为其内在依据就是千百年来由屈原、杜甫、鲁迅、赖和等一个个民族文学巨匠写就的文学史所凝成的中华民族情结和精神品性。它们有如硕大沉稳的磐石，挺立于海峡两岸的文学长河中，决定了彼此文学的状貌。她把这种任由时空阻隔、历史风云激荡都无法销蚀和撕裂的民族精神原动力，界定为"强烈的历史使命感""民族忧患意识"和"具有典型的东方色彩的民族审美思维"。这显然抓住了问题的根本，足以解释海峡两岸为何在不同的语境中，共同走过了一个从现实主义到非现实主义，再到现代主义与现实主义彼此消长和升华的过程，足以解释两岸文学为何在意识形态和经济体制等方面虽然完全进入了敌对和隔绝状态却具有相同的内在品质。

有意义的是，陆卓宁理性思维的触角，逼迫她"打破砂锅问到底"，不留情面地揭示了问题的更深一面。——在海峡两岸文学殊途同归的发展趋向中，事实上都共同存在着一种更为深层的历史积淀，即大国骄民的夜郎心态所导致的深重的民族自卑感，以及"重建以民族自强为核心的新的价值体系"的意愿。她认为，夜郎心态在大陆表现为一度陷于"文化大国""世界革命的中心"之类的幻觉中；在台湾则是以与母体大陆的对立，不承认民族根本利益的真正代表为前提的"画地为牢"。陆卓宁认为夜郎心态是民族自卑感的变相表现，它限制了中华文学与世界文学的交流，而重建以民族自强为核心的新的价值体系，则反映了中华文学发展的内在需要，彼此形成了一种强大的张力以及从前者向后者转化的趋势。基于对海峡两岸文学的深刻体悟，陆卓宁有一个美好的心愿和坚定的信念："海峡两岸当代文学发展流变的殊途同归，既是彼此从未停止过的共时性的传统对话和历时性的现实关注合乎逻辑的历史发展，更是为历史的融通和文学的整合揭示并进一步准备了情感、思想、文化的历史条件，由此昭示出以文学为表征的'一个中国'的前景。"这一心愿深蕴情感而又相当理性，让人极受启示而深有同感。

对海峡两岸当代文学流变的研究，集中反映出陆卓宁思考问题时理性与感性互相渗透、互相激荡的特点。她对两岸文学发展历程的把握，对其特点的辨识，对其前景的展望，视野开阔，不落俗套，而又冷静、理性、严谨，显示出一个学者所必须具备的独立思考精神和良好的历史分寸感。但她的理性背后有激情，有她作为审美主体的强烈的情感投入。比如，首篇文章的开头，"这份惊喜是突如其来的。历史，终于展示了它的博大，让横亘于大陆台湾两岸间的海峡逐渐变得亲和而不再完全是屏障。于是，在诸多非文学因素的启动下，我们意外地发现，海峡的彼岸竟然还有着一个如此鲜活而又亲切的汉文学世界：在这里，也吟咏'关关雎鸠，在河之洲'；在这里，也尊奉人伦，天理；在这里……"一个严肃甚至敏感的话题，却是如此富有情感的叙述，读来不能不让人感受到强烈的情感撞击从而进入痛切的追思。从根本上说，陆卓宁这种强烈的主体情感是对审美对象的一种独特体验，也是对中华民族的大爱。很明显，情感的投入不仅没有损害理性的判断，反而提升了理性思考的力度和境界，使她发现并且抓住了海峡两岸当代文学发展流变中的一些重大问题，并在此基础上给出了理性而又充满激情的回答，从而拓展了海峡两岸当代文学研究的领域。

需要强调的是，陆卓宁的艺术悟性在一些作品的解读中表现得格外明显。比如，对于台湾"战斗文艺"的一系列"应景之作"，她在进行了政治色彩及其相关层面的剥离后，仔细分辨出了这些所谓的"战斗文艺"，在对失败感的自我安慰中实际上也涵盖着"国已不国的悲凉"和"国家统一的执着意志"，指出"这种扭曲的变态的民族情结毕竟在客观上表现出了维护海峡两岸的共同利益和中华民族前途的意义"。又比如，对在台湾现代派文学对传统文化的拒绝中，她又极为细腻地体验到了写作者的一种曲折的对故国家园的追思，对亲情、友情和民族情感的渴望。所有这些方面，显示出陆卓宁具备了良好的艺术素养和敏锐的审美直觉。我以为，她的这方面才能与她的理性思辨结合起来，正是构成了她对海峡两岸文学研究这组文章之所以写得情理并茂的一个非常重要的原动力。

不错，对文学研究风格的界说，也是见仁见智的。问题就在于，文学，毕竟是主体精神领域中人的自由本质的感性显现，即便是对它进行理论的确证也不可迷失其根本的特质。但是，在研究中如何坚守理性的高度而又不失审美的质感，这常常被人们所"顾此失彼"，或者是在高扬"理论"的名义下而对叙事的不屑，尤其是，在西方文化思潮及其多元方法论的影响下，文学研究对于一些论者则成为了概念和术语的展览，这不但带来了阅读的艰涩，往往还会造成人们对文学批评的隔膜。因此，陆卓宁文学研究中理性与激情的融通倒是别有意义的。

陆卓宁学术年表

根据《世界华文文学研究文库》（第三辑）总体方案的要求，本研究年表仅叙录在世界华文文学领域的重要学术活动及其研究成果。

1987 年 12 月参加由深圳大学中文系主办的"台港文学讲习班"，开始接触"台港文学"。

1988 年 9 月首开本科台港文学选修课（大约在 20 世纪 90 年代中主讲并定名为"台湾文学"）。

1990 年 11 月 28 日在《作家报》（山东）发表《不是梦幻，却是梦幻——也读陈映真的〈赵南栋〉》，这是进入世界华文文学领域公开发表的第一篇文章。

1992 年 10 月在《南方文坛》发表《"没有拿来的，文艺不能自成为新文艺"——读白先勇小说之后》。

1993 年，参编由姚代亮教授主编、广西师大出版社出版的《当代中国文学》一书，负责其中"重峦叠翠、落英缤纷的台港散文"和"摇曳多姿的台湾小说"章节内容的撰写。在《南方文坛》发表《不同生存形态中的同一文化意旨——李昂〈杀夫〉〈暗夜〉管锥》。

1994 年，参编由姚代亮教授主编、广西人民出版社出版的《当代中国文学作品选评》一书，负责撰写其中入选的台港散文的赏析短文。在《广西民族学院学报》发表《生命体验与社会底蕴的契合——"张爱玲"解读》。

1999 年，主持广西民族学院重点项目"海峡两岸当代文学比较研究"，在《广西民族学院学报》第 1－4 期连续发表《论海峡两岸当代文学发展流变的殊途同归》系列论文四篇，并全部获《高等学校文科学报文摘》摘登，即《高等学校文科学报文摘》1999 年第 5 期、第 6 期和 2000 年第 1 期、第 2 期。

2000 年，《论海峡两岸当代文学发展流变的殊途同归》系列论文（共四篇）获 1999—2000 年度广西民族学院人文社会科学优秀科研成果二等奖。其中《整合："一个中国"的视野——四论海峡两岸当代文学发展流变的殊途同归》获广西 2000 年度

"文艺评论奖"一等奖，中国文联 2000 年度"文艺评论奖"三等奖。在台湾《大海洋》（总第 60、61 期）分别发表《海峡两岸当代文学发展殊途同归的别一种思维》（上）（下）。

2001 年，专著《海峡两岸文学——同构的视域》出版（北京，中国文联出版社，2001 年 8 月版），《文艺报》（2001/10/9）、香港《大公报》2002/1/27 和《澳门日报》（2002/6/12）等报刊均进行了评介。获广西民族学院 2000—2002 年人文社会科学优秀科研成果二等奖，2004 年中国新文学学会著作二等奖。发表论文三篇。

2002 年，主持广西民院重点科研项目"海峡两岸文学整合研究"。发表《生存意识与价值理性》等论文三篇。

2003 年，受荒林、苏红军主编《中国女性文学读本》之邀，撰写台湾琦君、袁琼琼、苏伟贞三位女作家的作品导读（该书迟至 2013 年 12 月由广西师大出版社出版）。

2004 年，主持广西社科"十五"规划课题（04FZW001）"西方女性主义与台湾女性文学"；著作《海峡两岸文学——同构的视域》获中国新文学学会著作二等奖。发表《历史的"遗漏"：深入杨逵文学精神》等论文五篇，其中《台湾文坛：2003 叙事景观》中国人民大学复印资料《现当代文学卷》2005 年第 1 期全文转载。出席"第十三届世界华文文学国际学术研讨会（威海）"，当选中国世界华文文学学会女性文学委员会副主任委员。

2005 年，参与教育部人文社会科学研究年度规划基金项目（05JA750.11-44022）"性别的颜色——当代女性文学形象研究（1985—2005：国内与海外）"课题研究。在《香港文学》发表《永远的精神"劫难"——苏伟贞文学人物速览》论文一篇。6 月赴台湾台东师范学院中文系开展学术交流，期间与中文系硕士班学生举行专题讨论会。

2006 年，出版主编著作《20 世纪台湾文学史略》[北京，民族出版社 2006/5 一版，2006/12 二版，2010/10 三版，《文艺报》（2007-01-24）"八方文讯"、《文讯》（台湾）2006/8，均做了评介]，发表《精神诉求的不同"范式"——两岸文学人道主义精神的勾连》等三篇论文，其中，《多重话语霸权下的女性文学"命名"——台湾 50 年代女性创作生态追思》获 2007 年度广西"文艺评论奖"二等奖。

2007 年，发表《女性书写的别一种姿态——品读欧阳子的〈花瓶〉与残雪的〈山上的小屋〉》等三篇论文，其中，《身份意识与海外华文文学的"生存"》中国人民大学复印资料《现当代文学卷》2007 年第 8 期全文转载。

2008 年，主持广西社科"十一五"规划课题（08FZW003）"意识形态话语下的海峡两岸当代文学比较研究"。承办"第十五届世界华文文学国际学术研讨会（南宁）"，主编出版会议论文集《和而不同——第十五届世界华文文学国际学术研讨会论文集》（广西人民出版社 2008 年 10 月版）。发表《海外华文女性文学研究"在场"的"缺席"》等论文四篇,其中《泰华文学的发展及其文化取向》中国人民大学复印资料《现当代文学卷》2009年第5期全文转载。著作《20世纪台湾文学史略》获2008广西第十届人文社科优秀成果三等奖。赴美出席"海外华文女作家协会第十届双年会"。

2009年,发表《和而不同——第十五届世界华文文学国际学术研讨会文综》等论文三篇,其中《文综》一文《光明日报》"新论辑录"栏目2009 - 01 - 23辑录。出席由马来西亚马来亚大学举办的"中国文学的传播与接受国际学术研讨会",担任会议"青年论坛"点评专家。

2010年,论文《泰华文学的发展及其价值取向》获2010年度广西第八届"文艺评论奖"二等奖,2010广西第十一届人文社科优秀成果三等奖。发表《女性·民族·历史救赎——台湾1970年代乡土文学语境下的女性文学"占位"》等论文两篇。赴台出席"海外华文女作家协会第十一届年会暨海外华文文学研讨会",会议期间受成功大学中文系邀请,给中文系硕士班学生做专题讲座。出席"第十六届世界华文文学国际学术研讨会(武汉)",当选中国世界华文文学学会副会长。

2011年,发表《1950年代台湾地区"反共文学"的传播与接受》等论文四篇,参与国家社科基金重大课题(第二批)"百年海外华文文学研究"(11&ZD111),承担其中子课题"海外华文文学的区域发展研究"欧洲华文文学研究内容。

2012年,主持国家社会科学基金项目(12BZW103)"海峡两岸当代少数民族文学比较研究"。获台湾夏潮基金会"大陆学人短期研访项目"资助,赴台进行为期一个月的学术研访。发表《话语的交错与经验的同构——以海峡两岸当代少数民族文学为中心》等论文三篇,其中《断裂的边界与现代性的吊诡——台湾1960年代女性叙事再观察》中国人民大学复印资料《现当代文学卷》2012年第6期全文转载。11月在"八桂讲坛"(广西图书馆)担任主讲嘉宾,开讲专题《"求同存异,共创双赢"视野下的台湾当代文学》。12月就"海外华文女作家的创作"接受《羊城晚报》(2012 - 12 - 03)专访。

2013年,出版著作《经典重构与文学化境——审美体验工程理论探索》(合作,排名第一,三晋出版社2013年12月版),发表《近年海外华文女性文学研究观察与思考》等论文两篇。

2014年,发表《被"污名"的台湾地区少数民族文学——以1949—1984为考察场域》等论文四篇。著作《经典重构与文学化境——审美体验工程理论探索》(合作,排名第一)获2014广西第十三届人文社科优秀成果三等奖。受邀赴加拿大滑铁卢大学孔子学院出席"加中文学论坛:文学与我们的环境"国际学术会议。出席"首届世界华文文学大会暨第十八届世界华文文学国际学术研讨会(广州)",再次当选中国世界华文文学学会副会长。

　　2015 年，发表《海峡两岸当代少数民族文学历史叙述的遇合与辨识——以两岸上世纪中期至八十年代前后的历史断面为考察中心论文》等论文 5 篇，其中《欧洲华文女性文学的发生——百年海外华文文学研究的一种视域》中国人民大学复印资料《现当代文学卷》2015 年第 6 期全文转载。受邀赴西班牙巴塞罗那出席欧洲华文作家协会第十一届年会、泰国"2015 年世界华文文学论坛及 2015 年第七届文心作家（曼谷）笔会"。

后记

　　以现当代文学专业背景进入世界华文文学研究领域，这应该是这一学术领域大多数"从业者"大体一致的治学路径，于我，亦不例外；而如果说我自己还略有不同的话，那就是，在地处边缘省份地方高校的我，怎么就一头闯进了这一新兴学科？

　　在这里，于粤闽及长三角之地的风气之先当无可望其项背，更难得到北京上海这些学术话语重地的青睐；同样，肯定不敢说是自己学术的敏感，也不能完全是所谓的做学问是"个人行为"，现在想来总还是有一些"契机"的。1987 年 12 月作为当时教研室最年轻的助教，获得了到深圳大学参加"台港文学讲习班"的机会，这应该是最直接的原因。但在这之前，这一新兴学科的开山之作，王晋民先生的《台湾当代文学》① 竟是在广西人民出版社出版的，而且我还"第一时间"读到了？再就是，当代文学介入"在地"的文学活动及其文学批评本应是顺理成章的，但当时此间的文学生态让我觉得应该保持一种应有的距离？……总之，机缘巧合也罢，情势使然也好，包括后来因为外出求学、工作变动，还因为"双肩挑"，没能持续地专心致志地深入问学，但是，如果以 1987 年 12 到深圳大学参加"台港文

---

　　① 经查，以文学史体例撰述，并于早期在大陆学界产生重要影响，由白少帆等主编的《现代台湾文学史》，出版时间为 1987 年；潘亚暾主编的《台港文学导论》，出版时间为 1990 年，而王晋民主编的《台湾当代文学》出版时间则为 1986 年，从出版时间论，故称。

学讲习班"为"标志",我进入世界华文文学研究领域则近三十年了,而如果以1990年前后给本科学生开出"台港文学选修课"、发表第一篇台湾文学研究的文章(见前研究年表)为起点,自己从事世界华文文学教学与研究也逾二十五年了。

怎么编选自己在这一领域的研究成果?对于早期的撰述,所谓"不悔少作",愧——当无可回避,悔——却从未有过,毕竟这是一个过程,一行足迹。但受篇幅的限制,从内容相对集中、书的框架相对协调等因素考虑,本选集大体上是围绕话题来进行编选,所以多侧重于中后期的研究成果,主要集中在三方面:台湾女性文学研究、台湾历史叙事及两岸少数民族文学比较研究、海外华文文学相关问题研究。其他内容相关的一般评论、访谈、非相关华文文学研究的成果均未收入。即:

辑一:现象与文本。本辑选入的主要是本人近年关于台湾女性文学思潮、现象的思考以及重要作家文本的解读。整体上,在对台湾当代文学宏观把握的背景下,着力探讨西方女性主义思潮对台湾女性文学的冲击与影响,以及在西方女性主义思潮影响下台湾女性文学所发生的种种流变与重构,并从具有代表性的作家文本的解读中考察台湾女性文学的种种复杂表现与关联,以透视台湾女性文学在其现代性建构中主体意识的自觉及其经验。

辑二:历史与族群。本辑反映的主要是本人关于台湾历史叙事及两岸当代少数民族文学比较研究的思考。在两岸关系不断发生变动的历史语境下,不论是曾经缘于政治力的强势运作带来审美心理迷失,致使"历史叙事"的偏执,还是两岸同被"遗忘"的少数民族文学及其关系,都获得了"重新编码"的可能。因此,以思潮、现象、重要作家等为文本,从研究对象的特殊性出发,注意辩证不同的政治文化生态对研究对象的影响生成,以提供新的学术思考,拓展两岸文学比较与整合的格局,构成了本辑的研究发现和重点。

辑三:越界与认同。本辑收入的论文主要是关于海外华文文学相关问题的观察与思考。近年海外华文文学创作极其活跃,随之带出的问题域也极为广阔。譬如，如何在本土/域外、东方/西方、主流/边缘、性别/族群、整体/区域等多元文化的大冲撞、大融合的大势中构建起属己的价值理性？本辑的研究涉及了海外华文文学性别、文化身份认同、区域特质、创作个案、诗学建构等方面，力图对相关问题的思考能够展开深度的开掘。

本书对所选入的原文做了一些必要的修正。主要是：一、订正了原文在引文或注释上的些许差错或不明晰之处；二、对个别篇章的些许字段在不改变原意的前提下稍有修正和勘误；三、从编排的结构性考虑，个别篇章增加了副标题。即辑一的"双面袁琼琼"一文，增加了副标题"——简谈台湾20世纪80年代女性创作个案及其他"。另外，根据出版社"年份不能简写"的要求，对原文中凡不规范的年代表述均进行了订正，如60年代，表述为20世纪60年代，以此类推。

借此忝列"世界华文文学研究文库"第三辑之际，翻找和整理这二三十年在世界华文文学研究领域的文字，深感自己才疏学浅，内心却也不时地涌起无限的感慨。自己在这一领域的学术成长过程，特别强烈感受到的是前贤先晋对开拓新兴学科的筚路蓝缕，对后学的竭力奖掖和提携；特别强烈感受到的是这一学科百家争鸣、互容共生的学术活力和品格；特别强烈感受的是中国世界华文文学学会予取予求、相惜相行的人文氛围。而且，海峡两岸、海外华人（作家），这些意味深长又特别温暖的历史/地理文化符号都与自己的学术生命发生了关联……何以抒怀？唯有感恩。最后，对花城出版社社长詹秀敏女士以及她所带领的编辑团队对本书的出版所付出的辛勤劳动表示最诚挚的感谢！

2016 年 4 月 18 日